LES NUITS D'AVA

"Domaine français"

DU MÊME AUTEUR

RETARDS LÉGENDAIRES DE LA PHOTOGRAPHIE, poésie, Flammarion, 2013 (prix Henri-Mondor de l'Académie française 2014).
SAUVE QUI PEUT (LA RÉVOLUTION), roman, Actes Sud, 2016 (prix Envoyé par La Poste 2016).

L'extrait d'*Îles à la dérive* d'Ernest Hemingway (p. 111-112) est cité dans la traduction de Jean-René Major, Gallimard, 1971.

ISBN 978-2-330-10863-2

THIERRY FROGER

Les Nuits d'Ava

roman

ACTES SUD

pour ma mère et mon père

Je ne crois guère aux beautés qui peu à peu se révèlent, pour peu qu'on les invente ; seules m'emportent les apparitions.

PIERRE MICHON,
La Grande Beune.

I

Je crois avoir vu comme dans un songe cette voiture qui filait dans les rues désertes de Rome, vers quatre heures vingt du matin, poursuivie par les éclairs d'un cyclope. La Facel-Vega (ou la Ford Thunderbird) semblait rouler à l'aveugle et zigzaguait sur les pavés tièdes, éclairée par le gros œil circulaire et intermittent du flash Braun de deux paparazzi. Leur décapotable répétait le trajet erratique de la première voiture que conduisait Ava Gardner avec la grâce et l'inconscience des merveilleux pochards. À ses côtés, tout aussi ivre et néanmoins apeuré, l'acteur Anthony Franciosa bégayait mollement des lambeaux de prières qu'Ava Gardner ne pouvait entendre, hurlant et riant à chaque coup de volant qui faisait crisser le caoutchouc sur le basalte noir, les ailes de la voiture frôlant les murs comme on caresse et comme on griffe. Franciosa se cramponnait à son siège, tétanisé par l'alcool, la peur et les jurons d'Ava. Voyant dans le rétroviseur que les poursuivants ne perdaient pas de terrain, l'actrice a eu soudain l'intuition stratégique de les retarder en lançant par la fenêtre tout ce qui lui tombait sous la main, lâchant imprudemment le volant et tirant de son sac des objets vite projetés en direction de la décapotable. Celle-ci a finalement ralenti, sans que ces pauvres projectiles en soient la cause, les deux photographes s'avisant de la plus grande vélocité de la Facel-Vega (ou de la Ford Thunderbird) ainsi que de la mauvaise tournure que pourrait prendre cette course poursuite nocturne où chacun semblait manquer de sang-froid et de lucidité dans la conduite des événements comme des véhicules. La voiture des paparazzi a fait un demi-tour soyeux sur une petite place au puits couvert et a parcouru le chemin inverse, non sans quelques haltes pour récupérer ici ou là les tendres dédicaces – ou ce qu'il en restait – que leur avait adressées Ava Gardner.

Le lendemain, le samedi 16 août 1958, l'actrice s'est réveillée avec un goût d'orange confite et d'oignon dans la bouche. Elle est sortie sur la terrasse de son appartement vers midi, vêtue d'un peignoir blanc, un verre de gin à la main pour réparer sa gueule de bois et la mauvaise conscience volatile qu'elle avait parfois. Elle a regardé un instant les adolescentes qui, en contrebas de son balcon, se faisaient photographier sur les marches qui montaient de la piazza di Spagna vers Trinità dei Monti : la plupart de ces jeunes filles imaginaient avec force et foi qu'elles ressemblaient à Audrey Hepburn dans *Vacances romaines*, imitant comme elles pouvaient son sourire espiègle et gracieux, agrandissant démesurément les yeux en prenant la pose. Rentrée dans l'appartement pour fuir la chaleur du milieu de journée, Ava Gardner a mis un disque de Frank Sinatra sur l'électrophone et a fait couler un bain d'eau froide pour réveiller son corps effacé. Cela faisait des mois qu'elle s'étourdissait à Rome avec le bonheur suffisant de croire qu'après ce tournage elle serait libre. On dit que la voix de Sinatra est de velours.

Quand j'étais enfant, ma mère fredonnait souvent les chansons du crooner dans un anglais qui m'impressionnait. Je me blottissais contre elle en l'écoutant chantonner avec son accent fabriqué par l'éducation des religieuses qui lui avaient enseigné, outre un anglais d'une exotique pureté, tout ce qu'une jeune fille devait savoir pour se lancer dans la vie, si incertaine soit-elle en cette période sombre de l'Occupation dans laquelle ma mère s'était trouvée soudainement égarée dès sa sortie du lycée confessionnel de Bourges. Il lui arrivait parfois, entre un refrain et un couplet de Sinatra, d'essuyer furtivement une larme tout en se forçant à sourire, et je ne pouvais m'empêcher d'imaginer qu'elle songeait à l'un de ces soldats américains dont elle avait été amoureuse à la fin de la guerre – c'est mon père qui me l'avait dit un jour, sans raison, alors que nous étions en train de cueillir des mûres sauvages en forêt. Maintenant que ma mère est morte, je regrette de ne pas avoir osé lui demander si elle avait couché avec le soldat américain, même si je sais bien qu'elle n'aurait probablement pas répondu, me traitant d'idiot en m'ébouriffant les cheveux, ou alors se contentant de murmurer qu'elle avait rencontré mon père pendant la canicule de l'été 47, qu'elle l'avait aimé et que le grand bonheur de ma naissance était arrivé très vite, voilà, que c'était sa seule et belle histoire d'amour. Au fond, j'aurais été heureux d'apprendre qu'elle avait couché avec le soldat américain, tout en pensant étrangement, dans le souvenir de sa voix qui chantait, qu'il ne faut jamais coucher avec Frank Sinatra.

Ava Gardner avait couché souvent avec Sinatra et elle l'avait même épousé. Ils avaient beaucoup fait l'amour, avant, pendant et après leur mariage. “Ayant épuisé en vain tous les moyens possibles de concilier leurs divergences”, comme l'indiquait un communiqué de presse de la MGM le 29 octobre 1953, l'actrice et le chanteur se sont séparés deux ans après leurs noces et leur lune de miel à Cuba, mais cette séparation officielle tout comme l'arrêté définitif de leur divorce, prononcé par un juge de Mexico en juillet 1957, ne les ont pas empêchés de se retrouver et se déchirer encore pendant des années. Cet été 58 constituait plutôt une période de trêve, ou de calme relatif, entre les éclairs lamentables des orages passés ou à venir. Ava Gardner avait débarqué à Rome sept mois auparavant, pour tourner *La Maja desnuda*, qui était le dernier film imposé par son contrat avec la MGM. Ce tournage marquait ainsi la fin de dix-sept années de relations entre l'actrice et le studio – relations mouvementées à l'image de celles qu'elle entretenait avec les humains des deux genres, avec le peu d'humanité d'Hollywood et avec la vie en général. Comme souvent au cinéma, le réel rattrape la fiction (l'inverse se vérifiant aussi, mais on le souligne plus rarement), et Ava Gardner endossait là un nouveau rôle que les gazettes ou Edgar Morin pourraient rapprocher de la femme qu'elle était *a priori*, reine sans royaume, héroïne impure et déchirée, déesse animale dont la violence érotique se cognait à la pureté d'âme ; espagnole en somme : la duchesse d'Albe c'était elle, à l'évidence, comme elle était fatalement Pandora et la Comtesse aux pieds nus. Ava ne lisait pas ou très peu ce que l'on écrivait sur son compte. Elle se contentait de vérifier de temps à autre – et de plus en plus souvent à mesure que l'âge ou je ne sais quoi l'inquiétaient – si les photographies des magazines ressemblaient encore à son reflet, à l'image avec laquelle elle avait fini par se confondre puis par se comparer. Parfois, elle pensait qu'elle aurait préféré être un personnage de roman, plutôt qu'une actrice de cinéma, pour ne pas avoir de visage.

La Maja desnuda raconte les relations tragiques entre le peintre Goya interprété par Anthony Franciosa (Kirk Douglas, Gregory Peck et Laurence Olivier ayant poliment décliné de s'embarquer dans cette galère) et la duchesse d'Albe censée avoir posé nue pour le tableau donnant son titre au film. Ava Gardner était arrivée à Rome en janvier mais le tournage n'avait commencé qu'en juin, repoussé à de multiples reprises en raison d'un script remanié au gré des conflits byzantins et infinis entre les producteurs américains et italiens, des interventions des innombrables scénaristes et des *desiderata* des acteurs. Ava n'était pas la dernière à exiger l'impossible dans l'espoir secret de retarder les premiers tours de manivelle : victime d'une chute idiote de cheval au cours de l'automne précédent, elle avait été blessée au côté droit du visage et elle voulait gagner du temps afin que l'excroissance déformant sa pommette diminue et disparaisse même, on pouvait rêver. Le tournage s'était laborieusement étiré durant les mois brûlants de l'été romain, dans un studio sans climatisation où la chaleur des projecteurs transformait en plomb les dentelles folkloriques des costumes de l'actrice qui regrettait, comme elle l'avait écrit à Cukor, de ne pas tourner en accomplissant la promesse du titre. Elle avait en revanche obtenu d'essayer momentanément de ne travailler que la nuit et d'ainsi réaliser ce vieux rêve d'imposer à la production un emploi du temps s'accordant aux particularités du sien. Mais le remède s'était révélé pire que le mal, la température augmentant encore la nuit après que les tôles du studio avaient cuit toute la journée au soleil. Le tournage touchait maintenant à sa fin et Ava Gardner se réjouissait de retrouver bientôt l'Espagne réelle, où elle habitait depuis trois ans, et de quitter l'anarchie du plateau et cette espagnolade de carte postale. Elle aimait bien Rome pourtant, et la vie douce à la nuit tombée quand elle glissait d'un établissement à l'autre dans le quartier de la via Veneto, les cafés, bars et night-clubs lui rendant supportable sa passade avec le fade et bellâtre Franciosa. À la voir traîner le pauvre homme jusqu'au matin, il apparaissait clairement qu'elle ne lui avait accordé ses faveurs qu'afin de ne pas être seule à vider les coupes de champagne et malmener les pistes de danse. Outre les réveils difficiles qui en étaient le corollaire, le désagrément majeur de ces nuits romaines était la présence inévitable de photographes qui écumaient les rues de la ville, en petites hordes joyeusement impitoyables, à pied, en Vespa, en Lambretta ou en Fiat 600, dans ces années où le miracle économique italien et la crise des studios en Californie avaient délocalisé de nombreuses productions en Europe et à Cinecittà en particulier, faisant affluer vedettes et starlettes hollywoodiennes sur les bords du Tibre, pour le plus grand bonheur des pionniers de cette nouvelle profession qui n'avait pas encore de nom. "Ce sont des hyènes", disait

Ava Gardner qui les détestait avec une force plus grande encore depuis qu'elle s'inquiétait de sa blessure à la joue et qu'elle ne cessait d'interroger les reflets.

Justement, à l'instant où Ava Gardner sortait de son bain bref et glacé pour commencer à préparer ses valises dans la perspective d'une petite semaine de tournage napolitaine, les deux paparazzi de la course poursuite en décapotable étaient attablés au Strega avec leur collègue Tazio Secchiaroli à boire un café (ce qui prouve, soit dit en passant, qu'une star de cinéma et deux *scattini* ont des manières bien distinctes de gérer les lendemains d'une nuit courte et alcoolisée quand le soleil de midi vient leur rappeler la difficulté d'exister autant que l'infinie misère des corps). Les yeux brillants mais fatigués, les trois hommes regardaient un à un les négatifs tout juste développés des photographies réalisées au cours de la nuit. Les événements qui l'avaient ponctuée se trouvaient là restitués dans leur chronologie, plus sûrement du moins que par un effort défaillant de la mémoire, et plus sagement aussi, car les petits rectangles gris alignés sur des bandes égales ne donnaient qu'une idée imparfaite du mouvement qui les avait emportés d'un dîner arrosé de vins des Castelli Romani à la solitude des premières lueurs de l'aube montant dans l'air. Les trois hommes se remémoraient la rixe au Café de Paris, vers deux heures du matin, avec l'ex-roi Farouk et ses agents de sécurité qui avaient cru à un attentat en voyant les éclairs des flashs, l'intervention des policiers débarquant au milieu des chaises renversées et des verres cassés, le départ soudain de la petite bande de photographes pour le Bricktop, de l'autre côté de la via Veneto, où étaient annoncés Ava Gardner et Anthony Franciosa, l'altercation à l'entrée du night-club entre Tazio Secchiaroli et l'acteur qui s'était violemment rué sur le photographe au premier déclenchement du flash, l'attente devant la porte de l'établissement durant près de deux heures qu'ils avaient occupées comme ils pouvaient, assis sur le trottoir en fumant des cigarettes, vidant au goulot une bouteille de grappa et se racontant des histoires de chambrée, la sortie enfin du couple qui s'était dirigé vers une voiture aussi rapidement que pouvait le permettre leur démarche trébuchante (guère arrangée par leur réflexe idiot de se cacher le visage derrière les bras repliés), le démarrage en trombe de la Facel-Vega (ou la Ford Thunderbird), la poursuite dans la décapotable à tombeau ouvert, et la décision enfin de rebrousser chemin à faible allure en ramassant ce qu'Ava Gardner avait laissé tomber sur la chaussée comme un Petit Poucet hystérique et fantasque. "Une sacrée bonne soirée, oui", a dit l'un des paparazzi nommé Pierluigi Praturlon en sortant de son sac les précieuses reliques trouvées sur le pavé. Il les a délicatement disposées sur la table comme dans la vitrine d'un musée archéologique ou d'un Muséum d'histoire naturelle. Pour parachever la présentation, Secchiaroli a positionné une bande de négatifs sous chacun des objets, en guise de légendes. Alors les trois hommes se sont penchés pour observer longuement, avec des airs entendus de connaisseurs, les précieux trophées : une bouteille de parfum, un briquet, une flasque de whisky cabossée, un vieux numéro de la revue *Oggi*, un bâton de rouge à lèvres, un plan cartonné de Rome, le couvercle nacré d'un poudrier, un quignon de pain, un bracelet, une petite culotte bon marché de coton blanc, un fragment de miroir.

II

Le premier appareil photo que j'ai possédé m'avait été offert pour l'anniversaire de mes treize ou quatorze ans, en 1961 ou 1962. C'était un Kodak Brownie Flash. Je me souviens que j'avais d'abord fait plaisir à mon père et que j'avais photographié sans retenue la forêt d'Orient où il m'emmenait souvent en promenade. Je suis rapidement devenu un spécialiste, aux yeux de ma famille du moins, des sous-bois et des futaies. Mon père n'était pas chasseur mais sans doute cherchait-il à voir, par la médiation de mon œil dans le viseur, l'apparition possible des animaux sauvages, un sanglier qui charge, un cheval fou, une vache noire de Lascaux. Je photographiais les troncs et les vieux rochers, les brumes matinales qui s'accrochaient aux reflets du lac du Temple. Mais ma plus grande réussite était sans conteste ces vues spectaculaires en contre-plongée des frondaisons des chênes ou des charmes qui couvrirent bientôt les murs du salon et de la salle à manger, déclenchant immanquablement la même parole dans la bouche de mon père quand il accueillait des invités : "Bienvenue dans la maison des bois !" Je savais qu'il me faudrait ensuite, durant une grande partie de l'apéritif, entendre mon père commenter mes photographies sur un ton docte et faussement détaché, jusqu'à ce que les malheureux invités réussissent enfin à faire dévier la conversation vers un autre sujet que les splendeurs comparées des houppiers ou la finesse de grains des dernières pellicules 6 × 6 de Kodak. Pour les fêtes de Noël 63, et afin d'encourager ce qu'ils considéraient comme une saine passion, mes parents m'offrirent un nouvel appareil, un Agfa Selecta dans un étui tout en cuir et muni d'un objectif qui me permit de renouveler mon approche, à défaut de mes sujets demeurés radicalement forestiers (cela faisait partie de mon identité artistique, pensais-je sans rire à l'époque) : je privilégiais alors les plans très rapprochés d'écorces, de racines, de mousses, qui m'ont fait frôler l'abstraction dont je me protégeais en tentant d'intégrer à ces motifs quelques insectes au travail, des bêtes à quatre ou six pattes qui détalaient souvent quand elles s'avisaient de ma présence attentive. Si les photographies de la peau délicate des arbres trônaient maintenant encadrées sur la tapisserie vieux rose du salon, je n'avais plus l'âge ni la patience d'écouter les discours de mon père qui, au contraire de la décoration de la maison, n'avaient pas vraiment changé quand il recevait la famille, des amis ou des collègues. Je pris ainsi l'habitude, à peine l'apéritif servi, de monter prestement dans ma chambre, certain de ne pas y être dérangé, pour réaliser des gros plans d'une autre nature. Je sortais d'un petit cahier vert d'écolier les photographies d'Ava Gardner soigneusement découpées dans les magazines et que je collectionnais en secret. Je les photographiais méthodiquement, en les recadrant au maximum des possibilités de mon objectif. Il est probable que j'imaginais, dans l'intuition ignorante et désordonnée de mes quinze ou seize ans, que cette volonté de photographier des photographies était une manière d'abolir les fonctions, les distances de l'image pour m'approprier ce – ou plutôt celle – qu'elle représentait. Jamais ces pellicules ne furent confiées à un photographe pour être développées : je les conservais dans une boîte à chaussures, parmi les restes tangibles de mon enfance, en prévision d'un temps brumeux et rêvé où, loin de la maison familiale et de l'Aube, je pourrais faire effectuer des agrandissements de ces prises de vue que j'afficherais partout sur les murs de mon studio d'étudiant. Dans l'impatience de grandir et malgré mon violent désir contrarié, il m'apparaissait plus prudent de ne pas déposer ces bobines à l'échoppe de M. d'Hostel. Habitué à mes clichés d'écorces, et loin d'imaginer le renouvellement radical de mes sujets, celui-ci m'encourageait gentiment à poursuivre mes travaux photographiques, par un sens compréhensible de l'intérêt de son commerce, et sur l'injonction probablement peu implicite de mon père. Ces pellicules ont été perdues, jetées volontairement ou non par ma mère dans les premiers temps de son veuvage en 1969, par la faute aussi de mes distractions et du surgissement de nouveaux intérêts qui ont suppléé mon obsession adolescente pour Ava Gardner.

Quand elle est rentrée d'une semaine à Naples où avaient été tournées quelques scènes en extérieur, l'actrice avait hâte, ce vendredi soir 22 août 1958, de renouer avec la vie nocturne de Rome et la folie douce de la via Veneto. Il lui fallait cependant trouver quelqu'un pour l'accompagner car Anthony

Franciosa était maintenant sous la surveillance féroce de son épouse Shelley Winters, tout juste débarquée d'Amérique pour constater les dégâts et tenter de les réparer. À son arrivée à Rome, l'interprète de la malheureuse Willa Harper dans *La Nuit du chasseur* avait en effet découvert avec effroi l'état sentimental et physique de son mari. Elle avait vite compris de quoi il retournait, lui imposant une cure de repos et lui interdisant de s'approcher de cette diablesse d'Ava. Ce soir-là, celle-ci avait finalement entraîné le chef opérateur de *La Maja desnuda*, Giuseppe Rotunno, dans sa virée de bar en bar. L'homme n'avait rien d'un fêtard mais il aimait beaucoup l'actrice, qui l'intimidait ; il avait reçu comme instructions du réalisateur Henry Koster de demeurer toute la soirée avec elle et, dans la mesure du possible, de tempérer ses excès nocturnes en prévision du tournage du lendemain afin que l'aventure finale de la réalisation de ce film ne ressemble pas tout à fait au naufrage critique et public que l'on prévoyait. Les cinéastes sont parfois des enfants. Vers minuit, Rotunno a proposé à l'actrice de la ramener chez elle mais elle n'était pas du tout fatiguée, elle voulait encore boire, s'amuser et pourquoi pas danser : "Il y a bien un bar à flamenco dans cette fichue ville, non ?" Rotunno connaissait un établissement andalou près de chez lui, dans le Trastevere, c'est-à-dire loin des photographes et de la faune dorée de la via Veneto qui le mettaient mal à l'aise. Le chef opérateur était un artisan du cinéma, au talent immense, mais la lumière qu'il cherchait et inventait sur un plateau n'avait rien à voir avec celle qui attirait ce petit milieu à la dérive, charriant les éclats de voix, de flash, de verre avec l'inconscience des insectes qui se brûlent au brasier des lampes en été.

Ava Gardner s'est laissé convaincre et a suivi Giuseppe Rotunno dans sa Fiat 600. Ils ont quitté le centre de Rome à petite allure, ce qui a semblé surprendre l'actrice, habituée à une conduite totalement étrangère aux principes du Code de la route, puis traversé le Tibre. Quand ils se sont engagés dans la petite rue où se trouvait le bar sévillan, Rotunno a tout de suite compris, en découvrant l'enseigne éteinte et la grille métallique baissée, que les choses allaient mal tourner, que la fureur d'Ava Gardner s'annonçait pénible. Évidemment, cela n'a pas manqué. Noyé sous une bordée d'injures, le pauvre homme a laissé passer l'orage dans la petite Fiat échouée devant l'établissement fermé, prenant soin de ne pas couper le moteur, histoire de couvrir les hurlements de l'actrice et de montrer, malgré ce malheureux imprévu, qu'il tenait encore bien en main la situation, le volant, et le scénario de la nuit. Ce n'était pas vraiment le cas, loin de là, et j'imagine sans mal le désarroi qui a dû être le sien. À sa place, plus lâche que lui, davantage effrayé car plus amoureux, je crois que j'aurais fui à toutes jambes, abandonné ma voiture – et à son bord le plus bel animal du monde feulant des jurons avec la grâce et l'inventivité d'une conductrice de mules. Mais Rotunno était fait d'un autre bois. Sans demander son avis à l'actrice, il a remis en mouvement son véhicule qu'il a dirigé lentement vers son domicile tout proche, via della Luce. Ava s'est laissé conduire tout en continuant à émettre régulièrement des grondements jusqu'à ce qu'elle s'adoucisse enfin, sous l'effet d'une bouteille de chianti que Rotunno a débouchée dans le studio de photographie aménagé au rez-de-chaussée de son habitation. Après un quart d'heure et quelques verres, Ava Gardner a retrouvé sa bonne humeur. Elle avait oublié le bar à flamenco mais son désir de danser avait été réveillé par la découverte d'un électrophone dans un coin encombré de la pièce. Elle a réussi à dénicher deux ou trois disques potables sur une étagère, se moquant au passage des préférences musicales du chef opérateur : "Tu as vraiment des goûts de grand-père, Peppino. Tu n'aimes pas t'amuser ?" Puis elle s'est mise à danser au milieu du studio, sous le regard ébloui de Rotunno qui craignait cependant que le volume de la musique ne réveille son épouse Graziolina, couchée dans leur chambre au deuxième étage de l'appartement. Telle que je la vois, cette scène se mélange dans mon imagination avec le souvenir de ce miracle ou de cette apparition, dans *La Comtesse aux pieds nus*, quand Ava Gardner dans un camp de Gitans danse, vêtue d'une jupe noire serrée à la taille, d'un haut jaune moulant et d'un foulard écarlate comme ses lèvres, son regard me fixant un instant – et je préfère ne plus me rappeler le nombre de fois où mon Agfa Selecta, tenu d'une main tremblante, amoureuse, s'est approché de cette image, de ce buste insensé qui affolait le sang de mes seize ans.

III

Comme tout un chacun ignorant sa fin proche, le Second Empire vivait ses derniers moments avec une insouciance qui pouvait confiner à l'indécence pour qui avait le recul avantageux de quelque cent trente années. Je ne dénie pas cette position privilégiée de l'observateur et de l'historien même si elle peut obliger à broder un peu quand la vision se floute et que les sources manquent. En ce début du mois de juillet 1866, Khalil-Bey, richissime diplomate turco-égyptien, collectionneur d'œuvres d'art et de jolies femmes, rendit visite à Gustave Courbet dans son atelier situé rue Hautefeuille à Paris. L'homme semblait très intéressé par le grand tableau *Vénus et Psyché* mais celui-ci avait été vendu la veille à un agent de change, sous condition de quelques retouches visant à augmenter les draperies couvrant Vénus et sa pudeur. Khalil-Bey insista, prêt à surenchérir voire à commander une copie, ce que le peintre refusa car il avait une bien meilleure idée. Il proposa à son visiteur de lui peindre, sur un format similaire, la "suite" de *Vénus et Psyché*, c'est-à-dire la rencontre ensommeillée des deux jeunes filles enlacées sur la couche. Le diplomate ottoman trouva l'idée excellente mais le prix – vingt mille francs – un peu élevé, car il ne fallait tout de même pas exagérer sa générosité ni sa diligence à dépenser les quinze millions de l'héritage paternel, d'autant qu'il connaissait les prix du marché. Les deux hommes discutèrent âprement et s'accordèrent tout à coup, comme par enchantement ou par la connivence secrète liant parfois deux personnes totalement étrangères l'une à l'autre, pour inclure dans la commande un petit tableau, une *toile impossible*. Courbet et Khalil-Bey avaient les yeux brillants, et pas seulement à cause du vin qu'ils buvaient pour fêter la transaction et la chair des images à venir. Khalil-Bey se demanda tout de même comment sa maîtresse Jeanne de Tourbey allait réagir quand il lui exposerait le marché.

Car les jolies brunes ont souvent des caractères impétueux – impériaux même – et Rotunno, qui le soupçonnait déjà, en a eu la confirmation quand Ava Gardner l'a entraîné dans une danse qui l'a mis au supplice. À la fin du disque, il a jeté l'éponge, profondément désolé de décevoir sa cavalière par ses piètres qualités de danseur et d'endurance. Il s'est écroulé sur le divan gris scandinave où l'a rejoint Ava, tous deux essoufflés, le feu aux joues. Ils sont restés côte à côte de longues minutes, en silence, Rotunno écoutant la respiration de l'actrice et sentant la légère odeur de sa sueur, qu'il a trouvée délicieuse mais terrifiante parce qu'il n'avait jamais pensé, avant cet instant, que le corps d'Ava Gardner puisse avoir une odeur – peu importe laquelle – d'âcre miel, de poivre, d'agrumes avancés. Une image n'a pas d'odeur ; au mieux elle sent le papier glacé, la poussière brûlée sur la gélatine des projecteurs, Rotunno le savait mieux que personne, et il n'osait pas se tourner vers la fragrance de sa voisine. Pour rompre le silence qui devenait pesant, le chef opérateur a cherché quelque chose à dire et n'a rien trouvé d'autre, en regardant ses souliers, que lui murmurer platement combien il la trouvait belle. Il l'a regretté aussitôt, craignant que l'actrice n'imagine qu'il la désirait, ce qui n'était pas faux mais pas si simple car Rotunno était lucide quant à ses capacités limitées de séduction, son tempérament fort peu aventureux, et la présence de son épouse à l'étage.

Ava a soudain fondu en larmes et, couchant sa tête sur l'épaule de Rotunno, elle a confié sa terreur de vieillir et son angoisse de constater que sa beauté, imperceptiblement mais sûrement, s'altérait jour après jour, que ne disparaîtrait jamais la grosseur au visage qui la défigurait depuis une stupide chute de cheval dix mois auparavant. Sanglotant comme une petite fille, elle a raconté qu'elle vivait un enfer depuis cette fichue journée d'octobre passée dans le ranch andalou d'un ami d'Hemingway, qu'elle se maudissait d'avoir tant abusé cet après-midi-là du cocktail Sol y Sombra, un mélange redoutable de cognac et d'anis qui lui avait ôté toute lucidité quand elle avait accepté sans réfléchir de monter un canasson noir dont les ruades l'avaient vite envoyée dans le décor, c'est-à-dire éprouver l'étonnante et dure réalité de la terre battue couvrant la *plazita* et qui n'avait rien d'un trompe-l'œil. “Sur le coup, je n'ai pas vraiment réalisé ; tout était allé si vite que je n'avais pas eu le temps d'avoir peur. Et la douleur était supportable, probablement grâce aux verres de Sol y Sombra que j'avais sifflés avant, un sacré anesthésiant d'ailleurs, on devrait le fournir gracieusement à tous les hôpitaux !" a dit Ava en finissant la bouteille de chianti. "Ensuite, je n'y ai plus trop pensé, une grande fête avec barbecue était prévue dans la soirée. Des Gitans sont arrivés de toute l'Andalousie pour chanter et danser. Soutenue par le vin qui coulait à flots, je les ai accompagnés jusqu'à ce que le jour se lève derrière les montagnes. Je me suis vraiment bien amusée. J'adore le flamenco, tu sais, Peppino. C'est le lendemain que j'ai pris conscience avec horreur de cette bosse qui semblait sortir de ma pommette, grosse comme le poing. Des chirurgiens m'ont recommandé des traitements, d'autres des injections chimiques, mais le grand Archie McIndoe, celui qui a redonné une face à peu près humaine aux soldats mutilés et brûlés après la guerre, m'a conseillé de ne rien faire car il pensait que le remède serait pire que le mal. Alors, j'ai attendu que le temps passe et que la plaie cicatrise. La bosse a lentement diminué, les gens me disent maintenant qu'on ne la voit plus, mais moi je la sens toujours sous mes doigts, comme une ombre sous la peau. Depuis des mois, je ne fais que ça, la toucher sans arrêt, et je ne peux pas rester une heure sans aller me regarder dans la glace." Elle a pris alors le visage du chef opérateur entre ses deux mains, le remerciant de savoir si bien la filmer et l'éclairer. "Tu es le meilleur, Peppino, tu es un magicien des lumières. Et tu sais regarder les actrices, avec douceur et bonté, c'est tellement rare au cinéma." Rotunno a cru un instant qu'elle cherchait ses lèvres mais il n'était pas bien sûr, il avait peur de mal interpréter les mouvements de l'ivresse qui, chez Ava comme chez la plupart des gens, finissaient toujours par mélanger les rires et les larmes dans un épanchement plutôt pâteux, quoique touchant.

Le chef opérateur n'a pas eu le temps de tergiverser sur la façon d'appréhender la proximité inespérée de l'actrice ni d'hésiter sur la conduite la mieux adaptée, audacieuse ou plus sage, à tenir, car Ava Gardner s'est levée subitement en s'avisant qu'elle se trouvait dans un studio de prise de vue. "Nous allons faire des photos", a-t-elle dit. "Et faire la seule qui vaille pour emmerder ces pisse-froid de la MGM. Nous allons faire l'image du titre menteur de ce foutu film. Et on l'enverra à tous ces gros bides d'Hollywood, histoire qu'ils comprennent qu'il n'y a pas que des bonnes sœurs à Rome." Rotunno connaissait suffisamment Ava Gardner pour deviner qu'il était impossible, hélas, d'imaginer la faire changer d'avis. Il a sorti ses appareils. Ava s'est allongée sur le sofa, elle a croisé les bras derrière la tête en fixant l'objectif du photographe, habillée. Puis nue.

IV

Au cœur de l'été 1866, par une journée chaude et sans vent, Khalil-Bey retourna voir Courbet dans son atelier qui ne ressemblait plus vraiment à l'image fixée dans le grand tableau réalisé une dizaine d'années auparavant. Les affaires marchaient bien ; les paysages, les scènes de chasse, les portraits commandés couvraient les murs en se succédant dans une rotation que l'on devinait rapide. En ce monde miniature de la rue Hautefeuille, on voit sans peine ce qui bouge sur les murs et que certains nomment réalisme alors que c'est tout autre chose : la neige vire au bleu, l'odeur des feuilles mouillées vole comme des chevelures rousses, la Loue s'échappe des jupons de la terre, les lièvres détalent dans le reflet du cor éclaboussé par le sang du récit des veneurs ; plus loin les vagues, denses – on les croirait sculptées dans la roche –, suspendent leur élan au-dessus de la grève comme si elles attendaient que des bougres aux habits de grosses mailles viennent les réduire en cailloux, en poussière, ou bien qu'une minuscule silhouette, levant la main vers les nuages, les salue.

Les bras grands ouverts, Courbet accueillit chaleureusement le diplomate ottoman avec le visage avenant de ceux qui cachent souvent une sourde mélancolie derrière les sourires et les succès. Ceux-ci l'avaient empâté, la fière barbe assyrienne de sa jeunesse s'était arrondie pour lier le menton à la vareuse, ce qui renforçait la sympathie naturelle qu'il inspirait à ses interlocuteurs. Il prit Khalil-Bey par l'épaule et lui montra ses dernières peintures accrochées dans l'atelier, sans fausse modestie – ce n'était pas le genre du bonhomme – mais sans non plus jouer à l'artiste inspiré dévoilant les mystères, forcément douloureux et sublimes, de la création. Il présentait ses tableaux comme s'il s'agissait des meilleures pommes d'un verger familial, ou bien des meubles d'acajou qu'il aurait efficacement, tendrement façonnés. Il semblait ne pas faire la distinction entre les bricoles miraculeuses comme *Le Puits-Noir*, *Le Rut du printemps* ou *La Femme aux bas blancs* et les aimables tableaux que l'on supposait maçonnés à la chaîne. Tout cela n'était au fond que des grumeaux et des jus balancés avec plus ou moins de bonheur, de chance peut-être, sur un morceau de drap blanc, troué en bas à gauche ou à droite par la même signature carmin du peintre : ce rouge sang était d'or, et comme il se doit trébuchant ; il signait la somme des accommodements nécessaires pour s'approprier de petits sacs de pièces rondes – toujours – et des rectangles du monde – parfois. Khalil-Bey pensa que Courbet aurait pu être marchand de chevaux ou de vin, mélangeant les vieilles carnes et les grands crus, les piquettes et les étalons, jusqu'à laisser croire qu'il ne faisait pas la différence, tant son enthousiasme était contagieux et sa mauvaise foi trop astucieuse pour être vraiment malhonnête.

Khalil-Bey apportait au peintre une bonne nouvelle : sa maîtresse Jeanne de Tourbey acceptait le défi de cet étrange tableau. Mais à deux conditions : le peintre devrait se débrouiller pour qu'on ne voie pas son visage – "Ceux qui ont eu la chance de m'aimer me reconnaîtront et les autres auront matière à rêver" – et surtout se contenter pour tout modèle d'une photographie et d'un peu d'imagination car sa pudeur, sa morale, son rang et son emploi du temps lui interdisaient de passer des heures dénudée dans l'atelier d'un peintre. Courbet fut surpris par cette réponse inattendue, d'autant qu'il avait un peu oublié cette commande ; il partit d'un grand rire d'enfant et, ravi, entraîna Khalil-Bey à la brasserie Andler toute proche où il avait ses habitudes depuis deux décennies : c'était là qu'il aimait partager avec ses amis la choucroute et la bière dans les rires, les débats esthétiques où la défense du réalisme avait souvent délaissé les arguments théoriques au profit de chansons gaillardes qui étaient, selon le peintre, le meilleur manifeste de l'expression du "moderne et du vulgaire" : pour le prouver, il chantait sur les tables, en s'accompagnant lui-même au violon, avec la verve d'un grand prêtre qui amusait la galerie des fidèles, scandalisait les braves bourgeois et faisait rougir leurs filles. Les relations de Courbet avec les Andler s'étaient pourtant refroidies ces derniers temps, le peintre ayant accumulé au fil des années une grosse ardoise qui allait s'alourdir, ce jour-là, de nombreuses bières épongées par quelques saucisses et des jambons alsaciens. Les deux hommes trinquèrent et Courbet rassura Khalil-Bey, qui n'entendait plus grand-chose et souriait comme un idiot, en disant qu'il connaissait un photographe installé rue de Lancry qui ferait cela très bien.

À mes yeux d'enfant, tous les photographes ressemblaient forcément à M. d'Hostel : ils ne pouvaient être que de petite taille, avec des manières élégantes, le crâne chauve, le regard bienveillant et profond, d'une égale courtoisie en toutes circonstances, ce qui pouvait marquer une distance ou masquer une réserve naturelle, une timidité légèrement amusée. M. d'Hostel avait ouvert son commerce quelques années après la Libération et il avait été pendant vingt ans le seul photographe d'Arcis et des environs, bénéficiant de la démocratisation fulgurante de cet art moyen et de l'insouciance cotonneuse des Trente Glorieuses où l'on aimait figer, sur de petits rectangles de papier, le bonheur des anniversaires, des communions et des mariages, des réveillons en hiver et des vacances d'été au bord de la mer. Donc l'affaire marchait bien. En 1966, cinq employés secondaient le photographe au magasin et au laboratoire. Cet été-là, M. d'Hostel m'a proposé d'assurer les remplacements saisonniers, ce que j'ai accepté sans hésiter, contrariant ainsi ma nature indécise. Il est vrai que je venais d'obtenir le baccalauréat et de fêter mes dix-huit ans : j'avais besoin d'argent en prévision de la rentrée et de mes études d'histoire à l'université nouvelle de Nanterre, que j'avais préférée à la Sorbonne, par réflexe provincial sans doute, les Hauts-de-Seine apparaissant moins intimidants que le Quartier latin pour un petit Arcisien poussé entre les forêts et les trous d'eau. Ma passion pour la photographie, je dois l'avouer, s'était émoussée, même si je continuais de temps à autre à explorer la région avec mon vélo et mon boîtier : dans le viseur, les vestiges architecturaux de la seconde révolution industrielle avaient remplacé les écorces et les mousses, à la grande déception de mon père qui, peu convaincu par mes nouvelles orientations artistiques, passait maintenant sous silence mes talents quand il recevait des invités, mes images forestières ayant été remisées au placard, détrônées sur les murs du salon par des reproductions colorées de Vasarely, car "il faut vivre avec son temps et même devancer le présent", disait mon père avec l'assurance qui le caractérisait, répétant cette phrase à tout propos et sans modération.

M. d'Hostel m'aimait bien je crois. S'il ne s'épanchait jamais ni ne se départait d'une froideur polie et sans familiarité, il a fait preuve d'une infinie patience en m'enseignant les ficelles du métier puis, voyant que je me débrouillais à peu près, quelques techniques et tours plus secrets. J'ai appris avec lui à développer les images dans la pénombre silencieuse et rouge du laboratoire, à vendre des pellicules et des albums, à écouter poliment les interminables bavardages de clients dont les mérites fanfaronnés avaient de quoi rendre jaloux Doisneau et Cartier-Bresson, à photographier les robes blanches des mariées dans de jolis parcs ou des salles des fêtes décorées de guirlandes et de cœurs en carton. J'ai fini d'ailleurs par être dégoûté de ces noces – d'autant qu'il semblait qu'on ne s'était jamais davantage marié dans l'Aube qu'en ces deux mois de l'été 66 –, écœuré par ces sourires béats, ces oncles rubiconds, ces demoiselles d'honneur aux regards tristes qui apparaissaient doucement dans le bac du révélateur puis se succédaient, semaine après semaine, sur le séchoir en arborant désespérément les mêmes figures interchangeables. À la fin de l'été, je me souviens que mes sentiments étaient mélangés. J'étais heureux de ce que j'avais appris aux côtés du bon M. d'Hostel mais troublé par ce que je comprenais maintenant – ou ne comprenais plus – des rapports entre la photographie et le monde. Les images de sorties au zoo, d'anniversaires, de kermesses ou de meetings aériens me rendaient mélancolique ; je voyais dans cette volonté de fixer ces petits moments "exceptionnels" une tentative à la fois touchante et pathétique de s'approprier l'ordinaire agencement du monde, sans le remettre en cause. En fait, je ne savais plus bien ce qu'il fallait regarder, ce qui méritait d'être cadré dans un viseur photographique – et, plus largement, je ne savais plus ce que je voulais voir et cacher, ne pas voir et montrer (avec le recul, je pense que ma confusion du moment tenait beaucoup à mes dix-huit ans, au fourbi de mes désirs érotiques et politiques qui s'enchevêtraient furieusement jusqu'à obscurcir la promesse, un jour, de savoir quelque chose).

Au milieu de cette nuit du 22 au 23 août 1958, Ava Gardner semblait loin de ces spéculations aussi vaines que juvéniles : elle voulait tout montrer. Cette séance de pose l'amusait follement et elle n'avait pas du tout envie de l'arrêter là. L'imitation de *La Maja desnuda* lui ayant ouvert l'appétit, elle a demandé d'une voix enjôleuse à Rotunno s'il ne connaissait pas d'autres tableaux où des femmes nues prenaient la pose. Avec un mélange d'orgueil et de regret, elle a concédé qu'elle était pour sa part ignorante en matière d'histoire de l'art comme en la plupart des domaines. Elle s'est servi un grand verre de la deuxième bouteille de chianti ouverte par Peppino et lui a confié que, n'ayant pas fait d'études, elle n'avait aucune culture. "Si un type travaillant vaguement pour la MGM n'avait pas remarqué ma photo dans la vitrine du studio Tarr à New York à la fin du printemps 41, je serais sûrement aujourd'hui une courageuse secrétaire dactylo quelque part en Caroline du Nord ou en Virginie", a-t-elle ajouté, avant de murmurer que la vie aurait sans doute été plus dure mais plus heureuse, qu'elle aurait maintenant des enfants qu'elle regarderait jouer et grandir dans la poussière rouge des chemins bordant leur petite maison. Le chef opérateur a saisi l'occasion pour la questionner sur les champs de coton de son enfance – c'est-à-dire pour l'éloigner des Vénus peintes – mais l'actrice, toujours lucide en dépit de l'alcool chauffant ses veines, a vite saisi la ruse : elle n'en démordait pas et voulait continuer à jouer les modèles en peinture. "S'il te plaît, Peppino chéri…", a-t-elle minaudé en le prenant par l'épaule et en plissant ses yeux vert-gris. Le brave *Peppino chéri* avait depuis longtemps abandonné toute idée de contrarier cette nuit-là les volontés fantasques de la star. Il est monté à l'étage pour chercher quelques livres d'art dans sa bibliothèque, en veillant – malgré son ivresse inhabituelle et avancée – à ne pas faire grincer l'escalier de mauvais bois. Il avait déjà prévu une réponse implacable au cas où son épouse se serait réveillée et lui aurait demandé ce qu'il fabriquait : il lui aurait répondu, d'une voix la moins pâteuse possible, qu'elle ne devait pas s'inquiéter et que tout allait bien. Qu'il était juste en train de boire de l'alcool avec Ava Gardner, dénudée dans son studio car elle avait envie de s'amuser un peu en faisant des photos.

Son épouse Graziolina avait probablement un sommeil de plomb et Rotunno est redescendu soulagé, serrant contre sa poitrine de gros livres d'art. Il a rejoint Ava sur le divan cendré où ils ont feuilleté ensemble, épaule contre épaule, des monographies de Titien, Vélasquez, Manet, Renoir. L'actrice a trouvé Olympia très laide – "une guenon aplatie" a-t-elle dit – et les baigneuses de Renoir vraiment pas son genre. Elle a été séduite en revanche par *La Vénus au miroir*, sans deviner les difficultés qu'il y aurait à recréer la composition de Vélasquez en photographie. Après avoir déniché un miroir dans un coin du studio (mais point d'angelot à ruban) puis ôté ce qui la couvrait assez mal depuis la photographie de la supposée duchesse nue, l'actrice s'est allongée sur le divan et le chef opérateur a compris très vite que rien ne fonctionnait : si somptueux que soit son postérieur, l'actrice échouait à reproduire la position de la Vénus et Rotunno ne réussissait pas mieux à trouver le bon angle pour saisir simultanément les courbes du corps étendu d'Ava et son reflet dans le miroir fixant l'objectif. Mais il n'a rien dit, profitant du spectacle, et déclenchant plusieurs fois.

V

Courbet aimait les peintures de Vélasquez et Titien pour les avoir beaucoup regardées et copiées durant ses années de formation. À quarante-sept ans, il rêvait maintenant de les surpasser mais il était lucide, malgré ses forfanteries, quant aux limites de son talent. Il savait qu'il ne pourrait égaler un jour la folle intelligence de l'Espagnol ni la sensualité intense du Vénitien. Courbet était pragmatique – et c'était peut-être sa plus grande force en peinture, avec l'art consommé de faire du bruit. Il exposait de grandes machines invendables pour mieux écouler des tableautins qui sont, quand je les regarde, tantôt des merveilles, tantôt de vagues décors ou des tapisseries déjà vieilles à peine filées. Nous avons tous nos paradoxes, mal ou bien dissimulés. Socialiste sincère et partisan actif de la Commune, ce qui provoquera sa ruine après la Semaine sanglante, Courbet fut aussi le premier artiste ayant compris à son bénéfice la formule capitaliste et médiatique qui allait bientôt tout emporter, les petites choses de la peinture comme les grandes affaires des hommes. Vélasquez et Titien appartiennent à l'ancien monde, aristocratique et presque féodal. Les Vénus sont peintes déshabillées pour des messieurs qui ont des titres, de l'or, des chapeaux, des honneurs, et des désirs pour décorer une chambre, un *studiolo*. Ils veulent étreindre ce que la puissance a mal froissé dans les draps. Ils veulent qu'une main dessine ce qui est un rêve, un nuage, une vanité. Ils imaginent que la peinture les rapproche de Dieu et que ce mouvement leur donne la priorité pour posséder le vaste monde, c'est-à-dire une équivalence entre ce qu'ils voient et ce qu'ils n'ont pas encore. Le peintre est la main de Dieu qui attend ses gages. En 1538, Titien apprend à vieillir en préparant le terrain pour Courbet et Manet qui ne garderont de Dieu que la surface où il s'aplatit et disparaît dans la chute verticale d'un rideau sombre. Le peintre vénitien a cinquante ans quand il peint *La Vénus d'Urbino* pour répondre à la commande de Guidobaldo Della Rovere, duc de Camerino et futur duc d'Urbino. La postérité a retenu le patronyme de ce jeune héritier d'une famille de papes et de condottieri, au contraire du nom de ceux et celles qui ont la grâce mais non la puissance – et c'est pourquoi demeure inconnue l'identité de la jeune fille ayant posé pour la commande : on devine qu'elle est née et qu'elle mourra sans titres ni vêtements, ainsi que Titien l'a regardée puis saisie dans la nuit qui doucement tombe. J'ai toujours pensé que la tendresse d'un vieux peintre pour une jeune fille avait quelque chose d'émouvant, d'inquiétant aussi, d'où la beauté folle de ce tableau. Le pinceau du Vénitien caresse la toile où il pose un coffre entrouvert, un bouquet rose, un petit chien qui dort, une fenêtre, deux taches écarlates, le myrte dans un vase, puis cette jeune fille qui nous regarde où que nous allions, qui ne cesse de nous regarder depuis 1538, autant avec ses beaux yeux qu'avec sa main gauche.

Passant alternativement de la reproduction du tableau de Titien à l'actrice dans son viseur, Rotunno a été surpris par la ressemblance – à laquelle il n'avait jamais songé – entre le visage de *La Vénus d'Urbino* et celui d'Ava Gardner : le vin avait certes altéré sa lucidité mais les similitudes étaient frappantes, du dessin marqué des sourcils à la jolie forme du nez, l'actrice et son modèle partageant le même regard, à la fois doux et frondeur quand il fixait le spectateur avec un mélange d'abandon et de défi, comme si un sentiment de fatalité perçait derrière une lassitude offerte et amusée. Rotunno a même cru déceler le soupçon d'une légère fossette au menton de Vénus et des reflets blonds dans les cheveux d'Ava. Le chef opérateur commençait à se laisser prendre au jeu et à trouver amusante cette idée de rejouer la peinture en photographie, et presque stimulante par les problèmes de composition et de cadrage qu'elle posait, indépendamment bien sûr des attraits qu'elle proposait à ses yeux d'homme. En bon professionnel, il jugeait que la tentative en cours était mieux engagée que les deux précédents essais, d'après *La Maja desnuda* de Goya et *La Vénus au miroir* de Vélasquez, peu concluants – et, durant quelques minutes, il s'est imaginé être Titien, un verre de vin aux lèvres dans un palais vénitien, voir ce qu'il a vu et d'un geste inventer ce qu'il a reconnu : une chair dorée, couchée à même le lit de la peinture, et qui flotte dans la lumière, quelque part entre la possibilité d'un songe et notre regard. Rotunno a pris plusieurs clichés, l'actrice s'efforçant, entre les jurons et les fous rires, de suivre ses indications avec l'application d'une élève douée mais dissipée. Soudain, alors que Rotunno lui demandait d'une voix mal assurée de rectifier la position de sa main gauche, Ava s'est levée d'un bond en décrétant qu'elle venait d'avoir une idée géniale. "Peppino, nous allons quitter ton adorable petit studio et tes mauvais vins pour aller chez moi, boire des boissons d'homme et faire une vraie photo de femme. Prends ton appareil", a-t-elle dit en enfilant sa chemise et fourrant le reste de ses vêtements dans son sac, d'un geste que Rotunno a perçu telle une imitation involontaire d'une servante bouleversant des étoffes dans un coffre de bois.

La Fiat avançait à petite vitesse dans la nuit romaine et Ava Gardner paraissait fraîche, enjouée, comme si l'alcool bu et l'heure avancée produisaient sur elle l'effet inverse que sur la plupart des mortels, dont Rotunno était, assurément : il fixait avec une attention écarquillée le bord droit de la chaussée qui avait tendance à fuir et même s'effacer, l'obligeant à redoubler de prudence et à conduire avec une lenteur que l'actrice qualifiait en riant de "criminelle". Trois heures sonnaient à l'église de la Trinità dei Monti quand ils ont rejoint l'appartement d'Ava qui surplombait la piazza di Spagna et la ville endormie. Après avoir servi deux généreux verres de gin, elle a ouvert grandes les fenêtres et mis un disque de Sinatra sans une pensée pour le sommeil des Romains environnants, puis a dansé sur la terrasse, faisant à chaque mouvement voler sa chemise blanche. Rotunno, engourdi par l'ivresse, observait depuis le salon ce fantôme qui s'agitait dans la nuit au rythme d'une voix soyeuse comme des étoiles de Noël. Ava est rentrée pour remplir son verre et s'asseoir quelques instants à côté de Peppino dont elle a entouré les épaules de ses bras. Après quelques instants où ils sont restés l'un contre l'autre à écouter le chuintement de l'électrophone tournant à vide à la fin du disque, l'actrice s'est écartée doucement du corps empesé de Rotunno qui a vu s'éloigner ses contours flous vers une autre pièce de l'appartement. Elle est revenue en tenant dans ses mains un livre qu'elle lui a montré comme un trophée, une lueur espiègle et triomphante dans les yeux. C'était un ouvrage allemand des années 30, intitulé *Die Grossen Meister der Erotik*. Ava ne se souvenait plus qui le lui avait offert, probablement Albert Lewin ou bien Man Ray, à l'époque du tournage de *Pandora*. Elle a ouvert le livre à la page 141 et a dit qu'elle voulait faire ce tableau en photo. Peppino a regardé l'image et s'est rendu compte qu'il n'était pas trop dans son assiette.

VI

Comme l'année précédente, j'ai passé l'été 67 à travailler chez M. d'Hostel qui, pour preuve de la confiance qu'il m'accordait désormais, me confia la gestion du magasin pendant la petite dizaine de jours où, de manière inédite, il a pris ses congés au milieu du mois d'août. Je me suis donc brièvement retrouvé à dix-neuf ans responsable d'un commerce de photographies, supervisant l'organisation du travail des employés et le bon fonctionnement de la boutique. Je crois n'avoir pas commis alors d'erreurs monumentales, m'acquittant de la tâche avec sérieux et investissement, ainsi qu'écrivent les professeurs en mal d'inspiration sur les bulletins scolaires. Il est vrai que je turbinais comme un âne, ne comptant pas mes heures, moins par goût de la perfection que pour ne pas avoir le temps de penser à Paris où j'avais laissé mes désirs et mes passions entrelacés : les promesses d'une jeune fille de dix-sept ans prénommée Ariane rencontrée en mai, les vérités contrariées de l'Histoire, et les espérances du futur. Le présent ne comptait pas.

Cent et une années plus tôt exactement, en août 1866, Courbet et Khalil-Bey se rendirent chez le photographe Auguste Belloc qui résidait rue de

Lancry à proximité du canal Saint-Martin. Le photographe, portant la soixantaine et la barbe avantageuses, les accueillit avec une élégance courtoise, qui aurait pu être celle de M. d'Hostel, et les conduisit à travers son établissement jusqu'à une porte dérobée derrière le rideau d'un décor. Précédant ses deux invités dans un vestibule encombré de meubles mal assortis, Belloc fit pivoter le pan d'une bibliothèque découvrant un escalier en colimaçon menant à la cave. Le cérémonial et la configuration des lieux rappelaient que les pionniers de la photographie naviguaient à vue dans les eaux troubles de l'art, de la science et de la magie, ce qui pouvait se révéler exaltant mais périlleux car il arrivait souvent que l'on prenne des vessies pour des lanternes, ou l'inverse. C'était au sous-sol que le respectable et brillant photographe, membre fondateur de la Société française de photographie, auteur d'importants manuels techniques, développait des recherches plus secrètes – investigations qui n'avaient malheureusement pas échappé, en octobre 1860, à la vigilance vertueuse de la police, sans que cela ne dissuade cependant le photographe de reprendre peu à peu ses activités de l'ombre : il s'avisa juste de redoubler de prudence en installant un atelier clandestin et de réduire la voilure. La cave était organisée comme un modèle réduit du premier étage, avec un studio de prise de vue, un laboratoire de tirage, un atelier de colorisation et un petit bureau sans fenêtre où Belloc invita le peintre et le diplomate ottoman à s'asseoir. Il sortit délicatement une image d'un étui de cuir (je me demande s'il s'agissait d'un daguerréotype stéréoscopique colorié ou d'une épreuve sur papier salé). Les trois hommes regardèrent l'image en se comprenant sans échanger un mot, les yeux brillants : Belloc était fier et soulagé d'avoir réalisé ce cliché compliqué, Courbet impatient et enfiévré par la peinture qu'il imaginait pouvoir faire, et Khalil-Bey comblé d'être l'heureux propriétaire de tout cela, le corps réel de la belle Jeanne, son corps photographié et son corps bientôt peint.

L'été 68 a été pour moi une saison noire. Avec Ariane nous avions dépassé depuis l'automne le stade des promesses, et les espérances politiques portées avec les camarades avaient tutoyé l'Histoire en mai. Le retour au réel – c'est-à-dire pour moi le retour solitaire dans l'engourdissement d'Arcis – m'a paru effroyable. Tandis que mes amis passaient l'été à réfléchir aux moyens de continuer la lutte ou bien partaient inventer gaiement de nouvelles façons de vivre ensemble, je me suis retrouvé comme un idiot de vingt ans à pourrir dans mon trou natal, sans autre horizon pour dix semaines que la maison familiale et l'emploi saisonnier du magasin de M. d'Hostel. C'était en partie ma faute car je n'avais pas eu la force de m'opposer à l'autorité paternelle, souffrant moins de celle-ci d'ailleurs que de la lâcheté de mon caractère, en contradiction avec toutes mes convictions et mes révoltes. Mon père tenait absolument à ce que je travaille l'été pour financer mes études et me "coltiner à la vraie vie", comme il disait. "Vous autres petits intellos de gauche, vous n'avez aucune idée de ce qu'est le monde. Vous confondez le réel avec les mots fumeux de vos discours d'apprentis Robespierre ou de Castro d'opérette. Ce qu'il vous manque, je vais te le dire Jacques, c'est une bonne guerre ou, en attendant, un bon coup de pied au cul qui ferait redescendre vos idées de merde à leur place, si tu vois ce que je veux dire !" Je voyais très bien et je baissais la tête, imitant en cela ma mère silencieuse ; après quelques tentatives pathétiques, j'avais depuis longtemps perdu l'envie de mener une discussion politique avec mon père, les événements de mai ayant précipité nos désaccords et rendu caduque toute perspective d'entente ou de communication sereine entre nous. Chaque matin, j'allais donc travailler chez M. d'Hostel, sans enthousiasme aucun mais presque soulagé de quitter l'air morne et pesant de la maison où mon père – pour qui les ressorts de la métaphore scatologique semblaient inépuisables – m'invitait élégamment et régulièrement "à me torcher avec le Petit Livre rouge".

Le lendemain du 14 Juillet – nombreux étaient les clients qui nous apportaient des pellicules du défilé de la veille pour les développer –, M. d'Hostel m'a invité dans l'après-midi à venir le voir dans son bureau. J'ai tout de suite perçu au ton qu'il employa, toujours aimable mais plein d'une gravité qui semblait l'encombrer lui-même, qu'il ne s'agissait pas de faire le point sur les stocks du magasin ni sur le planning des reportages à venir (de mariage pour la plupart). Il m'a fait asseoir face à lui, a sorti une cigarette qu'il a fumée du bout de ses doigts fins, et a essayé d'aller droit au but. Il avait soixante-deux ans et avait compris qu'il devait penser à l'avenir de son commerce. Sa fille unique, Élisabeth, était partie s'installer au début des années 50 en Hollande, elle méprisait "l'art de la photographie" – je me souviens d'avoir été surpris par l'emploi de ces termes : "l'art de la photographie" –, elle était avocate, spécialisée dans le droit international des affaires, a-t-il ajouté en haussant le sourcil droit et précisant qu'il ne la voyait pas très souvent mais qu'ils s'aimaient beaucoup à cause de, ou grâce à la distance. Il a souri doucement puis a sorti une nouvelle cigarette. Il a dit ensuite qu'il m'avait beaucoup observé depuis deux ans, que je me débrouillais plutôt bien malgré mon jeune âge dont j'avais l'enthousiasme, que je faisais preuve d'un sérieux prometteur en dépit de mes idées généreuses et passagères (je n'avais pourtant jamais parlé de politique et encore moins d'idées avec M. d'Hostel). Qu'il avait réfléchi longtemps et qu'il serait heureux que je prenne sa suite. Je n'ai d'abord rien répondu, fixant désespérément un portrait de jeunes mariés radieux et encadrés sur le mur du bureau à côté d'une jolie photographie de l'Aube au crépuscule, puis j'ai bredouillé un sabir de remerciements et d'excuses qu'il a interrompu en me disant que les aspects financiers de cette passation en douceur ne devaient pas m'inquiéter, que nous avions le temps d'en parler tranquillement avec mon remarquable père. J'ai hoché la tête en divers sens et me suis levé en expliquant ma confusion par la surprise, demandant un délai de réflexion pour donner ma réponse. M. d'Hostel m'a raccompagné jusqu'à la porte en me glissant qu'il n'ignorait pas combien j'étais un garçon indécis, il en avait d'ailleurs parlé à Élisabeth au téléphone – ce qui m'a légèrement vexé et incompréhensiblement fait rougir. Avant de prendre congé, je lui ai serré la main de la manière la plus virile et volontaire possible en lui assurant que je lui ferais part de ma décision très prochainement. Et je suis sorti dans les rues d'Arcis d'un pas hagard en me cognant à une vieille dame qui me traita de "rastaquouère". Il faisait une chaleur à pleurer.

De retour à son atelier après la rencontre avec Belloc, Courbet changea sa chemise qui était trempée de sueur et but un grand verre d'eau fraîche. Il choisit une toile de format modeste – celui qu'on appelle 10 Figure 46 centimètres de haut sur 55 centimètres de long – achetée chez son habituel marchand de toiles à peindre. Avant de se mettre au travail, il fixa longuement ce petit rectangle blanc : tout était déjà là.

VII

Giuseppe Rotunno savait qu'Ava Gardner cultivait, parmi d'autres habitudes discutables, celle de subordonner le réel à ses désirs, en toutes circonstances, et il sentait aussi qu'il n'était absolument pas en état de rassembler ce qu'il lui restait de raison pour s'y opposer. Sa clairvoyance et son courage s'étaient perdus dans la nuit, entre la via Veneto et *La Vénus d'Urbino* – et maintenant il rêvait. L'actrice s'est allongée sur le canapé en remontant sa chemise blanche au-dessus de ses seins. La tête renversée en arrière, un verre de gin au bout du bras droit légèrement levé, elle a dit que pour une fois elle n'aurait pas à s'inquiéter de la grosseur au sommet de sa pommette droite, qu'on ne la verrait pas à l'image et qu'elle aurait dû avoir l'idée plus tôt de faire ce genre de clichés. Elle a ri de bon cœur puis, avec son habituelle ignorance des transitions, a demandé d'un ton vif à Rotunno de se dépêcher. Il a obtempéré et comme un somnambule s'est attaché à régler les lumières, éteignant une lampe, en rapprochant deux autres du canapé, atténuant l'intensité de l'une avec un tissu. Il s'est approché d'Ava, son appareil à la main, et il a regardé une nouvelle fois l'image en noir et blanc dans le catalogue allemand. Tout en se demandant quelle nécessité le poussait à éprouver les limites de ce qu'avait été hier sa conscience ou son discernement, il s'est agenouillé à un mètre à peine de son modèle et a constaté qu'il arrivait au bout de la pellicule, qu'il lui restait une vue, ou deux tout au plus. Il n'a rien dit. La respiration de l'actrice gonflait périodiquement sa poitrine, animant le drapé blanc dans le coin supérieur droit de l'image. L'œil collé au viseur, Rotunno s'est approché encore de quelques centimètres. Il a vérifié l'angle et le cadre, appuyé une fois puis une autre sur le bouton de déclenchement avant que la butée du levier d'armement lui signifie la fin du film. Il a rembobiné.

VIII

En mettant la pellicule dans sa poche, Peppino a souri comme un enfant ahuri, heureux d'avoir commis une extravagance et de constater qu'aucun châtiment ne tombait illico sur son pauvre crâne – un crâne d'Italien qui s'était débarrassé du catholicisme mais dont il avait gardé un air vague de curé, des manières douces, un rapport contrarié à la confession, et quelques lambeaux de superstition. Il continuait pour l'heure à flotter aux frontières de l'ivresse, de la veille et du rêve et il avait l'impression qu'un autre Peppino, qu'il ne reconnaissait pas, avait pris possession de son corps et de sa conscience, l'un et l'autre curieusement aiguisés par le brouillard qui les baignait. Ava Gardner a remis sa chemise, un disque de jazz et a resservi à boire. De très bonne humeur, elle semblait avoir déjà oublié qu'ils avaient fait des photos. Elle riait en renversant la tête en arrière et en cachant sa bouche avec sa main retournée, la paume offerte et blanche dans la nuit.

Rotunno la regardait sans réussir à bien appréhender la folle étrangeté de la situation – et c'est probablement ce qui nous arrive à tous, deux ou trois fois peut-être au cours de notre vie misérable, quand nous sommes incapables de reconnaître l'inouï au moment où il surgit, condamnés ensuite à le traquer vainement dans la mémoire défaillante et complaisante, ce qui nous permet de tout inventer, y compris les possibilités de rêver et regretter sans fin ce qui s'est passé ou non. Il est difficile d'imaginer ce que pouvait penser Rotunno à quatre heures du matin, ivre et seul avec le plus bel animal du monde dont la peau nue débordait outrageusement d'une grande chemise blanche mal boutonnée. En ces circonstances et à sa place, sans doute aurais-je souhaité que cette nuit n'ait jamais existé – mais surtout qu'elle ne finisse pour rien au monde. Il a songé un instant à Graziolina, à côté de laquelle il aimerait être sobrement endormi, tout en rêvant d'avoir l'audace que le moment et son désir, si mal assumé soit-il, commanderaient. Alors, attendant qu'un élément extérieur mette fin à son indécision, il est demeuré un sourire béat aux lèvres, en buvant très lentement son verre de gin et le vidant même à moitié dans un pot de fleurs quand Ava s'est éclipsée pour aller aux toilettes. À son retour, sans avoir rien décidé, il s'est levé comme il a pu, surpris de s'entendre dire, d'une voix brouillée, qu'il allait rentrer. Ava Gardner s'est approchée de lui, l'a pris dans ses bras et Peppino s'est retrouvé le nez dans l'odeur de l'actrice, les lèvres sur la courbe de sa jolie gorge.

"Rarement un cou n'a paru aussi indécent", aurait dit Alexandre Dumas fils à propos de Jeanne de Tourbey dont il avait favorisé l'ascension mondaine. Il n'était pas le seul à avoir généreusement œuvré pour transformer l'ancienne rinceuse de bouteilles en cette courtisane respectable et respectée qu'il surnommait "la Dame aux violettes". D'autres écrivains comptèrent parmi ses admirateurs dont Gustave Flaubert qui fut son voisin et qui lui écrivit de Tunis en mai 1858, se targuant de songer à elle presque continuellement : *Je me croyais pourtant revenu de tout cela ! Quel orgueil ! Le cœur est comme les palmiers, il repousse à mesure qu'il se dépouille. Est-ce dans le boudoir de la rue de Vendôme que se retrouvent vos grâces de panthère et votre esprit de démon ? Comme je rêve souvent à tout cela ! Dans deux mois, j'espère vous revoir, revenir me mettre à vos genoux, et causer comme les autres hivers de philosophie sentimentale, tout en regardant vos yeux qui rient si franchement et qui pensent si fort. Je me précipite sous la semelle de vos pantoufles, et, tout en les baisant, je répète que je suis tout à vous.* La couleur des yeux de Jeanne était indécise – un regard d'avant le désir ou d'après le plaisir – et variait selon les jours et l'humeur de celui qu'ils faisaient succomber, écrire, s'apeurer, ou bien rougir, se dévêtir ou se rhabiller. Courbet les avait crus verts lors de leur première rencontre mais les perçut vaguement gris quand Jeanne de Tourbey vint à l'atelier, une matinée ensoleillée de fin d'été.

Elle souhaitait voir l'avancée du petit tableau avec une curiosité trop ostentatoire pour ne pas cacher une anxiété qu'elle tentait de balayer en vain, comme l'air brûlant, avec son éventail. Courbet s'amusa de ces manières, lui qui n'en faisait aucune, et lui présenta la peinture sans dissimuler sa fierté. "Je ne peux refuser de dévoiler ce tableau à celle qui m'a tout montré et dont il m'arrive de croire que je la connais mieux que toutes les femmes que j'ai connues, si vous me permettez cette audace, chère madame." Jeanne répondit qu'elle appréciait toutes les audaces, si on savait y mettre le prix, ou le talent. “Pour le talent, vous auriez pu tomber plus mal, rétorqua le peintre. Regardez ce ventre, c’est beau comme la chair d’un Corrège !” Jeanne fit un vague signe du menton pouvant signifier tout et son contraire, et elle regarda longuement l’image en silence, maîtresse impeccable de ses sentiments et de ses expressions. Elle convint pour elle-même que le peintre était certes fanfaron mais qu’il ne manquait pas de talent ni de hardiesse. Elle détourna enfin son regard du tableau pour observer son auteur, fort empâté, qui contemplait son œuvre, visiblement content de lui mais comme surpris de l’avoir lui-même enfantée, tel un gamin s’étonnant de son propre culot après avoir commis un tour pendable alors que ce n’était, au départ et avant de dégénérer, qu’une mauvaise plaisanterie sans gravité. Courbet s’approcha de la jeune femme avec chaleur, cherchant son approbation – ou peut-être bien autre chose. Elle s’écarta doucement, la barbe drue et les cheveux du peintre sentaient le vieil alcool et le tabac froid, ses vêtements le chien mouillé. Elle dit en souriant que sa propre audace avait tout de même des limites qu’une femme de bon goût ne saurait ignorer. Courbet – qui n’était point sot derrière ses façons un peu lestes – comprit qu’il ne posséderait jamais Jeanne qu’en peinture. “C’est un début prometteur et une merveilleuse fin dans ce cas”, dit-il en partant d’un gros rire et raccompagnant Jeanne jusqu’à la porte. Celle-ci refermée, se souvenant qu’il était peintre avant d’être un homme, il pensa que les yeux de Jeanne étaient probablement jaunes comme la cendre et comme la braise, quand elles sont barbouillées par un soleil de passage dans la fugue des nuages.

IX

Quand je pense à mon père, je ne peux m'empêcher de voir une suite de rendez-vous manqués, de malentendus et de disputes qui furent violemment interrompus, me laissant seul, anéanti par l'impossibilité de toute réconciliation. L'inachèvement d'un orage est une torture à cause de la violence et de la tension qu'il n'a pas libérées, de l'aube attendue qui se refuse à jamais, abandonnant les herbes trempées à une nuit sans secours et sans la consolation d'une espérance de rayons doux et calmes, qui viendraient tout assécher et tout réinventer.

Il avait commencé sa vie professionnelle, juste après la guerre, comme représentant de commerce ou commis voyageur, comme on disait à l'époque : mon père avait vendu à peu près tout et n'importe quoi, au gré des entreprises qui employèrent, sans le regretter une seule fois, ce type hâbleur à la chaleur communicative, malin mais franc, dur au labeur et allant droit au but en évitant de couper les cheveux en quatre (ce dernier trait alimentant mon désarroi face aux mystères de la filiation et de la ressemblance introuvable). Au tout début des années 60, se trouvant comme souvent au bon endroit et au bon moment, en l'occurrence celui de la mécanisation à marche forcée de l'agriculture, il s'était mis à vendre des cabines de tracteurs, des concasseurs, des semoirs à betteraves, des moissonneuses automotrices, des botteleuses Rivierre, des faucheuses à disques. Il écoula ce matériel agricole, pour le plus grand ravissement de son employeur et de ses actionnaires, dans des centaines de fermes de l'Aube avant d'étendre son territoire à la Marne, à la Côte-d'Or, à l'Yonne et jusqu'à la Nièvre. L'argent afflua d'un coup, sans rien changer à sa manière de vivre et d'être, accentuant peut-être son assurance naturelle et ses certitudes inébranlables. Parmi celles-ci, sa foi gaulliste semblait trempée dans le même acier que le soc des charrues dont il vantait les mérites avec un talent qui, disait-on, était capable de convaincre et d'attendrir la terre même qu'elles allaient labourer. La fréquentation des paysans et la peur du lendemain le conduisirent à gérer prudemment ses économies et je ne me souviens pas que sa réussite ait modifié profondément notre vie quotidienne. Contrairement à de nombreux nouveaux riches de cette époque et de sa profession, mon père gardait une sobriété de bon aloi, sans ostentation mais sans volonté non plus de s'excuser de ses succès : il emmenait sa famille le dimanche à la messe dans une DS beige et restait longuement sur le parvis ensuite à palabrer et plaisanter avec les notables, les ouvriers, les commerçants et les vieilles dames pieuses d'Arcis.

Mon refus de prendre la suite de M. d'Hostel en juillet 1968 a rendu définitive une rupture que nos différends politiques avaient préparée depuis des mois. Mon père, qui ne ferma pas l'œil pendant plusieurs nuits après que je lui fis part de ma décision, était incapable de comprendre les raisons qui m'avaient poussé à décliner la proposition du photographe. Et de mon côté je n'avais pas le courage d'avancer des arguments qui auraient été forcément inaudibles pour le gaulliste ombrageux qu'il était, encore convalescent après les folles semaines de mai au cours desquelles il avait cru – ou plutôt craint – voir tout son monde s'écrouler. Comment aurait-il pu entendre que je tenais le commerce pour un vol institutionnalisé, l'un des gros maillons de la chaîne de plomb qui exploitait les travailleurs et muselait le peuple ? Comprendre que j'envisageais d'autres horizons que m'enkyster à vingt ans dans ce trou natal pour photographier les bonheurs fabriqués et vendre des pellicules dont la sensibilité au chaos du réel m'apparaissait fort douteuse ? Et s'apercevoir que j'avais vingt ans, tout simplement, gonflé du désir vague et fou d'aimer et de lutter ?

À la fin de ce morne été, un samedi soir, j'ai quitté Arcis pour Paris avec hâte et soulagement. J'ai serré aussi longuement que maladroitement la main de M. d'Hostel qui a semblé vouloir me dire quelque chose mais ses mots se sont évanouis sur le sourire pincé de ses lèvres. Avant de rejoindre la gare, je suis passé par la maison pour prendre mes bagages. J'ai embrassé ma mère dans le salon, sans que mon père ne nous jette un regard, occupé qu'il était à installer le nouveau téléviseur en couleur qu'il venait d'acquérir, non sans fierté car il devait être l'un des premiers, parmi les pionniers d'Arcis, à pouvoir accueillir chez lui les ministres de la République et leurs figures inédites balayées d'électrons couperosés. Nous n'avons pas échangé un mot – et ce fut notre ultime silence partagé, la dernière image que j'ai gardée de lui le figeant dans une proximité presque amoureuse avec une grosse boîte Schneider dont il tournait les boutons dans tous les sens pour régler les moires du monde, tremblantes et floues, qui ondulaient sur l'écran.

Lorsque Rotunno s'est retrouvé chancelant sur le pavé de la piazza di Spagna, qu'il n'avait jamais vue aussi déserte et mal éclairée, il s'est avisé de l'incompatibilité de son état avec la conduite d'une automobile. Il ne se souvenait d'ailleurs plus où il avait stationné la sienne, quelques heures plus tôt, quand Ava Gardner l'avait entraîné chez elle "pour boire des boissons d'homme et faire une vraie photo de femme", ce qu'ils firent, sans que Rotunno, dans l'état présent, ne sache encore s'il devait le regretter ou non, sa clairvoyance relative lui conseillant juste de rentrer chez lui à pied. La marche et la légère fraîcheur de la fin de nuit l'ont peu à peu tiré de son engourdissement mais n'ont pas dissipé son impression d'avancer à tâtons dans un monde à la netteté diffuse, à la réalité suspecte. Pour la première fois, le dédale des rues romaines lui a paru d'une artificialité presque cinématographique, et il lui a semblé qu'il était lui-même un fantôme dans ce décor de vieux murs et de grilles métalliques baissées, d'enseignes faiblement lumineuses et d'affiches lacérées. Il n'a croisé aucune âme, qu'un chaton blanc dont les faibles miaulements se sont perdus dans la rumeur plus puissante de la fontaine de Trevi. Rotunno y a plongé son visage avant de poursuivre sa route. Six heures ont sonné aux clochers de plusieurs églises quand il a atteint le pont Garibaldi. Les premières lueurs de l'aube accrochaient quelques reflets dorés aux eaux du fleuve, de part et d'autre de l'île Tibérine dont Courbet aurait peut-être aimé saisir l'apparition matinale, maçonnant d'ocre la structure en pointe qui fendait la toile et le brouillard mouillé du Tibre.

Mon père est décédé brutalement, le dimanche 27 avril 1969, en début d'après-midi. La crise cardiaque lui aura au moins épargné le coup de tonnerre qui surviendrait une dizaine d'heures plus tard, sous la forme d'un communiqué dans lequel de Gaulle annoncerait, depuis Colombey-les-Deux-Églises, qu'il cessait d'exercer ses fonctions de président de la République. Cette nouvelle aurait sans doute paru à mon père aussi injuste et terrifiante que la mort même, car les deux choses lui semblaient pareillement inimaginables. Il ne pouvait concevoir un autre président que le Général et il avait comme tout le monde, faute de l'avoir expérimentée, une représentation assez nébuleuse et théorique de ce que pouvait être la mort. J'ai accouru de Paris dès le dimanche soir, totalement bouleversé par cette disparition soudaine qui attisait les regrets de n'avoir pas su me réconcilier avec lui. J'étais désespéré par ma conduite de fils ingrat, effaré après coup d'avoir boudé la maison depuis la fin de l'été précédent et d'avoir même refusé de revoir mes parents au moment des fêtes de Noël. Ma mère m'en a probablement et amèrement voulu, et avec raison, mais sans le formuler à haute voix, ce qui me culpabilisait davantage. Ses reproches les plus féroces étaient ceux qu'elle exprimait indirectement et presque distraitement, comme ce jour où je l'entendis murmurer que c'étaient les événements de Mai qui avaient tué mon père, laissant entendre à demi-mot que j'étais finalement et en partie responsable de sa mort. Dans les mois qui ont suivi les obsèques, je suis revenu à Arcis aussi souvent que je l'ai pu. Nous étions toujours incapables de nous parler avec simplicité, ma mère et moi, et nous nous sommes rapprochés dans les larmes. Je me souviens de nos longues promenades silencieuses durant l'été 69, quand nous trimballions au soleil le chagrin de nos yeux rougis, marchant sans but au milieu des arbres de la forêt d'Orient – chênes, saules, hêtres, charmes et frênes qui plaisaient tant à mon père et que j'avais photographiés avec frénésie à quatorze ans, ignorant que je le faisais moins par goût des écorces et de la chlorophylle que par une manifestation inconsciente d'amour filial.

Vers dix heures du matin ce samedi 23 août 1958, la chaleur était déjà accablante quand Giuseppe Rotunno, cachant ses pauvres yeux derrière des lunettes noires, est arrivé sur le plateau de Cinecittà pour la dernière journée de tournage de *La Maja desnuda*. Il ne restait que quelques plans à mettre en boîte et tout le monde avait hâte que se termine cette affaire qui avait cumulé retards, reports et lenteurs n'ajoutant rien, au contraire, à l'hypothétique réussite artistique voire commerciale du film. Ava Gardner fut donc accueillie avec une certaine froideur quand elle débarqua peu avant midi, souriante et aussi fraîche que possible mais pas autant qu'elle le souhaitait, constatant qu'à trente-six ans les traces d'une nuit d'excès s'effacent plus difficilement qu'à vingt-cinq – et c'était là le début d'une tragédie ne présageant rien de bon pour la suite. Rotunno et la star n'ont pas eu l'occasion d'échanger un regard ni une parole durant les quelques heures de tournage, comme si rien ne s'était passé la nuit précédente, et le chef opérateur s'en est trouvé soulagé, pressé de rentrer chez lui, de manger des spaghetti *alle vongole* avec Graziolina, et de dormir douze heures d'affilée.

Le lendemain, avec fièvre et appréhension, il s'est enfermé dans son laboratoire pour développer la bobine. Depuis ses années de formation auprès des frères Bragaglia pendant la guerre et grâce à son opiniâtre volonté d'apprendre, il maîtrisait toutes les techniques de tirage des photographies en noir et blanc et en couleur. D'abord troublé en découvrant la planche-contact, il s'est efforcé ensuite d'agir professionnellement, comme si ces images n'étaient pas les siennes et comme si Ava Gardner n'offrait pas le scandale de sa nudité dans chacune d'elles. Il a sélectionné consciencieusement la meilleure vue pour les quatre tableaux rejoués et l'a tirée au format 18 × 24 cm, y compris *La Vénus au miroir* qui lui semblait pourtant tout à fait ridicule, mal agencée, mal cadrée et mal éclairée. Il a regardé longuement les quatre photographies en se rendant compte qu'il ne les voyait pas, incapable de deviner si elles étaient miraculeuses ou toxiques, inutiles ou bien stupides, à l'image de cette nuit fantôme qui, latente, affleurait à sa mémoire en même temps qu'elle s'effaçait, comme dans un bac de révélateur, sans bain d'arrêt ni fixateur.

X

Cette histoire avec Ava Gardner a commencé pour moi le lendemain de mon quarante-septième anniversaire, que j'avais fêté sans entrain – avec un certain abattement même, je dois l'avouer – en compagnie de ma fille Rose, âgée de bientôt vingt-quatre ans, et de sa mère Ariane dont je suis séparé depuis la fin des années 70 mais avec laquelle j'ai continué à entretenir des relations compliquées de voisinage, à la fois tendres et orageuses, quatre ans après son retour dans l'île. Je n'ai jamais eu le goût des anniversaires, et encore moins des miens, n'ayant pas bien compris la nécessité de célébrer chaque marche nous éloignant davantage de l'origine et raccourcissant inexorablement la perspective. Par déformation professionnelle sans doute, j'avais fini par comparer la régularité implacable de ces rituels à la musique métallique de la guillotine au moment des grandes charrettes de messidor et thermidor an II, quand le soleil ne parvenait pas, en dépit des efforts de ses rayons dorés, à sécher les ruisseaux de sang sur le pavé tant Sanson et ses aides maîtrisaient maintenant à merveille, après des mois d'entraînement gradués, la partition de leur belle mécanique. Au fond, si ce quarante-septième anniversaire me fut encore plus désagréable que les autres, c'était parce que j'avais maintenant l'âge de mon père quand il est mort au cœur du printemps 69.

Ma mère lui a survécu pendant un quart de siècle, ne quittant pas la demeure d'Arcis-sur-Aube où ils avaient été heureux. Elle ne se résignait qu'en cas d'absolue nécessité à changer les objets, les meubles ou les décorations de la maison. Le réparateur en électroménager avait dû se déplacer cinq fois avant de réussir à la convaincre de se séparer de son réfrigérateur Vedette et de le remplacer par un modèle plus récent qui ne risquait pas à tout instant de parfumer la maison au fréon. Encadrées par une multitude de petites photographies de mon père, probablement prises par M. d'Hostel, les reproductions de Vasarely n'avaient pas quitté les murs du salon mais perdu peu à peu leurs couleurs qui, presque totalement délavées, viraient au blanc et transformaient curieusement la pièce en galerie d'art contemporain où des œuvres de Ryman se seraient mélangées avec celles de Boltanski : "Il faut devancer le présent", disait mon père qui n'avait pas prévu que le futur ressemblerait à un mausolée de la mémoire et de la disparition. Ma mère est morte dans son sommeil et dans le lit conjugal, en novembre 1994, et je l'ai enterrée à côté de mon père, dans le double caveau qu'il avait prévu, avec son sens de l'anticipation, des économies et de l'amour éternel.

Le décès de ma mère m'a causé un chagrin supportable et l'étonnement contrarié de recevoir un héritage plus important que je ne l'aurais imaginé : la grande maison d'Arcis, un chalet en Savoie acquis par mon père juste avant les événements de Mai, un demi-hectare de mirabelliers dans la Meuse, une petite parcelle de vignes en Champagne et un important portefeuille boursier dont je n'avais jamais soupçonné l'existence, imaginant difficilement ma mère suivre les fluctuations du CAC 40 et spéculer depuis sa cuisine. Sans doute me l'avait-elle caché pour nous éviter des conflits inutiles car elle connaissait l'idéalisme politique de son fils unique, aussi radical qu'imbécile : tout comme mon père, elle avait une sainte horreur du gauchisme et de toutes les déviances, parfois contradictoires, qu'elle y associait (cheveux longs et sales, paresse, homosexualité, couteau entre les dents, laxisme, paradis artificiels, syndicalisme, amour libre, KGB, etc.) et je sais qu'elle avait toujours souffert en silence de ma "dérive", comme ils disaient, sans se satisfaire par la suite que l'engagement maoïste de ma jeunesse se soit finalement et progressivement transformé en un socialisme mélancolique et désabusé. J'avais certes perdu une grande partie de mes illusions de la fin des années 60 et des années 70 mais je n'étais pas très à l'aise avec l'idée de recevoir des centaines de milliers de francs issus de la spéculation boursière et de la rente foncière. Au-delà de ce conflit moral délicat, je ne savais surtout pas ce que j'allais pouvoir faire de cet argent – ni de ma vie en général.

Je vivais alors seul dans une vieille maison de l'île de Chalonnes-sur-Loire à une vingtaine de kilomètres au sud-ouest d'Angers. Cela faisait des années que je parlais de déménager mais rien ne laissait imaginer que je le ferais un jour, tant mon caractère, parmi d'autres traits peu glorieux, était pusillanime. Depuis deux décennies, j'enseignais l'histoire à l'université de Nantes, avec une passion qui s'était émoussée au fil du temps. J'avais consacré plusieurs années à mon grand œuvre, une biographie alternative de Danton, qui n'avait rencontré aucun écho dans les milieux spécialisés ni même d'éditeur, ceci pouvant expliquer cela. Je commençais à me demander si je ne devais pas profiter du magot maternel pour quitter la chaire d'histoire contemporaine à l'université ; certain de ne pas regretter les mesquineries de mes collègues ni guère davantage l'ignorance sympathique des étudiants, je m'inquiétais cependant de la manière dont je pourrais occuper mes journées dans cette île experte à les ralentir et les allonger, au gré des crues d'hiver et des poussières de l'été. Je me débattais mollement dans cet état de grande hésitation, naturel et chronique chez moi, quand je suis tombé par hasard, ce mercredi 28 juin 1995, sur un petit article de *Libération* titré “La comtesse au cul nu”.

XI

Ava Gardner s'est levée en fin de matinée, tirée du lit par le fracas dominical et malvenu des cloches. Elle a regardé par la fenêtre la foule de touristes et de Romains dont les courtes ombres animaient la blancheur des marches de la piazza di Spagna. Elle a ouvert la fenêtre, laissant entrer dans la pièce la lumière d'août et la rumeur des voix qui montaient incompréhensibles dans l'air, se mélangeaient puis se perdaient au milieu du ciel comme des insectes ou des chansons d'enfance, des nuages, des poussières. Ava Gardner a vaguement balayé le sol du salon, nettoyé, rangé ce que plusieurs soirées inconsidérées avaient accumulé – essentiellement des verres sales qui avaient colonisé tout l'appartement ; elle a essuyé les traces de graisse et d'encre mêlées de sueur que les doigts avaient laissées sur la poignée des portes et sur la petite table de verre du salon. En réajustant le canapé, elle a découvert, derrière un coussin, le livre allemand d'Eduard Fuchs ouvert à la page 141. D'un coup son cœur s'est emballé comme sous l'effet d'une apparition violente et désagréable : elle s'est souvenue des photographies prises avec Rotunno dans la nuit de vendredi à samedi et qui étaient totalement sorties de son esprit. Ce qui l'avait fort amusée sur le moment ne la faisait plus rire du tout, deux jours plus tard, et elle s'est mise à trembler en imaginant ce qui pourrait advenir si ces images, dont la nature était sans ambiguïté, tombaient sous des yeux et entre des mains malintentionnés.

Ava s'est précipitée sur son téléphone pour appeler Rotunno sur lequel elle a déversé une bordée d'injures. Le chef opérateur, qui remontait justement de son laboratoire où il avait développé le film et effectué un tirage des quatre poses, a tenté de la rassurer comme il pouvait, bien décidé à laisser passer la tempête mais c'était très mal connaître Ava Gardner quand la colère s'emparait d'elle avec la violence d'un orage qui semblait se nourrir de sa propre fureur décuplée à chaque grondement et à chaque coup de tonnerre, les jurons s'abattant comme les grosses pluies d'été sur les plantations de tabac à feuilles claires dans le comté de Johnston. Infatigablement odieuse, hurlant dans l'oreille du pauvre Rotunno, elle a exigé de tout récupérer : les négatifs, les planches-contacts, les tirages et même l'appareil photo qu'il avait utilisé cette nuit-là. Quand il a enfin réussi à articuler quelques mots entre deux rugissements de l'actrice, Rotunno lui a promis tout ce qu'elle voulait pour clore la discussion – ou plutôt le monologue d'Ava – et lui a donné rendez-vous le soir même à la fête de fin de tournage, organisée dans une villa sur les hauteurs de Rome, où il lui apporterait ce qu'elle réclamait, puis il a raccroché. Encore sonné par ce déluge, il ignorait qu'il s'en sortait plutôt bien car la furie de l'actrice pouvait être, disait-on, plus redoutable encore lorsqu'elle avait bu, ce qui par bonheur n'était pas le cas à cette heure de la journée.

Au cours de la troisième semaine du mois de septembre, Courbet livra *Le Sommeil*, accompagné du petit tableau qui n'avait pas encore de nom, à Khalil-Bey. Le diplomate turc, ravi, paya au peintre les vingt mille francs prévus, installa le petit tableau dans sa salle de bains et le fit recouvrir d'un rideau vert. Quelques jours plus tard, il était très ému à l'idée de dévoiler la peinture à Jeanne de Tourbey. Il l'emmena dans le vaste cabinet et fit glisser doucement le rideau. "Vous voyez ma chère, dit Khalil-Bey, je l'ai placé juste en face de la grande vasque de marbre rose où je me baigne. Car je n'aime rien plus au monde que regarder votre obscur sourire quand je suis nu. – Vous me faites rougir", répondit Jeanne qui ne paraissait pas vraiment troublée, même si le gris de ses yeux était légèrement enflammé. Khalil-Bey s'approcha de la jeune femme et la prit avec délicatesse par la taille en lui glissant à l'oreille : "Ce tableau est un miracle. Courbet a peint la beauté secrète du monde, le lieu d'où tous les hommes viennent et où ils aiment tant retourner..." Jeanne tendit ses lèvres et murmura : "Vous avez raison : ce tableau, c'est l'origine du monde." Ils passèrent ensuite une agréable soirée, entre les vins et les draps, Jeanne de Tourbey regagna son domicile de la rue de l'Arcade peu avant minuit et les premières gouttes d'un orage que la somnolence des éclairs de chaleur avait laissé prévoir depuis la fin de l'après-midi. La future comtesse de Loynes ne revit probablement jamais Courbet mais ne l'oublia pas, comme semble l'attester l'achat qu'elle fit en 1892 d'un tableau du peintre, *La Grande Grotte*, que l'on connaît maintenant sous le titre *Le Puits-Noir*. Elle accrocha ce paysage de taille moyenne sur l'un des murs de la salle à manger du vaste appartement qu'elle occupait alors avenue d'Iéna, aux côtés de pâtisseries qui arboraient fièrement une armure de croûte pour se protéger de la comparaison. J'imagine sans peine à quel autre tableau du peintre elle songeait quand elle regardait le ruisseau de la Brême couler doucement au milieu des rochers, dans une gorge étroite et assombrie par des éclats verts et noirs. Nul mieux que Cézanne n'a senti Courbet : *l'odeur des feuilles mouillées, les parois moussues de la forêt, le murmure des pluies, l'ombre des bois, la marche du soleil sous les ombres.* Il suffit d'ouvrir puis fermer les yeux et nous y sommes. Voici les sapinières d'Ornans, la source de la Loue, les chemins de l'île après la crue, quand chaque pas libère des parfums de vase et de marée venus du fond des âges. Voici la forêt d'Orient, la poussière de la terre rouge de Smithfield attendant l'averse. Voici les jardins d'une villa romaine à la fin de l'été.

Dès la porte franchie, Rotunno a été accueilli par une Ava radieuse et au sourire éclatant, visiblement soulagée de le voir arriver, de constater aussi qu'il tenait une enveloppe kraft dans la main. Elle l'a embrassé sur les deux joues et l'a conduit sur la terrasse de la villa où la fête commençait juste. Ils ont bavardé quelques instants avec des membres de l'équipe, le temps qu'Ava engloutisse deux ou trois verres avec une grâce de magicienne, puis ils se sont éclipsés en descendant vers les jardins. Ils ont longé les massifs de myrte, de buis et de laurier, marché longtemps à l'ombre des grands pins, moins pour chercher la fraîcheur que pour éloigner les rumeurs de la fête et l'apparition d'éventuels gêneurs. À l'extrémité ouest des jardins, le soleil rose éclairait à contre-jour les colonnades en flèches d'une rangée de cyprès. Jugeant que l'endroit était assez isolé, Ava Gardner et Giuseppe Rotunno se sont assis sur un banc surplombé par une statue fatiguée qui représentait Persée tenant de sa main droite un glaive et de la gauche un morceau de pierre qui pendait comme une virgule ridicule, sans doute un lambeau de la chevelure jadis menaçante de Méduse. Le temps avait malicieusement décapité par le sommet la tête coupée de la Gorgone, ce qui n'a pas manqué de faire méditer Rotunno sur la destinée facétieuse des mythes mais l'actrice a semblé s'en moquer royalement, ne connaissant d'autres divinités qu'elle-même. À cet instant son esprit était uniquement obnubilé par quatre petites images, dont une en particulier la montrait dans une posture qui s'apparentait peu à celle d'une déesse (pour ceux du moins qui n'avaient, comme elle, jamais entendu parler de la divine et monstrueuse Baubô).

D'un geste un brin cérémonieux, Rotunno lui a donné la grosse enveloppe contenant le négatif de la bobine, les quatre tirages couleur 18 × 24, et la planche-contact. Il s'est excusé de ne pas lui céder son appareil photographique mais il s'agissait là d'un de ses outils de travail les plus utiles et il n'avait pas encore atteint l'âge de la retraite. Il a juré aussi qu'il n'avait effectué aucun autre tirage que ceux contenus dans la pochette. Ava lui a dit qu'elle avait toute confiance en sa parole puis a ouvert l'enveloppe et jeté un rapide coup d'œil sur les clichés. Elle a fait une étrange grimace. “Nous devions être passablement fous ou idiots quand nous avons fait ces images, Peppino. Mais je crois que je vais les garder quand même. Comme souvenirs. Ou bien pour faire des cadeaux !" Elle a ri puis déchiré la planche-contact en petits confettis qu'elle a éparpillés dans les allées et les bassins du jardin. Elle a ensuite brûlé les six bandes du négatif qui se sont tordues bizarrement avant de se transformer en fumée grise et en petits résidus lunaires. Ava s'est approchée de Rotunno qu'elle a pris par la taille et ils ont marché sans hâte vers la villa dont la façade ocre était maintenant enflammée par des lanternes disposées sur la terrasse où les ombres des danseurs se mélangeaient avec celles des frondaisons. "Tu sais, Peppino, a dit l'actrice, ce fut une jolie nuit..." Rotunno n'a pas répondu mais pensé tristement qu'il aimerait bien, le savoir.

Il n'était pas le seul. Quand j'ai reposé le journal daté du 28 juin 1995, je me suis senti profondément troublé mais cet émoi relevait autant de l'excitation que de la perplexité. Le problème avec ce qui est écrit dans les journaux, c'est que rien n'est jamais totalement vrai ni absolument faux. La vérité est ce que nous voulons croire et lire, l'inexactitude ce que nous avons pris la peine de vérifier. En ce sens, un journal ressemble à un livre d'histoire, un journaliste à un historien, et le lecteur, dans les deux cas, à ce à quoi il s'imagine ressembler en matière d'idées, de connaissances, de curiosités. À l'occasion de la médiatique entrée de *L'Origine du monde* dans les collections nationales, *Libération* – comme toute la presse française et même européenne – a consacré plusieurs articles à l'événement. Contrairement à d'autres, le journal de Serge July ne s'est pas attardé sur le discours que le ministre de la Culture Philippe

Douste-Blazy a prononcé en veillant à rester à une distance raisonnable du tableau afin que les photographes ne puissent cadrer ensemble sa bobine de ministre et cette femme sans tête. À la fin de son discours, le maire de Lourdes a souligné que “la vision réaliste de Courbet et son métier pictural sont si efficaces que nous ne pouvons rester indifférents à une œuvre d’une telle intensité”. Dans *Libération*, à contre-courant de la plupart de ses confrères, Hervé Gauville a qualifié l’intronisation solennelle de la peinture au musée d’Orsay d’“outrage fait à Courbet”, en avançant que le scandale n’était pas forcément celui que l’on croyait quand il s’agissait de dévoiler et non plus de voiler. En marge de ce papier caustique, un bref article au titre maison un peu douteux rapportait une rumeur difficilement vérifiable (ainsi que l’auteur le reconnaissait lui-même) : à la fin des années 50, l’actrice Ava Gardner – “La comtesse au cul nu”, donc – aurait posé dans le plus simple appareil pour un photographe italien en rejouant certains tableaux célèbres dont *L’Origine du monde*. Plusieurs témoins anonymes auraient affirmé avoir vu l’une ou l’autre de ces images au cours des dernières décennies. L’article évoquait ensuite, sans avancer aucune source ni preuve, plusieurs noms connus improbablement mêlés à cette affaire : Federico Fellini, Frank Sinatra, Man Ray, Howard Hughes, Ernest Hemingway et même des parrains de la Mafia sicilienne. L’histoire de ces photographies apparaissait en tout cas aussi tortueuse et mouvementée que celle du tableau de Courbet. Et j’ai vu nettement que cet article avait été écrit pour moi et pour cette matinée d’été au lendemain de mon quarante-septième anniversaire. Qu’une enquête s'imposait. Que ce serait là l'occasion d'occuper mes journées en rêvant et un bon moyen de dilapider dignement l'héritage maternel.

XII

Dans les jours qui ont suivi, j'ai profité d'une pause inattendue dans la litanie des pluies épaisses liant étonnamment juin à juillet pour décaper et repeindre les volets de la maison. Je me souciais peu de l'apparence et de la ruine lente de ma vieille bâtisse, sinon pour la maudire. Il me semblait toutefois stratégique et opportun de rendre plus aimables aux yeux d'éventuels acheteurs quelques détails bien choisis. En immobilier – domaine auquel je n'entends pas grand-chose –, l'impression générale se joue sur de petits riens avais-je lu quelque part, à moins que je ne l'aie inventé tant l'inverse pouvait se vérifier, dans d'autres sphères du moins : je me souviens d'une femme dont toutes les parties prises séparément clochaient (léger strabisme, nez pincé, épaules asymétriques quand elle marchait, jambes courtes) mais qui assemblées formaient un tout sublime m'ayant rendu fou pendant des mois, sans une ombre de réciprocité malheureusement.

Décaper est une activité ingrate qui permet cependant de tergiverser avec une relative bonne conscience. Après deux jours et demi de ponçage opiniâtre mais peu efficace, et alors que je venais d'appliquer la première couche de peinture vert clair sur les volets de la façade ouest, la pluie a recommencé à tomber. Sans quitter ma salopette de peintre, j'ai composé le numéro de l'université. Je suis tombé sur Catherine, une secrétaire de la faculté des sciences humaines que j'aimais bien malgré l'intérêt sans ostentation et l'affection bien dissimulée qu'elle me témoignait. D'une voix douce mais ferme, je lui ai annoncé ce que j'avais répété cent fois, et avec autant de variantes, lorsque je ponçais le bois ajouré des volets en fulminant contre ces fentes envahies par les insectes, souvent plus morts que vifs, et qui surtout contrariaient les usages du papier de verre et du pinceau : j'avais mûri, longuement et difficilement, la décision de me mettre en congé de l'université pour prendre une année sabbatique, peut-être plus. J'ai ajouté qu'il ne servait à rien d'essayer de me faire changer d'avis. Catherine a dit dans un soupir qu'elle prenait note de cette information et qu'elle allait transmettre ma demande aux services concernés. Je recevrais prochainement un formulaire à remplir et à retourner sans traîner car on était quand même début juillet.

Le peu d'émoi que semblait susciter ma décision était légèrement vexant mais il a achevé de me convaincre du bien-fondé de celle-ci. Pendant plusieurs semaines, j'ai écumé les librairies et les bibliothèques pour me procurer et consulter toute la documentation disponible sur Ava Gardner. J'ai fait venir des États-Unis plusieurs livres non traduits en français et suis entré en contact avec le musée Ava-Gardner de Smithfield, en Caroline du Nord, que je me suis promis de visiter bientôt pour les besoins de l'enquête autant que pour contrarier mes habitudes d'indécrottable sédentaire. J'ai également rencontré l'auteur de l'article "La comtesse au cul nu" qui était à l'origine de cette entreprise dont je sentais, jour après jour, qu'elle virait à l'obsession et qu'elle effilochait les derniers liens me rattachant au réel. Le journaliste de *Libération* ne m'a rien appris de décisif, reconnaissant qu'il avait compilé plusieurs sources de deuxième ou troisième main, difficilement vérifiables quoique plausibles, suffisamment du moins pour justifier l'existence de ce petit papier mi-sérieux mi-potache. À la fin de l'été, je n'avais toujours pas retouché aux pinceaux pour finir de peindre les volets de la maison mais, à défaut de rafraîchir sa façade, j'en avais largement modifié la décoration intérieure, des clichés d'Ava Gardner ayant envahi le bureau puis le couloir et l'escalier avant de contaminer au rez-de-chaussée les murs du salon. Ces images affichées sans modération ont exaspéré Ariane quand elle les a découvertes lors de l'une de ces visites qu'elle effectuait en voisine et dont on pouvait rarement prévoir le déroulement ou l'issue : une étreinte, un dialogue mollasson vite enlisé dans le silence, ou bien une violente dispute sans réel motif le plus souvent, si ce n'était le plaisir de m'envoyer des tombereaux d'injures à la figure. Ce jour-là, en regardant d'un air accablé les photographies d'Ava, elle m'a traité d'immature pathétique, de névrosé, de pervers mal vieilli, d'attardé mental et – ce qu'elle savait depuis toujours hélas – de pauvre type. Pour une fois, j'ai décidé de ne pas faire le dos rond et j'ai rétorqué que je ne savais pas ce qui était le plus affligeant, le plus anachronique et le plus grotesque en 1995 : punaiser au mur des photographies d'une actrice américaine des années 50 ou afficher dans toute sa maison des portraits de Lénine et des drapeaux rouges siglés des lettres CCCP ? Ariane m'a dévisagé bizarrement, comme on regarde un enfant débile ou difforme, et elle est sortie sans prononcer un mot pour rejoindre, cinq cents mètres plus loin, l'ancienne ferme qu'elle avait transformée en un improbable bistrot-guinguette, le Lenin Café, saturé du sol au plafond d'abondantes reliques de la défunte Union soviétique qui faisaient de l'endroit un mausolée incongru, échoué dans l'île après s'être visiblement égaré dans l'espace et le temps.

Je dois reconnaître qu'Ariane, si imprévisible soit-elle au gré des sautes fleuries de son humeur, n'était pas dénuée de perspicacité. À quarante-sept ans, ma maturité apparaissait discutable, y compris à mes propres yeux pourtant bienveillants – et sans doute avais-je accompli un vieux rêve de jeunesse en accrochant aux murs de la maison de l'île ces images que j'avais désiré voir embraser ma chambre de lycéen ou mon studio d'étudiant. "On dirait que tu as dix-sept ans, papa…" m'a dit Rose quand elle est venue, à la fin du mois d'août, passer quelques jours à la maison avant de rejoindre Rome où l'appelaient la poursuite de ses études et moins accessoirement – me semblait-il – une nouvelle histoire d'amour. "J'ai la chance rare d'être plus jeune que ma fille. Je ne vais pas m'en plaindre", lui ai-je répondu en l'observant dévisager les photographies d'Ava Gardner avec un sourire aussi désolé qu'amusé. "Au moins ta passion d'adolescence aura eu le mérite de m'offrir un joli deuxième prénom !" a glissé celle que j'avais effectivement nommée *Rose Ava Pierre* en la déclarant à la mairie de Nantes, le jour de sa naissance, à la fin du mois d'octobre 1971. J'ai alors songé, en repensant à ces lointaines années, que mon père n'avait pas connu sa petite-fille. Voyant mon air absent, Rose s'est approchée de moi pour m'embrasser en disant qu'elle était tout de même fière de voir que je n'avais pas trop mauvais goût ; elle a ajouté : "Tu sais, elle est vraiment pas mal ta copine américaine !" Devant nos yeux, plusieurs images en étaient la preuve indéniable, la beauté de l'actrice confinant parfois au merveilleux, comme dans ce cliché qui a toujours été, depuis ma chambre d'Arcis, l'un de mes préférés : Ava-Pandora, éclairée par une nuit américaine, les épaules nues encore humides après sa baignade dans les flots sombres et argentés, accroche ses deux mains au bastingage du bateau du Hollandais Volant, amorçant un mouvement vers le haut – et ce mouvement à venir, qu'on ne verra évidemment pas dans le film de Lewin, est l'une des choses les plus précieuses et les plus violentes qu'il m'ait été donné d'espérer. La possibilité, imminente, de la montée dans le champ de ce que l'on devine derrière le flanc du bateau, c'est-à-dire l'apparition de la chair nue embarquée là-dessous, prolongeant la gorge et les cheveux trempés, m'a toujours ravi comme un parfait supplice. Ou comme la découverte à seize ans que l'ellipse est l'autre nom du désir.

Ava Gardner n'a pas voulu se lever. Elle rêvassait dans un sofa de la terrasse de La Moraleja, une villa située au nord de Madrid où elle s'était installée trois ans auparavant, en décembre 1955. Heureuse de se retrouver chez elle après six longs mois passés à Rome pour le tournage à rallonge de *La Maja desnuda*, l'actrice profitait des derniers feux de l'été castillan qui éclaboussait de plomb doré les journées raccourcies de septembre. Elle avait découvert l'Espagne en 1950 quand elle avait débarqué à Tossa de Mar pour tourner *Pandora* et elle était immédiatement tombée amoureuse de ce pays, de ses habitants et de tout ce qu'elle avait découvert et adopté avec passion, quand bien même auraient-ils été des clichés de guides de voyage : le vin, le flamenco, la corrida (et les toréadors), les tapas, les dîners tardifs, les fêtes jusqu'à l'aube. Comme à son habitude, elle n'avait défait que partiellement ses malles et valises qu'elle laissait traîner un peu partout, au grand dépit de sa fidèle Reenie, qui faisait office de dame de compagnie, de femme de chambre et de confidente. Dans l'un de ses bagages, Ava est tombée sur l'enveloppe contenant les quatre tirages 18 × 24 cm effectués par Rotunno. Elle les a regardés en souriant et en se demandant à qui elle allait pouvoir offrir chacune de ces foutues images. En les découvrant avec une drôle de moue, Reenie lui a plutôt suggéré de les brûler tout de suite. Ava Gardner a haussé les épaules et répondu depuis son sofa : “Allez nous chercher deux martinis bien tassés au lieu de dire n'importe quoi.”

Au même moment, à Rome, dans son studio de la via della Luce, Rotunno s'apprêtait à effectuer des agrandissements de détails des fresques de Pompéi qu'il avait photographiées le week-end précédent. Si curieux que cela puisse paraître, c'était la première fois que Graziolina et lui visitaient ces vestiges arrachés à la cendre et qui les avaient émerveillés. Rotunno se réjouissait par avance du moment où, rendues à la lumière rouge qui ne les dépayserait pas, les figures de la villa des Mystères allaient doucement apparaître dans le bac du révélateur quand il a soudain blêmi : il venait de découvrir, serré dans le passe-vue de l'agrandisseur, un négatif oublié, non pas une bande entière avec plusieurs vues, mais une seule image, rescapée ultime de la nuit du 22 au 23 août, la trente-septième image qu'il a tout de suite reconnue. Ébranlé par cette épiphanie qui n'était pas celle attendue, le chef opérateur a mis quelques instants avant de retrouver ses esprits sans pour autant réussir à ralentir les embardées de son cœur. Il s'est demandé ce qu'il allait pouvoir faire de cette découverte, qui l'enflammait, ignorant s'il devait considérer cette brûlure comme magique ou bien empoisonnée. Il se trouvait tiraillé entre sa parole donnée à Ava Gardner et le désir, presque enfantin, de garder ce petit morceau de celluloïd qui était moins le reliquat d'une bobine disparue à jamais que la précieuse relique d'une nuit, la preuve qu'elle avait bien existé. Sagement c'est-à-dire lâchement, Rotunno a préféré se donner le temps de la réflexion en cachant, de façon toute provisoire, ce bout de pellicule dans l'une des boîtes où il avait stocké les négatifs réalisés pendant la guerre quand il avait été envoyé en Grèce comme photographe des armées par l'état-major italien. Le soir, alors qu'il cherchait le sommeil à côté de Graziolina déjà endormie et qu'il songeait à l'intrus glissé dans la boîte grecque, il a pensé que ce voisinage fortuit des images n'était pas si incongru que cela, car l'amour et la guerre étaient probablement, avec la maladie, les choses du monde les plus difficiles à regarder et à montrer, à photographier donc.

En ce mois d'octobre 1958, Federico Fellini voulait filmer – ce qui n'était pas simple non plus – un monde qui s'efface et un monde qui surgit, l'un et l'autre mélangés dans la décadence joyeuse d'une nouvelle Babylone emportée par les plaisirs éphémères et l'impératif du spectacle dont on saisissait la puissance de déflagration à venir dans l'amertume hagarde et désabusée du petit matin. Alors qu'il travaillait au scénario du film qui deviendrait *La Dolce Vita*, Fellini a donné rendez-vous à Giuseppe Rotunno au Café Rosati. Il ne s'agissait nullement encore de discuter d'une possible collaboration future entre le réalisateur et le chef opérateur : Rotunno, comme beaucoup d'autres personnes, intéressait Fellini car il avait été l'un des témoins – à défaut d'en être un acteur de premier plan – du fol été précédent qui avait embrasé la via Veneto. Il présentait en outre l'intérêt d'être supposé proche de l'actrice Ava Gardner, l'un des modèles du personnage de Sylvia qui serait joué par Anita Ekberg dans le film en préparation. Au gré de la conversation amicale, Rotunno a évoqué plusieurs anecdotes et souvenirs dont il a minimisé immédiatement l'intérêt éventuel. Fellini a goûté l'intelligence chaleureuse et modeste de son interlocuteur mais il n'a pu s'empêcher d'avoir l'intuition que le bonhomme lui cachait quelque chose. Il faut dire que le cinéaste en connaissait un rayon en matière d'omissions et de mensonges. Il savait que les petits arrangements avec la vérité en cachent souvent de plus grands et qu'ils se valent tous, énormes ou minuscules, médiocres ou bien splendides, volontaires ou inconscients, à l'image des centaines de reliques de la Vraie Croix du Christ dispersées dans toute l'Europe et dont il ne s'agit pas de remettre en cause l'authenticité puisque le petit morceau de bois est là, sous nos yeux éblouis, témoignage de la Passion et de la miséricorde du Très-Haut, dans le ventre de Notre-Dame de Paris, à Bonifacio, à Saint-Guilhem-le-Désert, dans la chapelle des Incurables de l'hospice de Baugé en Anjou, à l'abbaye de Wiblingen ou dans un monastère du mont Athos – et peu importe que l'ensemble de ces fragments puisse remplir un navire ou constituer une forêt avec laquelle on pourrait chauffer Rome pendant un an, comme l'avancent les sceptiques et les incrédules qui ont toujours confondu la raison avec la vérité. Au moment de prendre congé, Fellini a remercié avec chaleur Rotunno en pensant qu'il donnerait bien quelques milliers de lires pour entendre le bougre en confession.

Huit et demi est le premier film de Fellini que j'ai dû voir, c'était en hiver, dans un cinéma du Quartier latin. Je n'ai plus aucun souvenir du film mais je me rappelle avoir eu ensuite la fièvre pendant plusieurs jours, cloué au lit par un mauvais virus qui m'avait fait délirer en noir et blanc. Je revois confusément des infirmières glisser avec des têtes inquiétantes sur les angles du plafond, un homme survolant mes draps attaché à un filin comme un cerf-volant, un défilé de clowns menés au lasso par un dompteur en peignoir blanc qui les guidait vers l'éventualité d'un harem et la fatalité d'un embouteillage. Vingt-cinq ans plus tard, j'ai encore en mémoire ces cauchemars baignés de sueur qui m'ont conduit par la suite à éviter soigneusement les films de Fellini et à me faire vacciner chaque automne contre la grippe. Si Rose a souvent déploré la première conséquence en me traitant d'imbécile et en essayant de me faire changer d'avis, elle n'a cessé de rire de la seconde en me disant qu'il était temps que je fasse un choix et que je décide un jour si j'étais un adolescent ou un vieillard.

XIII

La Metro-Goldwyn-Mayer, née en 1924, était dans la force de l'âge mais elle ignorait que ses plus belles années appartenaient au passé, que sa splendeur et son empire se fanaient à grande vitesse et qu'elle avait depuis quelque temps déjà entamé son irrémédiable déclin. Ne pas le savoir – ou feindre de ne pas s'en apercevoir – la sauvait pour l'heure du naufrage et lui permettait de continuer à sourire avec l'arrogance acérée de ses dents blanches. C'était son métier après tout : jouer la comédie en montrant ses muscles et ses fesses. En vérité, derrière cette façade destinée à amuser la galerie, la MGM veillait surtout à ce que personne ne vienne soulever le tapis et fouiller dans ses armoires et ses tiroirs. Mais là aussi elle déclinait, nous allons le voir.

En novembre 1958, Ava Gardner a posté la photographie – très peu officielle – de *La Maja desnuda* réalisée par Rotunno à l'adresse des bureaux de la Metro à Silver City. Elle avait écrit ce petit mot au verso de l'image : *Ava Gardner vous remercie pour toutes ces merveilleuses années.* L'enveloppe a mis plusieurs semaines pour aller de Madrid à la Californie du Sud, arrivant comme il se doit à l'heure des cadeaux entre Thanksgiving et Noël. Je ne sais pas si l'actrice avait hésité avant de choisir l'heureux destinataire de ce cliché. Je veux croire que oui. Qu'elle avait d'abord songé à envoyer l'image à Luis Miguel Dominguín, le grand matador espagnol avec qui elle avait eu une liaison torride quelques années plus tôt et qu'elle associait aux enchantements et aux sortilèges de l'Espagne, à Goya donc. J'imagine qu'Ava, restée en bons termes avec son ancien amant, s'était vite ravisée, craignant que cette initiative ne nuise au récent mariage de Luis Miguel avec l'actrice italienne Lucia Bosè. Sans doute aurait-elle pu aussi l'offrir à Man Ray ou à Albert Lewin, deux hommes qu'elle admirait, liés l'un et l'autre à l'art et au tournage espagnol de *Pandora* en avril 1950, mais tous deux l'intimidaient par leur culture et leur intelligence, la complexaient même : elle avait l'impression qu'à leur contact ses origines et son ignorance éclataient au grand jour, la renvoyant à ce slogan publicitaire imaginé par la MGM pour la sortie de *La Comtesse aux pieds nus*, "le plus bel animal du monde", qu'elle avait détesté car elle avait bien saisi qu'il la rabaissait à un statut de bête, que sa gloire appartenait à un règne inférieur, obscur et sauvage, celui de la basse-cour ou du zoo, d'une caverne mal ventilée de l'âge de pierre. Contrairement à son deuxième mari, Artie Shaw, qui lui avait rappelé sans cesse qu'elle n'était qu'une fermière, jolie mais pas très futée, grandie dans la poussière des champs de tabac, Lewin et Man Ray avaient toujours été délicats avec elle, d'une simplicité amicale. Elle se souvenait des quelques moments passés en compagnie de Man Ray, à Hollywood, avant le tournage de *Pandora*, quand elle avait posé pour un portrait peint, finalement rejeté par Lewin, et pour une petite photographie ovale évoquant une miniature de la Renaissance. Les deux hommes étaient des artistes, des intellectuels, et l'interprétation improvisée du tableau de Goya aurait pu leur sembler aussi naïve que ratée, déplacée même, et connaissant Ava, je crois qu'elle n'avait pas eu très envie de faire la maligne avec ces deux-là.

Le plus plausible est qu'elle se soit souvenue de la part de défi à l'origine de cette photographie et qu'elle ait compris qu'elle ne pouvait l'adresser qu'à cette chère MGM en guise de parfait et délicieux cadeau d'adieu : pour Ava, le meilleur du film *La Maja desnuda* (hors son titre dont elle avait fait l'image clandestine) était qu'il marquait la fin tant attendue de son contrat qui l'avait liée pendant dix-sept ans au studio. J'ignore quelle fut la réaction de la Metro, qui avait d'autres chats à fouetter en cette époque où son déclin virait à la déconfiture, ni ce qu'elle a fait de cette image que l'on retrouvera, des années plus tard, dans les papiers personnels d'Howard Hughes : le milliardaire, toujours bien informé, avait probablement eu vent de cette histoire et avait envoyé l'un de ses sbires fouiller dans les placards ou les poubelles de la Metro pour récupérer la photographie qu'il conservera jusque dans la réclusion démente des dernières années de sa vie.

Khalil-Bey est mort ruiné en 1879, contrairement à Howard Hughes qui s'est éteint un siècle plus tard à la tête d'une fortune colossale et à peu près intacte, malgré l'effort louable des mormons qui ont accompagné, avec autant d'intérêt que de compassion, l'agonie de celui qui s'était cru maître du ciel puis de la terre. À la fin de l'histoire, qu'on se débatte parmi les vers ou dans les cendres, la richesse est sans secours, chacun le sait, mais c'est tout de même un peu vexant de mourir en ne laissant rien quand on a tant amassé. Mon père répétait souvent, jamais avare de bonnes formules, que l'argent n'avait qu'une seule odeur, celle de la sueur, et qu'il était prêt à transpirer jusqu'au Jugement dernier pour filer quelques billets à ceux qui géraient l'occupation des nuages. La déveine financière de Khalil-Bey avait commencé moins de deux ans après la commande passée à Courbet. Il faut dire qu'il avait dépensé sans compter, son goût pour la peinture, les femmes et surtout le jeu avait rapidement grevé son pactole pourtant confortable. À la fin de l'année 1867, il a compris qu'il devait se résoudre à quitter les voluptés de la vie parisienne, officiellement pour réintégrer le jeu politique à Constantinople, et à mettre en vente sa riche collection d'œuvres d'art qui comportait, outre les Courbet, des tableaux de Delacroix, Ingres (*Le Bain turc* et une copie de *La Vénus d'Urbino*), Fromentin, Ruysdael ou Watteau. Après avoir présenté sa collection au public dans son appartement, Khalil-Bey l'a mise en vente aux enchères à l'hôtel Drouot les 16, 17 et 18 janvier 1868, Théophile Gautier préfaçant le catalogue. Bien que certaines œuvres aient été vendues en dessous de leur estimation, la vente rapporta six cent vingt-cinq mille francs à Khalil-Bey, somme considérable pour l'époque. "La vie est réellement très étrange, dit-il, les femmes m'ont trompé, le jeu m'a ruiné et mes peintures m'ont fait gagner de l'argent."

La lecture du catalogue de Drouot nous apprend que ni *L'Origine du monde* ni *Le Sommeil* ne faisaient partie des œuvres mises en vente. On peut imaginer plusieurs hypothèses et, parmi les moins improbables, que les œuvres les plus osées de la collection du diplomate turc aient été vendues clandestinement, parallèlement à la vente officielle, ou bien que les plus petites d'entre elles aient été emportées par leur propriétaire à Constantinople puis à Vienne où il fut nommé ambassadeur en 1872. La seule certitude est que *L'Origine du monde* disparut alors, entamant sa mystérieuse errance dans l'ombre et les marges de l'histoire. De son côté, le modèle du tableau se consola rapidement du départ de son amant turc qu'elle remplaça bientôt par Ernest Baroche, aussi fortuné que charmant : il lui proposa de l'épouser juste avant de partir se faire tuer à la guerre contre les Prussiens en octobre 1870, non sans avoir le bon goût et la prudence de rédiger auparavant son testament stipulant qu'il léguait tous ses biens à la belle Jeanne de Tourbey, devenue veuve et richissime avant même son mariage.

J'ai toujours eu un rapport contrarié à l'argent, ce qui pourrait expliquer en partie mon engagement maoïste et anticapitaliste de l'après-68, ainsi que ma radinerie supposée, souvent mais injustement soulignée par mes camarades. Comme pour me dédouaner, j'ai longtemps considéré que mon père en était la principale cause, que sa petite réussite et surtout ses discours m'avaient obligé à détester violemment la fatalité que certains en gagnent beaucoup et d'autres pas du tout. Je me souviens de nos vacances estivales en juillet 1964 qui ont constitué le moment de bascule dans ma manière de considérer mon père : l'admiration sans bornes que je lui portais depuis l'enfance s'était alors brutalement évanouie pour se muer en incompréhension puis en exaspération. Mes parents avaient loué un gîte à Prondines, dans le Massif central. J'avais seize ans et je traînais les pieds, au propre comme au figuré, dans les randonnées quotidiennes qui émerveillaient mon père et qui m'auraient sans doute été moins insupportables si elles ne l'avaient obligé à tout commenter sans cesse, avec son incorrigible optimisme et ses formules suffisantes, qu'il s'agisse des volcans éteints, des fougères dont on faisait des vaches dans son enfance, des myrtilles qu'on cueillait, des photographies que je devais prendre absolument en tel lieu et à tel moment, sans qu'il me laisse le choix ni du sujet ni même du cadre. Le dimanche 12 juillet, mon père avait décidé que nous ferions une pause dans nos expéditions pédestres pour assister à la vingtième étape du Tour de France sur les pentes du puy de Dôme. Nous étions partis le matin de très bonne heure, "afin d'avoir les meilleures places", avait-il dit, et je me rappelle qu'il avait monologué durant tout le trajet en détaillant les exploits passés de Louison Bobet et de Fausto Coppi, qui était son idole. Ma mère avait juste toussé quand son enthousiasme l'avait conduit à s'embarquer dans le récit de l'histoire d'amour adultérine entre le coureur italien et la Dame Blanche. Lorsque nous avons enfin garé la voiture à quelques encablures du sommet, mon père était ému aux larmes après avoir raconté la fin tragique de son héros, mal soigné d'une malaria qui l'avait emporté quatre ans auparavant.

Nous passâmes une grande partie de la journée à rôtir sous le soleil avant que deux cyclistes ne viennent enfin recueillir nos applaudissements, Jiménez d'abord puis Bahamontes, mon favori, qui le suivait à quelques secondes. Apparurent ensuite au bas du lacet le maillot Mercier de Poulidor et le maillot jaune d'Anquetil, épaule contre épaule, et réunis dans la souffrance. Ils mirent un temps infini à parvenir jusqu'au petit promontoire où nous étions et nous vîmes le moment où imperceptiblement Anquetil a cédé quelques mètres avant de laisser le dos violet de son rival s'envoler vers le sommet, vers on ne sait quoi de fatalité, de rage et de malchance. Durant le trajet du retour vers Prondines, mon père m'expliqua que ma préférence pour Bahamontes était ridicule et peu patriotique. Je gardai le silence pour éviter de justifier les raisons, fragiles il est vrai, qui me poussaient à soutenir le grimpeur espagnol : j'aimais bien son surnom, l'Aigle de Tolède, et je venais de lire *Don Quichotte* avec passion, ce qui me faisait maintenant goûter sans réserve tout ce qui venait d'Espagne et trouver que le visage émacié de Bahamontes et son courage un poil désespéré lui donnaient un air de chevalier valeureux et chimérique tout à fait acceptable pour le romantisme de mes seize ans. Mon père, qui soutenait Anquetil à la différence de nombreux Français lui préférant Poulidor, me fit vite revenir à la réalité : "Anquetil a perdu une petite minute qu'il reprendra mardi dans le contre-la-montre. Poulidor est un paysan limousin qui sait souffrir mais il ne gagnera jamais le Tour. Et tu sais pourquoi ? Parce qu'il court pour la gloire alors qu'Anquetil court pour l'argent. Ça change tout et c'est admirable je trouve." La sentence de mon père m'avait déprimé en me faisant saisir que nos valeurs étaient définitivement irréconciliables, même si maintenant je comprends mieux les choses : Jacques Anquetil et Ava Gardner se ressemblaient au fond, l'un pédalait comme un dératé alors qu'il détestait le vélo, l'autre faisait l'actrice à Hollywood qu'elle ne supportait pas et qu'elle a d'ailleurs fui dès qu'elle a pu. Tous les deux voulaient juste gagner de l'argent pour être libres et pour suivre la pente de leurs plaisirs qui se méritaient en escaladant les cols ou en poireautant toute la journée sous la brûlure des torches. Le soir de la vingtième étape du Tour 64, j'ai dit solennellement à mon père que j'avais réfléchi à mon avenir et que j'avais décidé d'être poète. Je n'avais pour ainsi dire jamais écrit de poèmes, la poésie m'intéressant d'ailleurs fort peu mais je savais que c'était là une des activités les plus honnies aux yeux paternels, parce que non lucrative, sans sueur et sans utilité aucune. Je me souviens que mon père a d'abord gardé le silence avant de me dire avec un grand sourire qu'il trouvait l'idée excellente, qu'il avait toujours rêvé d'être le père d'un Baudelaire ou d'un Rimbaud, puis il a collé de nouveau son oreille sur le petit transistor pour écouter Europe n° 1 analysant à l'infini la passe d'armes du jour sur les pentes du puy de Dôme. Je me suis couché vexé dans la petite chambre du gîte de Prondines qui sentait l'oignon et le chou, la terre et la fumée – l'odeur des pauvres avait décrété mon père dès qu'on avait franchi la porte – et j'ai écrit quelques décasyllabes d'un poème et d'une vocation éternellement inachevés :

Fausto Coppi a gravi l'Izoard
Cherchant dans la douleur le faible écart
Qui sépare le ciel de la terre

Une dame blanche de la poussière
Quand les baisers des châteaux en Espagne
Vont lécher la chair émue des montagnes

On comprend aisément pourquoi.

XIV

Ava Gardner avait épuisé Madrid en quelques semaines, essoré ses amants, vidé les caves des meilleurs bars, détruit plusieurs voitures, agacé Franco, et dilapidé des dizaines de milliers de dollars sans s'en apercevoir. Elle n'avait pas d'autre choix que travailler à nouveau et elle a donc accepté la proposition du réalisateur Stanley Kramer de tourner dans sa prochaine production, *Le Dernier Rivage*. Impressionnée par le scénario, elle se réjouissait également de partager l'affiche avec Gregory Peck, leurs relations ayant toujours été chaleureuses et sans ambiguïté. Pour son premier film comme actrice indépendante, Ava avait négocié un cachet de quatre cent mille dollars, plus les à-côtés, ce qui compensait le désagrément de devoir passer plusieurs mois en Australie. Maintenant qu'elle n'était plus l'employée de la Metro-Goldwyn-Mayer, elle entendait mener sa carrière à sa guise, se promettant de faire des choix avisés pour espérer, d'ici quelques années, renoncer au métier d'actrice. C'était son rêve : jouer dans quelques gros films rémunérateurs et puis disparaître et faire la fête incognito jusqu'à la fin de ses jours.

Le 1er janvier 1959, accompagnée de sa sœur Bappie et de son agent David Hanna, elle a pris un vol pour l'Australie, qu'elle ne rejoindra pourtant que cinq jours plus tard, ayant décidé de faire une escale à Hawaii pour se baigner dans le Pacifique. *Le Dernier Rivage* était la première grosse production hollywoodienne tournée en Australie et l'arrivée des vedettes (outre Ava Gardner et Gregory Peck, la distribution comptait également Fred Astaire et Anthony Perkins) déclencha une vague d'hystérie chez les placides Australiens. Le film était une adaptation d'un roman récent de Nevil Shute, *On the Beach*, écrit en pleine guerre froide ; il racontait comment, après qu'un conflit nucléaire avait dévasté l'hémisphère nord, un groupe de survivants faisait face à cette situation à Melbourne, l'un des derniers et rares endroits encore habitables de la planète. Mais pas pour longtemps, car le nuage radioactif descendait inexorablement, ne laissant aux rescapés que quelques mois, semaines puis jours à vivre, spectateurs impuissants de la disparition du monde. Cette tragédie de la fin de l'humanité entremêlait plusieurs intrigues dont la principale était une histoire d'amour, forcément crépusculaire, entre le commandant d'un sous-marin américain, qui avait perdu toute sa famille dans la guerre atomique, interprété par Gregory Peck, et Moira, la pocharde désabusée, jouée par Ava Gardner.

Pour ce film, l'actrice avait réussi à imposer à la production le chef opérateur Giuseppe Rotunno dont elle avait loué le talent (elle fera de même l'automne suivant pour le film *L'Ange pourpre*). Rotunno avait tout de suite accepté, curieux de travailler pour la première fois sur un plateau hors d'Italie, et heureux de revoir Ava. Il ne savait d'ailleurs pas trop comment interpréter l'insistance de la star à l'avoir à ses côtés. Devait-il y voir une sincère reconnaissance de ses compétences ? Une volonté d'entretenir le secret – ou la flamme, qui sait ? – de la nuit du 22 au 23 août ? Ou bien, à l'inverse, une volonté maligne et capricieuse d'exorciser cette sortie de route en le gardant à portée de regard ? Le chef opérateur a cependant vite déchanté, l'actrice et lui n'ayant pour l'essentiel que des relations distantes et professionnelles au cours du tournage. Rotunno était totalement absorbé par sa tâche qu'il n'avait pas imaginée aussi titanesque, et Ava restait le plus souvent à l'écart de l'équipe, semblant s'ennuyer ferme sous la chaleur étouffante de Melbourne, ville tranquille où la vente d'alcool était prohibée après dix-huit heures (cela tombait plutôt bien, Ava avait décidé de se mettre momentanément au régime sec, son visage bouffi l'ayant effarée quand elle avait visionné les premiers rushes). Elle cherchait aussi à fuir les cohortes incessantes de curieux, de photographes et de journalistes qu'elle semblait redouter encore davantage que les énormes mouches qui volaient en permanence sur les lieux de tournage, de nuit comme de jour, et rendaient la vie impossible.

À quelques reprises, Rotunno a bien timidement essayé de se rapprocher d'Ava mais sans grand succès, hormis un soir où – venant de décider que son régime sans scotch avait assez duré – elle s'est montrée soudainement charmante et même complice. À aucun moment de la soirée ils n'ont cependant évoqué la nuit romaine du mois d'août précédent, le chef opérateur devinant combien le souvenir de celle-ci différait pour l'un et l'autre : alors qu'Ava devait l'avoir totalement oubliée, Rotunno ne cessait d'y penser comme à un événement majeur et sidérant de sa vie. Son incapacité à se le rappeler vraiment en attisait l'importance, jusqu'à virer à l'obsession – mais pour rien au monde il n'aurait voulu qu'elle le sache ni qu'elle puisse déceler dans quelle mesure cette nuit l'avait bouleversé. Si anodins qu'aient été les échanges de ce soir-là, leur entente retrouvée a laissé entrevoir à Rotunno des perspectives plus engageantes pour la fin du tournage. Le brave homme se mettait le doigt dans l'œil. Dès le lendemain l'actrice est redevenue froide, irritable et sans égard pour lui, entièrement mobilisée par sa fureur contre les journalistes australiens, réels ou imaginaires, et par la venue imminente de Frank Sinatra qui, depuis les États-Unis, avait mis sur pied en quelques heures un double concert au West Melbourne Stadium pour revoir son ex-épouse qui se languissait sur les bords du fleuve Yarra. Sans orchestre, accompagné du Red Norvo Quintet, le chanteur a donné deux récitals de haute tenue le 31 mars et le 1er avril, passant le reste du temps dans la suite de son hôtel avec Ava, un temps suffisamment court pour qu'ils n'aient pas le loisir de s'insulter et se lancer le mobilier à la figure.

On n'a pas toujours cette chance. En ce jour ensoleillé du début du mois de septembre 1995, Ariane a débarqué chez moi dans les plus hauts degrés de l'après-midi et de la colère. Fataliste et plutôt bien exercé à subir ces explosions, je me suis assis dans un fauteuil et je l'ai tranquillement laissée hurler, casser un vase, déchirer un poster d'Ava Gardner, griffer le bois de la table basse. Il m'a fallu un moment pour comprendre que Rose ou quelque chose la concernant se trouvait à l'origine de cette rage dont j'étais à la fois le destinataire – je l'avais bien saisi – et la cause, ce qui m'a semblé sur le coup plus obscur. Ariane venait de réaliser que notre fille était partie à Rome pour suivre un type de mon âge qui avait été son professeur à l'université, et elle était scandalisée que je n'aie rien fait pour l'en dissuader, l'ayant même encouragée sûrement, elle ne me connaissait que trop bien : "Tu es un vieux dépravé, Jacques, un malade capable de vivre tes fantasmes par procuration et par l'intermédiaire de ta propre fille. C'est dégueulasse. Frustré de ne pouvoir te taper des minettes de vingt ans, tu précipites Rose – qui est aussi ma fille je te le rappelle – dans les bras du premier croulant venu. Déjà il y a cinq ans, tu l'avais fourguée à ce connard de cinéaste qui avait l'âge d'être son grand-père ! Je ne sais pas comment tu peux encore te regarder dans la glace, espèce de salopard…" Nous étions arrivés au moment où son propos commençait à perdre de son apparente cohérence pour s'effilocher dans une suite décousue d'insultes qui n'allait pas tarder à se tarir en raison des ressources finalement limitées de la langue française. Je savais que l'acmé de la fureur était maintenant passée. J'ai sorti du frigidaire une bouteille de chenin et je nous ai servi deux verres.

Quelques heures plus tard, nous étions tous deux allongés sur une plage descendant en pente douce vers la Loire où nous avions mis le vin à rafraîchir. Un soleil de feu embrasait le ciel d'orage qui plongeait vers le fleuve. Nous avons regardé le spectacle en silence et j'ai repensé à Ava Gardner dans *Le Dernier Rivage*. J'ai demandé à Ariane ce qu'elle ferait si nous n'avions plus que quelques instants à vivre, si le monde s'effaçait doucement sous nos yeux. "Je crois que je ferais l'amour avec Robert Redford jeune", a-t-elle répondu, ce qui m'a dissuadé de poursuivre la conversation. Nous avons fini la bouteille de vin et nous sommes endormis sur le sable en nous tenant la main. Vers minuit le tonnerre a libéré l'énergie du ciel ainsi qu'une pluie battante. Nous avons couru comme des fous vers la maison d'Ariane qui était la plus proche. Nous sommes arrivés trempés dans le salon et Ariane m'a embrassé longuement sous le regard un peu inquiétant et réprobateur de Vladimir Ilitch. Puis elle m'a dit : "Allez, ça suffit, Jacques. Va-t'en maintenant." Et je suis rentré chez moi sous la pluie noire, secoué par les rafales et pas très fier quand les éclairs blancs ont cisaillé l'opacité du ciel avec une fréquence accélérée. J'ai entendu des fenêtres et des volets claquer à travers l'averse et j'ai eu l'impression un instant de m'être perdu, de ne plus rien reconnaître. D'être redevenu un enfant de sept ans, surpris par la violence d'un orage au milieu d'une campagne inconnue, un enfant qui mélange les larmes au déluge en appelant ses parents dans la nuit.

XV

Le lendemain, je suis resté dans l'abri du lit plus longtemps qu'il n'aurait fallu, lisant une biographie – assommante – de Sinatra et guettant les premiers signes de l'angine qui allait forcément me chatouiller la gorge après la trempée de la veille. En fin d'après-midi, je me suis enfin levé pour me préparer un grog préventif et j'ai écrit quelques lignes à l'intention d'Ariane : *Si Lénine n'aime pas les baisers, c'est que la fin du monde est proche. J'attends que les guerres tiédissent et que Robert Redford meure d'une mauvaise chute de cheval.* J'ai glissé ce petit mot dans la boîte aux lettres d'Ariane, convaincu qu'elle n'y comprendrait pas grand-chose et désolé de constater qu'un leader bolchevique et un acteur hollywoodien ne m'inspiraient guère mieux qu'un cycliste italien lorsque j'avais seize ans.

Je ne sais pas si nous nous sommes un jour compris Ariane et moi. Notre vie commune a cependant ressemblé brièvement à ce que nous étions et au bonheur que nous cherchions tous deux sans voir qu'il nous enveloppait comme des atomes invisibles dans l'air, flottant en apesanteur sous la brise infime et le poudroiement des rayons qui dessinaient des cônes de poussière, ou comme une suspension d'or minuscule et glacée sur la paroi des verres, posés sur la table basse dans l'attente de nos lèvres. C'était il y a presque vingt ans. Les rideaux filtraient la lumière du soir qui teintait d'abricot le parquet où Rose faisait la lecture à ses poupées qu'Ariane avait confectionnées avec des chiffons et de la magie. Je rentrais de l'université de Nantes en longeant la Loire. Je suivais les courbes des levées pour gagner la vieille maison perdue dans l'île que nous habitions depuis quelques années, une maison ébranlée par deux ou trois siècles de fatigue et d'espérance, de corps et de fantômes, du bricolage de tout cela ensemble. À l'intérieur, les vêtements étaient pliés dans l'odeur de lavande, les livres débordaient des étagères et cachaient parfois les plinthes mal jointes, un disque tournait sur l'électrophone. Ariane avait un pull couleur de blé mûr, à l'encolure un peu large qui faisait ressortir son cou mince et long, la grâce accompagnant tous ses gestes. Elle avait préparé un bouquet de fleurs séchées qui embaumaient le séjour et elle avait laissé à Rose le soin de couper les tiges. À six ans, celle-ci venait juste d'apprendre à lire et elle voulait résolument ressembler à sa mère. Ariane ne la décourageait pas ni ne l'encourageait : son élégance tenait en partie à l'indifférence aérienne qui fondait tout son rapport au monde, aux choses, aux gens. Ce détachement – qui n'était pas sans contradiction, en apparence du moins, avec l'intensité soudaine de ses emportements amoureux et politiques – m'avait toujours semblé résulter autant de la nature de son caractère que d'une construction délibérée, d'une recherche sophistiquée confinant à une forme de dandysme. Ariane souhaitait mener sa vie avec une liberté désinvolte et sans concession, c'est-à-dire sans adhérence aucune de la vie sur sa liberté. Elle ne supportait pas ce qui attache, se dépose, s'accroche à la surface des choses. Tout en feignant de se moquer ou d'ignorer le désir d'imitation de sa fille, elle avait passé plusieurs journées à tailler des robes qu'elle ne portait plus pour les ajuster aux mesures de Rose mais cela n'avait pas d'importance. Qu'est-ce qui avait de l'importance ? Je passais la porte et Rose sautait dans mes bras pendant qu'Ariane fumait une cigarette dans le canapé safran, un livre négligemment ouvert sur ses genoux. Elle tournait la tête dans ma direction, ses yeux gris et ses lèvres pleines, rouges, se plissant à peine dans un sourire imperceptible où je m'appliquais à déceler l'amour dont j'avais besoin. Nous buvions un verre de savennières frais comme nous l'aimions, Schubert accompagnant le déclin du soleil sur les lambris pâles du salon, puis nous préparions le dîner tous les deux, les légumes et le poisson du marché disposés sur la paillasse en bois de la cuisine. Pendant le repas, je m'inquiétais que Rose avale des arêtes et nous finissions la bouteille sans nous en apercevoir. Ariane s'échauffait parfois à la lecture des nouvelles du *Monde* que j'avais acheté sur la route. Sa colère virait vite à l'ironie puis au mépris détaché : "Ces gens sont incroyablement idiots et je me demande bien pourquoi je perds mon temps à me tacher les doigts et les yeux avec des âneries pareilles." Il était difficile de savoir si elle parlait des journalistes, des objets et sujets de leurs articles, ou de tout autre chose. La nuit tombait sur la vaisselle dans l'évier. Je montais Rose dans sa chambre qui était curieusement décorée quand j'y repense maintenant : sur les murs, des dessins d'enfant voisinaient avec des affiches dénonçant la dictature argentine qui torturait ses opposants à proximité des stades où la Coupe du monde de football se jouerait l'année suivante. Quand je redescendais, Ariane fumait dans le salon jaune, la tête renversée en arrière, écoutant le chuintement répété, obstiné mais doux de l'électrophone à la fin du disque.

Il était rare qu'Ava Gardner laisse les disques s'épuiser sur la platine : elle les faisait généralement valser avant la fin du morceau, tout comme elle ne vidait pas tout à fait son verre avant de le remplir de nouveau. "Je bois rarement plus d'un verre par soirée", assurait-elle avec une sincérité déconcertante. Mon enquête avançait. Plusieurs hypothèses se muaient en presque certitudes que je voulais définitivement confirmer en me rendant à Rome où Giuseppe Rotunno, âgé maintenant de soixante-douze ans, résidait toujours semblait-il. J'ai appelé Rose qui a proposé de m'accueillir dans son appartement durant la seconde quinzaine du mois d'octobre, ce qui lui laissait le temps de mieux s'acclimater à la vie romaine et de parfaire son installation. Elle n'a pas dit un mot de l'historien d'art italien avec qui elle avait emménagé, sachant le sujet sensible et l'incompréhension que pouvait susciter, aux yeux de ses parents du moins, son goût pour les hommes mûrs. Hormis une histoire un peu sérieuse avec un étudiant en architecture, Rose avait toujours semblé préférer des amoureux qui avaient le double voire le triple de son âge. Je n'ai jamais eu le courage d'en parler avec elle, imaginant qu'Ariane de son côté ne devait pas s'en priver, ce qui était aussi une manière de faire l'autruche, l'une de mes spécialités.

D'après mes informations, Rotunno en homme fidèle et constant n'avait pas changé d'adresse et il occupait encore le logement situé via della Luce dans lequel il s'était installé avec Graziolina au milieu des années 50. On peut supposer qu'il a modernisé depuis le studio de prise de vue et le laboratoire du rez-de-chaussée, qu'il aime toujours s'y retrouver seul parmi ses images et ses souvenirs, comme en ce mois de mai 1959 où il a été soulagé de rentrer chez lui après quatre mois d'un tournage éprouvant en Australie. Il ne se sentait pas très bien, moins épuisé par la dureté des conditions rencontrées aux antipodes qu'ébranlé par l'attitude d'Ava Gardner à son égard sur le plateau du *Dernier Rivage*, leurs relations – ou la quasi-absence de leurs relations – l'ayant laissé désemparé. Comme si cela avait pu atténuer son amertume et sa déception, il a cédé un soir au désir de revoir la trente-septième vue de la pellicule impressionnée au cours de la nuit du 22 au 23 août. Il a retiré en tremblant le petit bout de négatif de la boîte où il l'avait caché. Avec des gestes de somnambule ou d'automate, il l'a placé dans l'agrandisseur et a effectué un tirage photographique au format 45 × 60 cm, outrepassant ses intentions sans même s'en rendre compte.

Quand Rotunno a rallumé la lumière et découvert la photographie à échelle humaine sur le séchoir, il a tout de suite compris qu'il avait sans doute fait une belle bêtise. Étrangement il n'a pas songé un instant à détruire cette image sur laquelle il ne pouvait ou n'osait pas fixer son regard et il a cherché avec inquiétude un endroit pour la cacher. Il n'a pas tergiversé longtemps, instruit autant par le souvenir de *La Lettre volée* de Poe que par son expérience de chef opérateur : il savait qu'il valait souvent mieux mettre en évidence ce que l'on souhaitait occulter à l'image plutôt que le maquiller grossièrement ou le repousser vers les bords du cadre. Il a sorti d'un carton à dessin une grande photographie tirée quelques jours plus tôt et choisi dans la réserve un cadre de même format 45 × 60 cm. Il a glissé les deux images l'une sur l'autre dans le cadre au dos duquel il a scotché une enveloppe contenant le négatif de la trente-septième vue. Puis il a fixé l'ensemble bien en vue sur le mur blanc et nu. Pendant trois années, Rotunno ne se lassera pas de regarder longuement, chaque fois qu'il descendra dans son studio, cette image encadrée : une photographie noir et blanc du tournage du *Dernier Rivage* où Ava Gardner se tient de dos sur la plage, vêtue d'un imperméable clair, la tête légèrement inclinée vers l'arrière, et regardant la mer et la tourelle d'un sous-marin qui émerge des vagues. "Une image de fin du monde pour cacher celle de son origine, en somme", se disait souvent Rotunno quand il observait le cliché en souriant comme un enfant malicieux et candide.

En cet automne 1875, Courbet avait gardé une lueur espiègle voire enfantine dans le regard mais sa situation ne donnait guère envie de sourire. Payant au prix fort son engagement lors de la Commune, le peintre avait dû s'exiler pour fuir ses créanciers et les prisons de France où beaucoup souhaitaient le voir pourrir et finir ses jours. Mais traînant son quintal sur les bords du Léman n'était-il pas un homme mort déjà, aussi mort que le beau rêve de la République et de l'égalité ? Il résidait depuis deux ans à La Tour-de-Peilz où il voyait chaque matin l'aube qui s'arrachait aux brumes bleues du lac. L'exil n'avait pas changé son caractère et il ne pouvait s'empêcher de fanfaronner, écrivant à sa sœur Juliette : *Je suis heureux comme dans un paradis et jamais de ma vie je ne me suis porté aussi bien.* Il avait rarement craint les excès ni l'hyperbole et c'est vrai que son ventre, gonflé comme une barrique, se portait bien, mais sa peinture un peu moins. Il feignait de ne pas s'en apercevoir, s'émerveillant à haute voix des châteaux, églises, montagnes, morceaux de lac ou de forêt qui sortaient à la chaîne de son atelier, c'est-à-dire pour l'essentiel des pinceaux de Marcel Ordinaire et de Cherubino Patà. Cette production abondante et lucrative semblait cependant dérisoire quand il s'agissait de financer les trois cent vingt-trois mille et quatre-vingt-onze francs de la reconstruction de la colonne Vendôme qu'on lui réclamait avec autant d'acharnement que d'absurdité.

Les premières neiges de novembre dévalaient des sommets jusqu'aux vallons encaissés quand un inconnu se présenta à la porte de l'atelier. L'homme apportait avec lui le petit tableau scandaleux que Courbet avait peint pour Khalil-Bey neuf ans plus tôt. Le peintre fut d'abord étonné puis très ému de revoir ce rectangle de chair qui lui sembla encore plus vivante que dans son souvenir, comme si la peinture frémissait davantage sous les caresses du temps et la certitude que dorénavant il ne peindrait plus aussi juste. Courbet repensa aux iris de la belle Jeanne, à ces années où la gloire et le bonheur, l'argent et les femmes venaient comme une évidence qui semblait jamais ne devoir se tarir. Ses petits yeux jaunes et cernés s'embuèrent. Le visiteur toussota et le tira de sa rêverie en expliquant le motif de sa venue : l'actuel propriétaire de l'œuvre – dont il refusa de donner l'identité mais rien n'indiquait qu'il ne s'agît pas de Khalil-Bey, ce n'était pas totalement impossible quoique peu probable – souhaitait que Courbet peigne un petit tableau, anodin et parfaitement ajusté, faisant office de cache pour la peinture d'*Origine*. Courbet sourit et retrouva sa bonne humeur et ses habitudes : il sortit une bouteille de vin blanc du pays de Vaud pour fêter la commande. "Le tableau sera prêt dans trois jours au plus tard. Il y a une bonne auberge à Montreux, vous y serez bien le temps que je vous barbouille ça." De nouveau seul dans son atelier, assis sur un vieux fauteuil (car il n'aimait guère se lever de son siège quand rien ne l'obligeait à le faire), le peintre appela son fidèle Cherubino Patà, lui expliqua la commande et ce qu'il attendait de lui. En quête d'un format approprié, Patà fit le tour de l'atelier où s'entassaient de nombreuses toiles vierges peintes en noir et portant à la craie des inscriptions : *Montagne en été*, *Une grotte*, *Forêt*, *Pré au soleil avec vaches*, *Chasseur et chiens*, *Coucher de soleil sur le lac*. Il en trouva une de 50 × 60 cm légendée *Château sous la neige*. "C'est parfait, mon cher Patà, tu peux te mettre au travail sans tarder. Je signerai quand tu auras fini. Surtout soigne le ciel blanc sale comme de la vieille crème et ne gâche pas la neige : il faut que cela paraisse bien froid dessus pour que ça brûle dessous !" L'élève tessinois fit un signe obéissant d'acquiescement à son gros maître qui replongea dans ses souvenirs. Il se rappelait qu'à Paris, au mur de son atelier, il avait affiché quatre préceptes à l'intention de ses élèves : *1 – Ne fais pas ce que je fais. 2 – Ne fais pas ce que les autres font. 3 – Si tu faisais ce que faisait Raphaël, tu n'aurais pas d'existence propre (suicide). 4 – Fais ce que tu vois et sens, fais ce que tu veux.*

XVI

Sans avoir été l'élève de Courbet, dont elle ignorait probablement l'existence avant de découvrir l'œuvre intitulée *Tronc féminin* dans le livre allemand des années 30, Ava Gardner a obéi toute sa vie au quatrième précepte que le peintre avait placardé dans son atelier parisien. En cela, Ariane et elle se ressemblaient. C'était d'ailleurs leur seul trait commun, avec peut-être la couleur des yeux – ou s'il y en avait d'autres, je ne souhaitais surtout pas les voir, même si cela aurait sans doute intéressé le psychanalyste que je ne consulterai pour rien au monde. Ariane avait toujours fait ce qu'elle voulait, hormis pendant une tragique parenthèse que l'on peut aussi considérer comme une conséquence malheureuse de cet irrépressible élan. Elle avait suivi des études de lettres sans grande assiduité mais en prenant tout son temps car elle n'avait aucune envie de travailler (à ma connaissance et jusqu'à ce qu'elle ouvre son bistrot-guinguette, elle n'aura jamais vraiment travaillé). À vingt ans, elle m'avait épousé, essentiellement par esprit frondeur et goût de la contradiction car se marier était un acte terriblement anticonformiste et transgressif dans le milieu qui était le nôtre dans les années d'après-68. Elle l'avait ensuite regretté rapidement, avait accouché de Rose en jurant que c'était la première et la dernière fois qu'elle endurait cette abomination. Elle avait pris des amants – l'infidélité étant à ses yeux le seul bienfait du mariage – puis elle s'était lassée j'imagine, et elle m'avait quitté soudainement un jour de juin 1978, abandonnant sans un mot d'explication ni un baiser sa fille de sept ans et le pauvre bougre ahuri que j'étais. Je n'ai appris que plus tard qu'elle nous avait plantés dans l'île pour rejoindre un groupuscule gauchiste qui s'exerçait à la lutte armée et à la clandestinité, ce qu'elle n'avait pas non plus trouvé amusant et excitant très longtemps. Elle avait cependant payé le prix fort de cet engagement et passé quelques années en prison pendant que j'élevais Rose comme je pouvais et que je passais mes nuits avec Michelet, Danton, Robespierre et quelques vins de Loire. Elle est revenue dans l'île, comme une apparition, dans la chaleur de l'été 90. À aucun moment elle n'a parlé de ces années qui durent être épouvantables pour celle qui ne pouvait pas admettre le moindre accroc à sa liberté. Elle a juste dit un jour, pour clore définitivement le sujet : "Cela n'a pas existé." Sa singulière élégance, légèrement fêlée, semblait intacte – la preuve en fut son idée d'ouvrir un café soviétique dans une île du Maine-et-Loire peu de temps après la chute du mur de Berlin – mais le détachement aérien et souverain qui la caractérisait dans sa jeunesse avait disparu, remplacé par la colère et la mauvaise foi qui servaient maintenant ses airs de grande dame imprévisible et fantasque. La fascination qu'elle continuait d'exercer sur moi n'avait en revanche pas changé et demeurait celle qui m'avait saisi le premier jour où je l'avais vue, au printemps 67, dans un bar cubain de Bastille où la nécessité d'œuvrer à l'indispensable rapprochement entre les forces lycéennes, étudiantes et ouvrières nous avait réunis avec une dizaine de camarades. Ce fut le plus beau rapprochement de ma vie.

Ava Gardner, fidèle à la pente de son caractère et enfin libérée de ses obligations avec la MGM, a donné le meilleur d'elle-même durant l'été 59, ne semblant suivre que ses caprices lors d'une saison d'errances et d'excès en tout genre : agitée, insatisfaite, elle a dérivé sans projet ni but, au gré de ses envies, en Espagne, en Californie, en Floride, à Haïti, laissant chaque fois le souvenir de passages tumultueux traversés d'ivresses et d'éclats. Elle a débarqué au mois d'août à La Havane, ville crasseuse, humide et décadente, dont elle avait apprécié le charme brûlant lors de ses voyages précédents, en novembre 1951 pour sa lune de miel avec Sinatra, et quelques années plus tard quand elle était venue rendre visite à Hemingway qui l'avait accueillie dans sa résidence de la Finca Vigía. À cette occasion, dit-on, elle aurait eu l'habitude de se baigner nue dans la piscine de l'écrivain. Rien ne l'attestait et cela n'avait pas d'intérêt ni d'importance mais ce genre d'informations douteuses et invérifiables, colportées d'articles en biographies, encombraient ma documentation et mes pensées. Devenu malgré moi une sorte de spécialiste d'Ava Gardner, de sa vie et de ses légendes, je commençais à être bien placé pour savoir qu'on racontait en général n'importe quoi sur son compte. Soucieux de ne pas trop m'égarer, j'essayais d'appliquer à mon enquête les méthodes rigoureuses de l'investigation scientifique, rigueur qui n'avait pourtant jamais été ma principale qualité d'historien, comme on me l'avait reproché quand j'avais diffusé de manière très confidentielle *La Vie de Danton*, fruit de plusieurs années de laborieuses recherches. Je m'apercevais peu à peu qu'il était aussi compliqué d'enquêter sur une actrice hollywoodienne que sur un tribun révolutionnaire, mais pour des raisons inverses. D'un homme comme Danton, ou comme Saint-Just ou Robespierre, dont l'existence et la vie publique furent finalement très brèves, on ne sait que l'essentiel – actions, discours – et quelques images pas forcément très ressemblantes alors que des stars de cinéma on peut connaître les moindres gestes, colères, passades, retards ou caprices relatés par le menu dans les gazettes avec un souci moins d'exactitude que de profit. Et surtout on peut les voir et les revoir et les entendre à satiété dans les salles obscures où l'on croit déceler la réalité d'une vie derrière le paravent des rôles. Dans un cas, la difficulté réside dans l'éloignement des temps et la partialité des témoins et historiens qui, les uns après les autres, ont gentiment ou méchamment bricolé la légende pour la faire pencher dans la direction la moins éloignée de leurs convictions ou des intérêts de l'époque. Et dans l'autre cas, c'est l'abondance des sources, souvent peu fiables, la profusion des images et des ragots, la distorsion entre la projection des figures et la banalité des existences qui posent problème et font écran à la recherche d'une part de vérité dont il m'apparaissait de plus en plus clairement que le véritable nom était celui de fiction. Une légère brise ridait la surface de l'eau qu'animaient les reflets des bambous et des palmiers laissant entrevoir la silhouette ondulante d'Ava

Gardner, nue peut-être ou bien portant un maillot couleur chair, qui explorait les profondeurs du bassin où l'eau était plus fraîche. Autour de la piscine, Hemingway et ses autres invités buvaient du scotch et du vieux rhum cubain ; ils profitaient de la chaleur moins étouffante du soir et mélangeaient les odeurs du tabac avec les parfums musqués des hibiscus et ceux légèrement anisés des avocatiers. Et puis la nuit tombait sur tout cela, comme une caresse de femme à l'haleine de marée, à la peau lourde et moite. Le murmure du vent brassait mollement les voix, les insectes, le bruit des verres, et plus loin, le bourdonnement d'un moteur qui tantôt semblait s'éloigner, tantôt se rapprocher. L'ombre barbouillait le jardin de pourpre sombre et de violet grillé. Les arbres et les humains bougeaient avec la lenteur incertaine des fantômes et leurs images vibraient encore pour quelques instants sur l'huile noire de la piscine.

Ava Gardner et Ernest Hemingway s'étaient rencontrés quelques années plus tôt à Madrid et avaient noué rapidement une amitié solide et tendre sous l'œil vigilant de Mary Welsh, la quatrième épouse de l'écrivain. Ils avaient en partage le goût de l'Espagne, de la corrida, de l'alcool et de la liberté. Ava fut l'interprète de trois héroïnes d'Hemingway dans des adaptations que l'écrivain avait rarement appréciées. Il lui a dit un jour : "Il n'y avait que deux bonnes choses dans *Les Neiges du Kilimandjaro* : vous et le chat mort." Dans son roman posthume *Îles à la dérive*, on pouvait deviner un portrait caché d'Ava sous les traits de la femme autrefois follement aimée par Tom Hudson, le personnage principal : *C'était elle. Personne d'autre ne descendait ainsi d'une voiture, rapidement, sans effort et élégamment et, en même temps comme si elle faisait une grande faveur à la rue en y mettant le pied. Toutes avaient essayé pendant de nombreuses années de lui ressembler et certaines y étaient assez bien parvenues. Mais quand on la voyait, toutes les femmes qui lui ressemblaient paraissaient des imitations.* L'actrice et l'écrivain s'étaient connus par l'intermédiaire du toréro Dominguín, au printemps 54, tandis qu'elle était hospitalisée pour une crise de calculs rénaux. Hemingway lui avait alors demandé une faveur particulière : qu'elle lui donne l'un de ses calculs pour en faire une amulette. Ava le lui offrit et l'écrivain gardera de longues années ce curieux porte-bonheur. Cinq années plus tard, à la fin de l'hiver 59, l'actrice lui adressa par la poste à la Finca Vigía un second cadeau, aussi singulier, qui étonna puis réjouit au plus haut point l'écrivain. Ce présent lui confirmait qu'il ne s'était pas trompé en accordant son amitié à cette femme sublime qui valait beaucoup mieux que l'image sans concession qu'elle avait d'elle-même : cet envoi était une photographie 18 × 24 cm où l'actrice reprenait, avec une ressemblance pas très convaincante mais troublante, la pose nue de *La Vénus d'Urbino* de Titien. Cette image rappelait à Hemingway son goût de l'Italie, de ses peintres et de son art de vivre ; elle le renvoyait à sa passion pour la Sérénissime et pour une jeune fille de la noblesse vénitienne, Adriana Ivancich, avec laquelle il entretint pendant cinq ou six années une romance passionnée, joyeuse et tragique, platonique ou peut-être pas, et qui lui inspira le personnage de Renata dans *Au-delà du fleuve et sous les arbres.* Hemingway encadra l'image et l'accrocha bien en vue dans sa bibliothèque de la

Finca, entre ses trophées de chasse et des affiches de corrida.

Je n'avais jamais lu Hemingway, convaincu par les arguments d'Ariane qui détestait ses airs de matador misogyne, de boxeur à la petite semaine, de chasseur vaniteux, d'aventurier sans scrupule et opportuniste, carburant à la publicité et aux alcools fins mais forts. Elle aimait Faulkner et la lumière d'août. J'aimais tout ce qu'Ariane aimait. Et Ariane ne supportait pas la contradiction. Je me souviens de lui avoir parlé un soir, après la lecture d'un article quelconque, de l'engagement d'Hemingway durant la guerre d'Espagne et sa réponse fut cinglante : "Mon pauvre Jacques, tu es atteint par la maladie du siècle et tu as la naïveté des enfants : tu crois aux légendes. Il n'y a eu qu'un seul héros durant la guerre d'Espagne et c'était mon grand-père." Elle avait dit cela comme s'il s'agissait d'une évidence qu'un imbécile comme moi devait être le seul à ignorer. J'ai répondu sans conviction que je n'en doutais pas avant de rejoindre le lit de la chambre d'amis où j'ai manifesté ma révolte silencieuse en lisant *Le soleil se lève aussi*. Le lendemain, Ariane m'a rejoint dans les draps vêtue d'un tee-shirt écarlate et trop court. Ce matin-là, l'île était balayée de poussières ocre qui la faisaient ressembler à un paysage désolé de la Basse Estrémadure ou des grands champs vides du Mississippi durant les étés de sécheresse.

À son arrivée à Cuba au mois d'août 1959, Ava fut déçue d'apprendre qu'Hemingway ne s'y trouvait pas : il passait l'été en Espagne pour assouvir sa passion de la tauromachie et de mille choses indéfinies qu'il avait plaisir à retrouver. Elle ne profiterait pas une nouvelle – et dernière – fois des charmes de la Finca Vigía, de sa piscine et des tendresses bougonnes de *Papa*. Elle ne verrait jamais non plus son imitation photographique et approximative de *La Vénus d'Urbino* côtoyer une girafe en perles de bois, une tête de cerf empaillée, un ours mécanique, une chauve-souris dans le formol et *La Ferme* de Miró. Elle s'est donc résolue à louer une petite suite au premier étage de l'hôtel Nacional, avec vue sur la mer et le Malecón qui gardait encore les stigmates des troubles récents ayant conduit en janvier au renversement du dictateur Batista par Fidel Castro et son armée révolutionnaire. Comme beaucoup de gens en cet été 59, Ava était intriguée par le libérateur charismatique et elle a demandé à le rencontrer. Amateur de jolies femmes et curieux de voir de près cette actrice américaine peu conventionnelle, Castro accepta de la recevoir au Habana Hilton où il avait installé son poste de commandement dans la suite continentale, chambre 2324. Il l'accueillit en début d'après-midi sur la terrasse de l'hôtel. Très vite, ils se sont aperçus qu'ils s'entendaient à merveille et qu'ils se révélaient fort éloignés des clichés du guérillero fanatique pour l'un et de la star hollywoodienne capricieuse pour l'autre : Castro a été surpris de découvrir une femme frondeuse et généreuse, intéressée sincèrement par la politique, et Ava séduite par la civilité charmante, la culture et l'élégance de ce géant en habit vert olive. Les premières lueurs de l'aube commençaient à dorer La Havane quand ils se sont quittés.

Lorsqu'elle l'apprit et qu'elle imagina ce qui avait pu se passer, Ilona Marita Lorenz, la maîtresse de

Castro, fulmina. La belle jeune fille de dix-neuf ans, fille d'un capitaine de navire allemand, était à la fois la fiancée officielle, la secrétaire et l'interprète du nouveau Premier ministre. La fureur et l'imagination, le plaisir et la jalousie étaient des trésors locaux dont elle avait appris merveilleusement à se parer. Elle s'arrangea pour qu'Ava Gardner n'approche plus Castro et qu'ils n'aient pas l'opportunité de se revoir ni de communiquer, interceptant même les lettres qu'elle lui adressait. Assez rapidement, Ava a compris ce qui se passait. Tombant un soir sur sa rivale dans le hall du Hilton, l'actrice a prouvé qu'elle aussi avait adopté sans effort les particularités des passions de l'île, revendiquant même par la suite qu'elle était américaine de naissance, espagnole d'adoption et cubaine de tempérament. Fortement alcoolisée, tenant à peine sur ses pieds, elle a injurié la jeune fille, l'a suivie dans l'ascenseur et l'a violemment giflée à la volée avant que les gardes du corps de Castro n'interviennent. Après cet incident, l'entourage du Commandante lui a fermement conseillé d'éloigner cette furie américaine qui cadrait assez mal avec la dignité de la jeune gouvernance révolutionnaire, ou du moins avec l'image qu'elle voulait arborer. Grand par la taille et par la longueur de son verbe intarissable, Fidel Castro était un homme politique d'envergure – c'est-à-dire un homme ardent, généreux, ainsi qu'un politique à l'intelligence subtile et stratégique, presque glaçante, sachant doser à la perfection ce cocktail de flamme et de froideur qu'impose l'exercice du pouvoir (en particulier quand on aspire à le garder pendant plusieurs décennies et qu'on y parviendra pour le meilleur et pour le pire). Il a donc obtempéré, déléguant son fidèle aide de camp à l'hôtel Nacional avec mission de satisfaire Ava Gardner et de l'inciter à quitter l'île au plus tôt, ce qu'elle fera sans histoires, déjà avide d'en commencer de nouvelles dans le chaos que son tempérament et sa liberté inventaient et ruinaient même si elle semblait ne pas s'en inquiéter.

XVII

Malgré mon caractère taciturne, je n'étais pas dépourvu d'amitiés. Lorsque ma mère était encore vivante et que je passais la voir à Arcis, il m'arrivait sans déplaisir de retrouver quelques amis d'enfance autour d'un café. La plupart n'avaient pas quitté l'Aube. L'enfance vieillissait avec eux sans heurts ni nostalgie. Ils étaient des pères de famille, parfois des grands-pères déjà, des travailleurs qui avaient plus ou moins réussi dans l'assurance, les serrures, ou l'éclairage public, nous ne parlions de rien d'important tout en évoquant l'essentiel : les enfants, la santé fragile des parents, les difficultés du monde et d'Arcis, l'ouverture d'une maison de retraite moderne, l'usine qui fermait. Je les enviais en silence pour l'apparente sérénité qu'ils affichaient et leur courage de vivre leur vie sans céder à la facilité de se poser des questions difficiles. Je les quittais souvent rasséréné, plein de résolutions (visiter une personne âgée isolée chaque semaine, boire moins, ne lire que des livres joyeux, couper du bois au printemps pour faire des réserves et des flambées en hiver, me regarder dans la glace tous les matins, jouer au tennis ou à la pétanque, limiter les possibilités de croiser Ariane, déménager).

J'étais également resté fidèle à trois camarades de jeunesse que je pouvais considérer comme mes amis les plus proches et les plus intimes puisque nous avions grandi et décliné ensemble. Nous nous retrouvions chaque été pendant quelques jours, chez l'un ou l'autre d'entre nous, pour porter un diagnostic implacable et muet sur la dégradation de notre état général qu'attestait la multiplication des menus signes dont il aurait fallu s'inquiéter si nous avions été raisonnables. Nous ne l'avions jamais été. Mais nous faisions des calculs : il nous restait à vivre au mieux un gros quart, un petit tiers, peut-être moins, du temps d'existence qui nous était imparti, alors que nous avions l'impression que tout commençait à peine. Que nous n'avions rien appris encore. Que le décalage entre notre âge et la minceur de notre expérience de la vie était une farce. À la fin des années 60 et au début de la décennie suivante, nous avions partagé des fêtes étranges, divines, au cours desquelles nous buvions et chantions le monde embrasés par la rigueur dogmatique et la candeur débraillée de nos espérances, dans une plasticité dialectique qui nous échappait à coup sûr. Nous n'avons pas cessé depuis de reproduire ces fêtes, avec des talents d'imitateur de plus en plus pathétiques. À quarante ans passés, nous continuions de faire tourner les liturgies d'alcool, poussives autant qu'exponentielles, et les vieux disques, toujours les mêmes, de Colette Magny, Léo Ferré, Julos Beaucarne, Jacques Bertin ou Paco Ibáñez, dont nous ânonnions les paroles comme des psalmodies secrètes et pâteuses. Elles nous permettaient surtout de ne pas parler ensemble ni d'évoquer ce qui pouvait bien nous réunir encore, hormis la vision floue et nos allures chancelantes qui étaient sans doute les dernières choses que nous avions en partage, avec cet éclair rouge fiché dans le blanc vitreux des yeux. J'aimais voir ces rougeoiements malades comme des peintures de guerre héroïquement et tendrement préservées dans les cendres de la révolution ou la fumée encore tiède et courbatue des promesses magiques – le vin est miraculeux, comme la fidélité, puisqu'il laisse croire que ce que nous avons eu de meilleur n'a pas encore commencé. Gérard, Gilles et Jean sont mes braises sous la pluie. Jamais ils ne m'ont semblé plus émouvants et dignes d'affection, de confiance, qu'au moment où j'ai renoncé à leur parler de mon histoire avec Ava Gardner.

XVIII

Il ne s'agissait aucunement de jalousie, Ariane m'ayant appris à supporter toutes les humiliations et les pires trahisons ; cependant, la passion de l'actrice pour Sinatra me déplaisait, me révulsait même. Le chanteur était divin quand ma mère fredonnait ses airs, adorable quand on le voyait à la télévision ou l'écoutait à la radio, plutôt agréable quand on l'embrassait et passait la nuit avec lui, mais le reste du temps c'était un type à éviter absolument. Ava Gardner ne l'ignorait pas, ce qui pouvait paradoxalement expliquer pourquoi elle avait été, jusqu'à son dernier souffle et malgré ses dénis, folle amoureuse de lui. Il me semble d'ailleurs que ce n'était pas si paradoxal quand on la connaissait un peu : savoir qu'en règle générale Frank se conduisait en salopard lui permettait de mieux goûter les moments où il ne l'était pas avec elle, tout en la dédouanant de ses propres écarts de conduite ou vertigineuses sorties de route.

Le chanteur paressait dans son luxueux appartement new-yorkais de la 72e Rue quand il avait reçu, vers midi, une enveloppe postée en Espagne et sur laquelle il avait identifié l'écriture enfantine d'Ava. Il s'était assis dans un fauteuil avec un verre de bourbon glacé à proximité du ventilateur dont les pales brassaient l'air humide et brûlant de juin sans apporter la fraîcheur espérée. L'enveloppe contenait une photographie, bien peu enfantine, de format 18 × 24 cm, sans dédicace ni aucun mot l'accompagnant. Il but son verre d'un trait comme si la brûlure de l'alcool avait pu atténuer celle de sa colère et il manqua de s'étouffer. Il se resservit un verre sans lésiner sur les glaçons et la dose de Jack Daniel's. Cela faisait bientôt dix ans que son histoire avec Ava engraissait les gazettes, qu'elle les incendiait et les essorait l'un et l'autre encore davantage qu'elle épuisait et tenait en haleine les échotiers et leurs lecteurs. Prude comme un tenancier de bordel, Sinatra n'avait aucune morale, hormis celle qu'il tentait d'afficher dans ces mêmes torchons en jouant le brave catholique fils de courageux et pieux immigrés italiens. Jamais pourtant il n'aurait pu imaginer qu'Ava puisse lui offrir et concentrer dans une image ce qui lui manquait tant, encadré par l'absence obscène des pieds, de la tête et des bras, cette merveilleuse horreur semblant même sourire, provocante et railleuse, se moquant de tous les hommes et de lui, Sinatra, en particulier, non pas ouvertement mais c'était pire, presque ouvertement en fait ou sur le point de le faire, comme précédant le grand rire qui soulève la poitrine et fatalement rend fou, pourvu qu'on le regarde avant de l'entendre et qu'on soit fou à son tour, humilié, absorbé par la compréhension soudaine d'être un petit garçon ayant grandi dans la puissance et la vanité de l'avoir oublié. Parmi les hommes, Sinatra était l'un de ceux qui étaient le plus violemment ce petit garçon. Il enragea donc. Il envoya valser tout ce qui lui tomba sous la main, finit la bouteille d'alcool de maïs noirci à la fumée avant de s'endormir sur le tapis où il mélangea un peu de salive avec les poussières et les éclats.

Toujours hors de lui mais impeccablement ivre, il passa une partie de la soirée à tirer avec fureur et un pistolet à air comprimé sur la photographie qu'il avait épinglée face au canapé. Le bruit incessant de la mitraille alerta les voisins et tout ce cirque avait failli mal finir. Le lendemain, Peter Lawford passa voir Sinatra qu'il trouva dans un sale état, liquéfié sur le canapé dont il semblait ne pas pouvoir s'arracher. L'œil bleu hagard, Frank lui raconta la dernière turpitude d'Ava. Il parlait en reniflant comme un veau et avec une haleine épouvantable. Le beau-frère des Kennedy remonta le moral du chanteur en lui servant des verres de gin noyé dans du Coca. Avant de partir, il décrocha la photographie criblée en promettant à Frank qu'il allait faire disparaître cette cochonnerie. Deux ou trois années plus tard, l'image finira dans un épais dossier de J. Edgar Hoover qui la regardera avec autant d'horreur que de mépris, lui qui détestait les femmes, les Ritals, les juifs, les Kennedy, les nègres et tous les dépravés d'Hollywood.

Laurent ne détestait personne et tout le monde l'adorait, en particulier les femmes, ce qui me laissait parfois songeur quand je notais sa denture irrégulière et chevaline, les boutons d'acné mangeant son visage d'éternel lycéen, ses auréoles suspectes sous les aisselles et son petit ventre de cinquantenaire alors qu'il avait à peine trente ans. Laurent irradiait et, comme tous ceux qui l'approchaient, j'avais été charmé quand je l'avais rencontré à l'université où il proposait le mercredi soir un cours intitulé

Histoire et cinéma ou Comment se souvenir qu'on ne projette que des ombres, des faons et des fraises sauvages. Passionné de cinéma, il possédait une culture encyclopédique mais très personnelle qu'il savait faire partager à des auditoires variés et conquis, à l'occasion de cours ou de conférences qu'il donnait sans régularité à la faculté d'histoire, à l'école des beaux-arts, au lycée Guist'hau et jusque dans des maisons de retraite de la MGEN. Il signait également sous divers pseudonymes (Hugo Barrett, Yvon Targe, Paul Mireau, Michel Lambert, Vincent Rapallo…) des critiques dans *Positif* et les *Cahiers du cinéma*, s'amusant comme un enfant malicieux et surdoué à encenser dans l'une des revues le film qu'il avait démoli dans l'autre. Il avait mis dans la confidence quelques proches, dont je faisais partie, heureux et surpris qu'il m'accorde très vite son amitié. Nous avions l'habitude de nous retrouver pour boire un verre dans un bistrot du Bouffay ou du quartier de la rue Joffre où il habitait. Au départ, nous parlions peu de cinéma, auquel je ne m'intéressais guère avant de me lancer dans l'enquête sur Ava Gardner, mais j'aimais l'entendre parler de Dreyer, de Losey, de Pialat ou de Nicholas Ray. Son talent résidait dans sa capacité à s'emparer des petits et grands sujets avec la même élégance et le même humour dénué de cynisme, de calcul ou d'envie de briller, ce qui le rendait justement lumineux, généreux, et – je l'espère – contagieux. Quand nous abordions la politique, il lui plaisait de me provoquer gentiment, avouant par exemple son adhésion sans réserve aux idées et à la figure de Pierre Méhaignerie. Il souriait alors de toutes ses mauvaises dents et, faute de trouver une répartie adéquate (quel argument pouvait-on raisonnablement opposer à une sortie pareille ?), je serrais les mâchoires en marmonnant que j'allais l'étrangler quand ma véritable envie était de rire aux éclats et de prendre dans mes bras ce type qui affirmait préférer Méhaignerie à Marx, Gramsci ou Foucault.

Souvent, après le verre de fin d'après-midi, Laurent m'invitait à dîner chez lui. En carnivore invétéré, il faisait une halte chez le boucher de la rue Joffre pour acheter, selon ses envies du jour, de l'araignée, du filet persillé, de la hampe ou de la noix de veau qu'il cuisinait à merveille. Le boucher Filâtre était célèbre dans le quartier pour la qualité de sa viande et pour sa manière toute personnelle et itinérante d'exercer son métier : il était rare de passer par la rue Joffre sans croiser à toutes les heures de la journée sa moustache jaune-gris et son tablier sanglant qu'il trimballait en d'incessants allers-retours entre son étal et le café Henri IV situé à une centaine de mètres. Laurent, avec son goût immodéré pour la barbaque et son charme naturel, avait vite séduit le boucher et surtout Mme Filâtre qui gardait la boutique pendant les absences muscadet de son époux. Pour justifier les éclipses de celui-ci, elle s'était constitué un répertoire de mensonges qui nous ravissaient et auxquels elle semblait avoir fini par croire elle-même : le brave homme avait rendez-vous avec un fournisseur ou chez le dentiste, réglait des histoires de papiers à l'Urssaf, soignait un mauvais rhume, faisait une course à la quincaillerie, montait le bois de la voisine au troisième étage, mettait à jour cette fichue comptabilité, téléphonait à son cousin Rémi qui venait de perdre sa femme, courait à la poste avant la levée, ou bien remplaçait une ampoule défaillante à la cave. Laurent et moi hochions gravement la tête et nous repartions avec notre petit paquet de chair rouge avant de tomber immanquablement dans la rue sur le très occupé Filâtre dont le plus grand talent – avec celui, tout à fait inouï, de réussir à ne pas ajouter un bout de ses doigts au bifteck des clients – était de transformer en fin de journée cent mètres de trottoir en presque le double de sinuosités et de méandres.

Les murs de l'appartement de Laurent, qui ressemblait à celui d'un étudiant obsessionnel et cela me rassurait sans que je sache bien pourquoi, étaient tapissés de milliers de cassettes VHS noires, aussi méticuleusement organisées qu'étiquetées : à l'encre noire et fine étaient écrits le nom du réalisateur, le titre du film souligné, sa date de sortie et au-dessous, tracées au crayon à papier, des étoiles classant les films sur une échelle de un à dix infiniment révisable. Cette collection fut pour moi une bénédiction. J'ai pu voir et revoir presque tous les films d'Ava, y compris les moins connus c'est-à-dire probablement les plus mauvais, au regard du moins des rares étoiles que mon ami leur avait accordées. L'aide précieuse de Laurent ne se limitait pas au prêt de quelques pièces de son trésor : avec talent, patience et pédagogie, il éclairait mes ignorances dont il se moquait tendrement comme un étrier bienveillant aurait charrié le cheval et non le piètre cavalier. Je l'ai parfois soupçonné d'être vaguement amoureux d'Ava Gardner sans que je puisse lui en vouloir : je lui pardonnais tout car il était l'homme le plus drôle que je connaisse. Après le dîner, je repartais vers mon île, moins aviné que Filâtre à cette heure mais plus qu'il n'aurait fallu pour conduire ma vieille automobile sur les levées noires qui traversaient les territoires d'animaux domestiques et de bêtes sauvages sommeillant dans les marges de la Loire. Je m'en voulais de troubler leur repos avec l'épouvantable son du moteur de ma Renault 11, aigre comme celui d'une voiture d'enfant téléguidée curieusement enrouée par un cliquetis poussif de Solex. Durant ce trajet d'une heure dans la nuit où je veillais à éviter les éclairs fauves des lièvres qui cisaillaient ma route, je me remémorais les discussions avec Laurent, les meilleures scènes des films auxquels il avait attribué neuf voire dix étoiles et qu'il mimait, rejouait, décrivait si bien que j'avais l'impression de les avoir vécues sans jamais les avoir vues pour la plupart. Je repensais à ce sous-vêtement féminin roulé en boule que j'avais repéré au pied du mur de cassettes et à propos duquel je n'avais évidemment pas posé de questions, fidèle en cela au tact élégant dont j'aimais me féliciter alors qu'il s'agissait tout autant de lâcheté, d'un tropisme naturel et fâcheux pour la fuite, comme le prouvait aussi mon incapacité à évoquer avec Laurent ce qui bruissait alors dans maints articles et conversations : la disparition programmée des cassettes VHS que les grandes firmes avaient décidé de remplacer par un nouveau format qui rendrait bientôt obsolètes les magnétoscopes et les images neigeuses enroulées dans des tombeaux de plastique noir. Parfois je croisais une voiture borgne sur les routes étroites ou bien doublais un motocycliste au dos bulbeux et comme gonflé à l'hélium. Je me figurais des scènes douteuses dans des films improbables, mélangeant quelques souvenirs défaillants avec l'image de Laurent mimant Robert Mitchum et Monica Vitti – j'imaginais Alain Delon se baignant avec Ava Gardner nue dans la piscine d'Hemingway, sous le regard jaloux de Sinatra qui jetait des éclats de verre bleu dans l'eau chlorée, traitant l'acteur de minable, de commis charcutier et de garçon boucher. Arrivé à la maison, je caressais les chats et me servais un verre de bourgueil pour m'assurer de la continuité des songes. Je m'endormais en essayant de comprendre ce que Laurent m'avait dit avant que je le quitte : "N'oublie pas que les talents de Sinatra sont aussi nombreux et vastes que ses défauts. Et méfie-toi, Jacques, ton Frank est un malin. Il sait où va le vent. Il a mouillé sa chemise avec dévotion pour soutenir les démocrates et les Kennedy avant d'appeler vingt ans plus tard à voter Reagan. Ce qui le rend, tu peux l'imaginer, plutôt sympathique à mes yeux…" Et il avait alors esquissé quelques pas de danse, copiant la démarche du chanteur, un chapeau posé de travers sur le crâne, une banane en guise de micro, tenue amoureusement et du bout des doigts devant sa bouche au sourire éclatant.

En septembre 1959, l'original ne souriait pas beaucoup malgré sa gloire et la ferveur du public retrouvées, les salles de nouveau pleines, les disques s'écoulant par milliers comme des tranches de salami ou de pastrami dans les *delicatessen*. S'il n'arrivait pas à savourer son retour au premier plan, c'était qu'Ava l'obsédait toujours et qu'il n'avait pas du tout digéré l'image que son ex-épouse lui avait envoyée avant l'été. Cela tournait à l'idée fixe : il voulait retrouver le salopard qui avait osé faire cette cochonnerie de photo. Il a fini par en parler à Sam Giancana, le patron de la Mafia de Chicago, qui faisait partie de ses fréquentations troubles. Le chanteur avait toujours nourri une fascination envieuse de sale gosse pour ces types ayant de l'honneur, un grand cœur et des méthodes efficaces pour se faire respecter en toutes circonstances. Les deux hommes s'estimaient mutuellement et n'ignoraient pas l'avantage que chacun trouvait à cette entente. Frank n'oubliait pas non plus sa dette envers Sam qui avait été l'un des seuls à le soutenir et l'avoir maintenu à flot pendant sa traversée du désert. De son côté le mafieux était fier de revendiquer cette amitié, se plaisant ainsi à exhiber dès qu'il le pouvait la bague en saphir rose que lui avait offerte Sinatra, visiblement bien au fait des goûts de ces gangsters arrivistes, les partageant mais jusqu'à un certain point : il n'aurait sans doute pas osé s'affubler comme Giancana de lunettes noires fumées, de costumes et pochettes de soie, de chaussures en peau d'alligator et conduire havanes au bec des Cadillac roses et des Chevrolet argentées. Cet attirail tape-à-l'œil contrastait avec le physique terne et fuyant de Sammy. De petite taille, à moitié chauve, il avait une tête de gargouille, un nez de fouine et il s'exprimait d'une voix fluette avec la curieuse manie de déformer les noms propres, ce qui rendait souvent ses phrases nébuleuses quand il parlait du président "Eisenheimer" ou de "Clark Grable" mais personne évidemment n'osait lui en faire la remarque ou, de manière plus téméraire encore, le reproche.

Giancana rappela Sinatra deux semaines plus tard pour le rassurer. L'affaire devrait être réglée rapidement, plusieurs de ses hommes, parmi les plus sûrs, s'y employaient. *A priori* la détestable photographie avait été prise en Italie où il avait beaucoup d'amis et autant de cousins. Il s'agissait d'une bricole, certes malheureuse, mais qui ne semblait pas présenter de problèmes particuliers si le chanteur lui faisait confiance et s'armait d'un peu de patience. Il devait cependant garder à l'esprit que cette nouvelle preuve d'amitié désintéressée s'inscrivait dans un contexte plus large qu'il aurait été regrettable d'ignorer. Sinatra acquiesça avec nonchalance et un détachement joué cachant mal son contentement de s'imaginer tenir un rôle central dans le grand jeu qui commençait à peloter ensemble les Kennedy frères et père, la CIA, le FBI, Giancana et le chef du syndicat des camionneurs, Jimmy Hoffa. Un jeu qui donnait l'impression au brave Frankie d'être une araignée au centre d'une toile dessinant les cinq points cardinaux de la nouvelle carte de l'Amérique : New York, Chicago, Hollywood, Las Vegas et, dans un peu plus d'un an si tout se passait bien, Washington. Il ignorait que Bobby Kennedy mettrait bientôt en garde son frère : "Sinatra est une mouche à merde."

XIX

En plein ciel entre mon île et Rome, j'ai tenté de distraire mon peu de goût pour l'avion par la compulsion frénétique des brochures d'Air France. Mes yeux parvenaient difficilement à suivre le mouvement incontrôlé d'apparition et de disparition que mes mains moites infligeaient aux trésors de l'Italie. Mon voisin, aigre poivré de sueur et d'eau de toilette, m'a d'abord regardé avec une bienveillance amusée avant de sembler s'agacer de mon manège qui troublait sa lecture de *La Gazzetta dello Sport* et les promesses de retrouver bientôt sa femme, ses enfants, peut-être sa maîtresse, ses amis du café en bas de chez lui, l'or et le pourpre des travées du Stadio olimpico où il pourrait de nouveau crier sa joie adolescente d'être vivant et romain.

Vivant moi aussi – quoiqu'en sursis dans ma carlingue –, je me réjouissais de revoir l'Italie avec laquelle j'entretenais une relation contrariée, intense et frustrée, à l'image de ces passions amoureuses non consommées. Je l'expliquais par une suite de malchances et d'occasions manquées, par ma répugnance à voyager. Ainsi n'avais-je jamais souhaité m'opposer au goût d'Ariane pour l'Espagne où elle désirait que nous passions nos vacances à l'exclusion de tout autre endroit. Je me souviens d'avoir un jour proposé timidement la Toscane et elle avait levé les yeux au ciel en décrétant la supériorité de l'Espagne sur l'Italie sans contradiction possible : "Il n'y a pas photo. L'Italie s'accommode, louvoie, bricole, combine, tandis que l'Espagne se révolte, fièrement et tragiquement." Mes parents, j'imagine, ne s'étaient pas hasardés à ce type de comparaisons. Ils m'avaient fait découvrir l'Italie pour la première fois durant les vacances de l'été 58. Pendant près d'un mois, nous avions sillonné la botte en Renault Dauphine, nous arrêtant chaque soir dans un nouveau camping. À cette époque, la carrière professionnelle de mon père n'avait pas encore croisé dans les fermes la vache à lait – ou la poule aux œufs d'or – du commerce des engins agricoles. Ces premières vacances à l'étranger m'avaient semblé furieusement exotiques et je me souviens d'une succession de ravissements faisant oublier le confort rudimentaire et la promiscuité pesante sous la toile de la canadienne que le soleil des Pouilles ou des Abruzzes transformait en fournaise bleue. Mon père avait élaboré un itinéraire qui nous faisait emprunter les cols mythiques du Giro sans négliger la visite des hauts lieux culturels : vestiges antiques, églises, musées, ruines parfois des églises et des musées. Mes parents n'étaient pas des esthètes ni des intellectuels : ils n'avaient pas lu les récits de voyage en Italie de Stendhal ou de Goethe mais en vacances ils se laissaient conduire sans réserve par le Guide Vert, tout comme ils écoutaient chaque soir de l'année les nouvelles indiscutables de la RTF et croyaient à la Bible le dimanche matin. Nous visitions Pompéi, Sienne ou Pise et mon père modulait ses exclamations d'admiration en fonction des étoiles accordées par son petit livre vert. Devant les fresques de Fra Angelico au couvent San Marco de Florence, il avait dit d'une voix forte que *L'Annonciation* était un chef-d'œuvre du Quattrocento dans lequel Fra Angelico transcendait les possibilités traditionnelles de la fresque, que le maître explorait les nouveautés de la perspective et de l'expressivité de ses contemporains même si son univers restait dominé par la douceur et une foi aussi confiante qu'heureuse. Il avait ajouté sans baisser le ton qu'il devait quand même pas mal cailler dans ces cellules et que le doux maître aurait pu décorer avec moins de radinerie et plus d'imagination certains murs. "Ce n'est déjà pas très bath d'être enfermé dans ces clapiers, alors si en plus on doit se passer de lapines, autant avoir des images un peu joyeuses au-dessus du lit !" avait-il dit à l'intention de ma mère en lui pinçant les fesses et lui adressant un clin d'œil avec un grand sourire, ce qui m'avait mortifié, déclenchant une peur panique de compter des compatriotes parmi les autres visiteurs, ainsi que l'envie de m'enfermer dans l'une desdites cellules pour y être oublié à jamais, y mourir dignement arrosé par le sang de Notre-Seigneur qui jaillissait de manière étrange et de tous les lieux de son Corps saint. Hélas mon père n'avait pas vu mon trouble affolé ni le déclenchement de ma première et dernière crise mystique, ni l'inédit sentiment de gêne que j'avais à être son fils alors que je l'avais toujours adoré sans nuances, et il m'avait poussé, encore hilare de sa bonne blague, vers la boutique de souvenirs où il avait fait un scandale quand il avait dû payer plusieurs milliers de lires un pendentif plastifié de *L'Annonciation* qu'il voulait accrocher au rétroviseur intérieur de la Dauphine. Il avait finalement sorti les billets de son portefeuille en traitant les placides employés de "marchands du Temple" puis nous avions été dîner dans une trattoria typique où il avait réussi à négocier un apéritif gratuit pour ma mère et lui. Je me souviens d'avoir mangé au dessert un *zuccotto* avec une volupté lente poissant les mains et les lèvres, dégustant en même temps que le gâteau sucré la découverte écœurante, tenace, enivrante de la mélancolie. Le lendemain, nous avions pris la route d'Arezzo pour voir les fresques de Piero della Francesca et il n'y avait pas eu d'incidents notables, mon paternel ayant même paru un peu las, comme anesthésié par l'enchaînement des chefs-d'œuvre et des étoiles dans le guide. Avec le recul, il me semble que je serais maintenant plus indulgent avec mon pauvre père, partageant finalement avec lui la même confiance dans le jugement des spécialistes : combien de fois ai-je ainsi outré mon enthousiasme à propos de films m'ayant plutôt ennuyé – ou dont le caractère virtuose et profond m'avait échappé – en me fiant sans réserve au classement étoilé de Laurent. Au fond, nous nous ressemblions mon père et moi quand il levait les yeux vers Giotto et que je regardais *Voyage à Tokyo* ou *Les Vacances de M. Hulot* puisque nous avions les mêmes béquilles, les mêmes lunettes, pour hiérarchiser ce qui méritait le détour ou bien valait le voyage. Même si, oubliant pour une fois le Guide Vert, papa avait dit à la fin de notre périple en Italie que les artistes auraient dû peindre les plafonds sur le sol, afin qu'on distingue mieux les anges, le ciel et la figure barbue de Dieu tombée parmi les hommes.

Quand l'avion s'est enfin posé sur l'aéroport de Fiumicino, j'ai éprouvé cet infini soulagement que connaissent tous ceux qui ne considèrent pas comme une chose normale d'être dans les nuages, non pas ballottés par les mouvements erratiques et solitaires de la rêverie mais sanglés à un mauvais siège entre deux inconnus, l'un souvent trop bavard, et l'autre sentant l'ail, le vieux musc, le bois de santal. Je me réjouissais de revoir Rose et Rome où je venais pour la troisième fois après les vacances familiales de 58 et un voyage scolaire organisé par le lycée lorsque j'étais en terminale. Des deux jours que nous avions passés dans la capitale romaine avec mes parents, je conserve peu de souvenirs, et sûrement mélangés à ceux de Naples ou de Florence, tant ces villes devaient se confondre aux yeux d'un enfant de dix ans ayant poussé entre les champs et les forêts de l'Aube. Peut-être que depuis sa terrasse le regard d'Ava Gardner s'était attardé quelques instants sur ce gamin taquinant les pigeons au milieu de la piazza di Spagna, indifférent à la leçon d'histoire romaine que son père infligeait à sa mère avec force gestes appuyant son propos. À moins que l'imagination ne vienne suppléer les insuffisances de la mémoire et ne nous fasse nous rencontrer, Ava et moi ce jour d'août 1958, ou plutôt nous croiser sur les grandes marches que je gravissais tête baissée pendant qu'elle les descendait d'un pas aérien, avec l'élégance d'une reine que je ne pouvais reconnaître puisque je ne la connaissais pas alors, et que je n'avais pas même levé les yeux vers le haut de sa silhouette occultant les deux clochers symétriques de la Trinità dei Monti – et ma tête avait frôlé sa poitrine ou son ventre ou ses hanches avant que la voix de mon père ne retentisse en haut de l'escalier : "Cesse de lambiner, Jacques, et rejoins-nous donc. D'ici la vue est splendide !"

Rose m'attendait à l'aéroport, vêtue d'une robe citron qui trouait la grisaille du hall des arrivées. Elle s'est dirigée vers moi pour m'embrasser avec une grande tendresse et une légère fébrilité qui m'a ému. J'ai pensé que son inquiétude tenait à l'apparence médiocre que j'avais, à mon visage de papier mâché au sortir du court vol qui m'avait vieilli comme un journal oublié sur un banc. Mais je me trompais.

XX

Peu de gens identifiaient Ava Gardner dans les rues de Madrid où elle était revenue en mars 1960 après avoir tourné, de nouveau à Rome, *L'Ange pourpre* qui lui avait confirmé le divorce irrévocable entre le monde du cinéma et ses propres aspirations. Elle avait pris deux décisions : ne plus jamais mettre les pieds sur un plateau et vendre sa maison de La Moraleja. Cet endroit lui avait semblé cinq années plus tôt le paradis sur terre mais il lui sortait maintenant par les yeux ; elle souhaitait se rapprocher du cœur de la capitale espagnole et faire ce qui lui plaisait ("boire, danser et baiser", disait-elle à tous ceux qui l'interrogeaient sur ses intentions) sans être ennuyée par une chasse d'eau défectueuse, un court-circuit électrique, une panne de chaudière ou le bruit des avions de chasse américains qui décollaient toute la journée de Torrejón et paraissaient ne savoir voler qu'en rase-mottes. Sa maison mise en vente, elle avait vécu quelques mois dans des chambres d'hôtel du centre de Madrid, naviguant d'un établissement à l'autre, sans pouvoir s'y installer longtemps, car ses frasques conduisaient presque invariablement les directions de ces luxueux hôtels à la mettre à la porte sans ménagement. Ainsi fut-elle interdite de séjour à l'hôtel Ritz après qu'elle avait ostensiblement uriné en plein milieu du hall et d'une nuit d'ivrognerie, sous les yeux ahuris du personnel et des clients de passage. Un autre soir, on l'avait aperçue errant dans le parc du Retiro, vêtue seulement d'un soutien-gorge et d'une petite culotte noire. À l'inverse – et prouvant qu'elle n'avait aucun dogme arrêté en matière d'accoutrement et de pudeur – on l'avait surprise plusieurs fois en train de danser avec une fureur brutale sur les tables des bistrots, accompagnée par un groupe de musiciens gitans, sa jupe soulevée par intermittence révélant qu'elle ne portait rien dessous. On ne comptait plus les scènes violentes, les esclandres, les amants aussi vite embrasés qu'éconduits, les épaves de voitures et les verres brisés disséminés dans tout Madrid au cours de ces virées qui duraient jusqu'au lever du jour. Quand des passants ou des touristes croyaient la reconnaître et lui demandaient si elle n'était pas Ava Gardner, elle répondait : "Oh non, je suis simplement une femme qui aurait pu lui ressembler..."

Durant le trajet en taxi qui nous menait péniblement de l'aéroport au centre-ville de Rome, j'ai eu tout le loisir d'observer Rose et la nervosité qu'elle parvenait mal à masquer. Je n'ai pas osé lui poser de questions trop précises et notre dialogue fut étrange, haché, sans élan ni direction, comme si nous cachions l'un et l'autre des choses qui ne méritaient pas de l'être. Sous une pluie battante, le taxi était englué dans les embouteillages romains, et je pensais à l'une des séquences de *Fellini Roma* dont Laurent m'avait prêté la cassette en prévision de mon voyage, mais cela m'a semblé déplacé de l'évoquer, craignant que Rose n'y voie ma manière pesante de faire cours en toutes circonstance et depuis son enfance, docte distributeur de connaissances approximatives qui remplaçaient peu avantageusement les défaillances de la tendresse paternelle. Rose a penché la tête vers la fenêtre dans un sourire et puis elle m'a finalement dit qu'elle s'inquiétait depuis plusieurs jours de me présenter son compagnon, qui avait presque mon âge, et de la cohabitation à venir dans leur petit appartement. "J'espère qu'il te plaira", a-t-elle murmuré, comme si cela n'avait rien d'évident et que l'homme était raciste ou bossu, stupide, arrogant, méchant, ou bien tout cela en même temps. *A priori*, cela correspondait mal à ce que je savais d'Antonio Filippi tel que me l'avait décrit Rose avec admiration au début de l'été. Après avoir passé plusieurs années à Florence pour y effectuer sa thèse sous la direction de Daniel Arasse *(Invention de la lumière et stratégies de l'occultation chez Masaccio et Fra Angelico)*, il avait enseigné quelque temps à Paris où, comme dans un roman de Philip Roth, il était tombé amoureux de l'une de ses étudiantes. La réciproque fut visiblement immédiate et Rose l'avait suivi à Rome sans hésiter quand il avait été nommé professeur d'histoire de l'art à la faculté d'architecture de l'université La Sapienza.

Le taxi nous a déposés à proximité du Panthéon et nous avons couru sous le déluge pour rejoindre Antonio dans un restaurant de la via della Rosetta où il nous attendait pour dîner en bavardant avec le patron qui était l'un de ses cousins. Il m'a salué chaleureusement et j'ai tout de suite noté qu'il n'était pas bossu, assez bel homme d'ailleurs, frais et fringant pour son âge, ce qui était un peu désagréable pour moi si j'avais voulu me comparer mais plutôt rassurant quant aux goûts de ma fille. Nous avons conversé en français durant tout le repas et Antonio n'a semblé nullement gêné de ne pas utiliser sa langue maternelle. Bavard, affable, presque verbeux, il a multiplié les questions polies, les remarques spirituelles, les digressions brillantes malgré leur absence criante de concision. Il parlait voluptueusement sans abandonner la main de Rose qu'il caressait sur la table parmi les miettes et les couverts pendant que je l'écoutais d'une oreille en vidant la bouteille d'atina rosso. À la fin du dîner, l'amical patron nous a offert plusieurs tournées de grappa qui m'ont conduit à en dire plus que je ne souhaitais sur les raisons de mon séjour romain. Avec un certain flou plus ou moins volontaire, j'ai évoqué les photographies d'Ava Gardner nue rejouant des tableaux célèbres et ma conviction qu'elles avaient été prises par le grand chef opérateur Giuseppe Rotunno. Celui-ci avait travaillé avec Visconti et Fellini, ainsi qu'avec Henry Koster pour *La Maja desnuda*, ce qui était moins mémorable ni décisif, hormis pour mon enquête dont je n'ignorais pas le caractère ridicule, la farce de faire voler les anges d'Hollywood en soulevant leurs culottes au gré de quelques regrettables aventures, d'obsessions et de hasards, de volontés qui sont celles des dieux. Légèrement gris, voire un peu plus, j'ai parlé de la tête de belette de Giancana, de la taille du sexe de Sinatra et du poids des valises qu'il aurait trimballées à Cuba en février 1947 pour le compte de Lucky Luciano, de l'obscurité plaisante dans laquelle je me trouvais et qui me faisait mélanger la piscine de Castro avec les chasses de Kennedy, les trophées de Courbet, les yeux vert cendre de toutes les femmes aimées. Rose m'a regardé avec un air atterré pendant qu'Antonio pour une fois se taisait. Il me restait encore assez de lucidité pour saisir que mes propos en étaient totalement dépourvus mais j'ai continué, emporté par mon élan et le plaisir mesquin de voir Antonio aussi muet que mal à l'aise, jusqu'à ce qu'il trouve enfin l'occasion de me couper et de se lancer dans de subtiles considérations sur l'art de Goya après que j'ai confié que les peintures noires de la maison du sourd étaient blanches comme le ciel. Il y eut ensuite un moment de silence car nul ne pouvait rivaliser avec la science de la peinture du *professore* et que je semblais avoir épuisé mon stock d'âneries en même temps que les capacités de mon foie. Avec une gentillesse légèrement forcée, Rose m'a demandé alors si j'avais prévu de rencontrer Rotunno. J'ai répondu d'une voix de plâtre que c'était le principal motif de ma venue à Rome mais que j'étais moyennement optimiste : au début du mois de septembre, je lui avais écrit une lettre qui était restée à ce jour sans réponse. Je pensais tenter de nouveau ma chance par téléphone le lendemain en espérant pouvoir bénéficier de l'assistance linguistique de mes hôtes – et de leur secours immédiat car je ne me sentais pas très bien ni très frais, j'en étais désolé.

Après une nuit où j'ai dormi d'un sommeil d'ivrogne, sans rêve ni mémoire, je suis allé à la cuisine où j'ai constaté l'absence de Rose et la volonté d'Antonio de prendre les choses en main. J'étais absorbé par le spectacle des bulles du comprimé effervescent qui dansaient sur les parois de mon verre quand j'ai entendu sa voix dans la pièce voisine. J'ai prêté l'oreille et j'ai saisi qu'il était en train d'appeler

Giuseppe Rotunno, après avoir probablement trouvé son numéro dans l'annuaire, et sans même m'avertir, ce qui pouvait passer pour le comble de la délicatesse (me faire une bonne surprise en devançant mes demandes) ou de la muflerie (c'était plutôt mon sentiment). Malgré ma maîtrise incertaine de l'italien, j'ai compris – ou deviné – qu'Antonio expliquait à Rotunno qu'un écrivain ou chercheur français souhaitait le rencontrer pour évoquer avec lui le tournage de *La Maja desnuda*. Le chef opérateur, très poliment mais avec grande fermeté, lui a répondu que cela ne l'intéressait pas et qu'il en était désolé – tout comme Antonio quand il m'a raconté par la suite et interminablement leur bref échange téléphonique. Je suis resté silencieux, mesurant l'étendue du désastre de cette matinée romaine et brumeuse du mardi 17 octobre 1995 : mon frêle espoir de pouvoir rencontrer Rotunno s'était envolé, le comprimé effervescent n'avait semble-t-il aucune efficacité pour soigner ma terrible gueule de bois, et j'en voulais beaucoup à Antonio Filippi d'avoir téléphoné à Rotunno sans m'en aviser, le soupçonnant même de n'avoir pas été, volontairement ou non, très convaincant. Il s'est bien sûr excusé de n'avoir pas réussi à m'obtenir un rendez-vous avec le chef opérateur, assurant que l'homme était vieux et retors malgré son amabilité de façade, qu'il avait paru soudainement se fermer quand fut évoqué le film sur Goya. “Ce n'est pas la fin du monde non plus”, ai-je dit bêtement à Antonio avant de le serrer de manière tout aussi ridicule dans mes bras et de retourner me coucher dans le sofa de la bibliothèque. Rose m'a réveillé vers midi en m'embrassant sur les deux joues et en disant que la pièce sentait le vieux bouc triste et l'alambic. Je lui ai répondu faiblement que j'étais mort et elle a dit "D'accord". Assise sur un tabouret, elle est restée immobile pendant de longues minutes à me veiller, le regard fixé sur mes efforts pathétiques pour retenir ma respiration et mes larmes avant que nous n'éclations finalement de rire et que je décide de me lever et de demeurer vivant encore quelque temps. L'après-midi, je me suis promené seul dans les rues de la ville sans but ni entrain. Je ruminais honteux et vexé les débuts lamentables de mon séjour romain, repensant à cette scène du midi avec un peu de gêne, avec aussi le sentiment étrange de l'avoir déjà vécue et d'être condamné fatalement à la rejouer un jour en occupant la place du principal protagoniste tout en étant absent. Et j'ai songé aux derniers instants de Gustave Courbet à La Tour-de-Peilz, quand l'année 1877 s'éteignait avec le trente et unième jour de décembre.

Entouré de son père, de ses chers Marcel Ordinaire et Cherubino Patà, ainsi que du Dr Collin arrivé le 22 décembre de Paris, le peintre mourut sans se plaindre ; il avait cinquante-huit ans et il ne verrait pas la nouvelle année ni l'installation tant espérée en France d'une République enfin aux mains des républicains (et accessoirement ouverte à son retour dans son vieux pays). Quand il avait débarqué dans la bien ou mal nommée maison du Bon-Port pour suppléer le brave Dr Favargnie, de Vevey, et le Dr Blondon venu de Besançon, Paul Collin comprit vite que sa science ne pourrait sauver le peintre, qu'aucun médecin d'ailleurs ne l'aurait pu, hormis peut-être un de ses collègues de fiction comme cet Horace Bianchon de *La Comédie humaine* que son créateur aurait réclamé à son chevet quand il avait senti que ses dernières forces le quittaient – “Il me faudrait Bianchon… Bianchon me sauverait lui !” – mais nul Bianchon ne vint retarder la mort de Balzac ni ne se rendit dans la chambre de Courbet où il n'y avait plus rien d'autre à faire qu'attendre et soulager le peintre avec des piqûres de morphine : le pauvre homme était rongé par une cirrhose qu'il traînait depuis des années ; il avait les yeux jaunes comme deux grains pisseux de chasselas trop mûr et le corps entier gonflé par l'hydropisie tendant la peau de son ventre énorme jusqu'à mesurer cent cinquante centimètres de tour. Accouru d'Ornans la veille, le père octogénaire de Courbet était désemparé devant le spectacle de l'agonie de Gustave car rien dans l'ordre des choses ne prépare un père à veiller son fils en ses derniers instants. Régis Courbet se souvenait d'avoir accompagné en 1848 l'ultime souffle de son beau-père, Jean Antoine Oudot, révolutionnaire de 89 et 93, que le peintre, son petit-fils, admirait tant jusqu'à le faire figurer en belle dignité républicaine au premier rang d'*Un enterrement à Ornans*, et puis de la maladie qui avait emporté sa tendre Sylvie en 1871 cinq jours après la Semaine sanglante et trois jours avant l'arrestation de Gustave. Celui-ci avait vécu un double deuil au cours de ses épouvantables journées, perdant en même temps sa mère à distance et le rêve de la Commune au cœur de la curée, comme si les disparitions des êtres chers, pensa Régis Courbet, devaient forcément survenir au moment où les révolutions éclatent puis fatalement sont tuées par la déflagration même les ayant inventées, dans les rues des villes ou sous l'écriture des lois étalant leurs miniatures de mouches, dans les chemins noirs, les comités, les forêts, les cités, quand les vivants et les morts sont rassemblés un bref instant sans savoir se regarder, à l'image de ce dernier jour de l'année 1877 où Gustave Courbet haletait comme un vieux cerf et souriait comme une biche, à son père et à tous les oiseaux du ciel. Régis Courbet nota tristement qu'il n'y avait pas de plus grande injustice dans une vie humaine que de voir mourir son fils et les révolutions échouer les unes après les autres. Il approchait les quatre-vingts ans et n'avait plus d'illusions pour se protéger des regrets. Il serra la main de son fils, étonnamment fine en comparaison de l'enflure monstrueuse de son corps, tout en lui rapportant les dernières nouvelles d'Ornans, le bouleversement local des positions dans l'exploitation des vignes et des bois. Puis il sortit les cadeaux qu'il avait apportés : une blague de tabac français et *Quatrevingt-treize* d'Hugo, que Gustave ne fumerait ni ne lirait, ainsi qu'une lanterne sourde pour éclairer son chemin dans la vaste nuit noire qui s'annonçait et tomba soudain.

XXI

Mon professeur de philosophie, Mme Lescure, parlait et riait fort dans l'église Saint-Louis-des-Français et un prêtre avait dû la réprimander. Elle s'était excusée en rougissant comme une enfant, ce qui nous avait décontenancés. Elle nous montrait les nuits du Caravage en faisant d'amples mouvements qui bouleversaient l'encolure de sa chemise et laissaient deviner par éclipses l'éventualité d'un sein qu'aucun dispositif n'aurait pu éclairer en glissant une pièce de cinq cents lires dans la fente d'une boîte en bois. “Les Italiens sont de pieux et malins catholiques : ils aiment l'esbroufe et le secret, le mensonge et la beauté, l'argent aussi. Tout est là”, disait-elle en mimant les gestes des figures de la vocation de saint Matthieu sans que nous sachions bien vers quels mystères se dirigeaient les doigts peints et la distraction de nos regards à peine pubères, hébétés, idiots mais gagnés par une étrange ferveur dont l'objet se dérobait dans l'ombre de nos ignorances et notre envie de les guérir. Quelque chose du Caravage nous avait été livré, fortuitement, vite enrobé par nos voix et nos blagues à l'accent lourd de l'Aube, et nous avions quitté l'obscurité de la petite église pour être éblouis dehors par le soleil brouillé de novembre.

Trente ans plus tard et pendant trois jours, Rose a traîné comme elle pouvait ma mélancolie dans les églises baroques et les ruines de Rome qui ne l'ont guère soignée, soit qu'elles m'aient écœuré par la répétition des illusions dorées soulignant les faiblesses du corps (torticolis) et de l'âme (athéisme), soit que les cailloux antiques posés comme des vers sur les pages poussiéreuses d'un terrain vague semblent attendre la venue d'un Rimbaud pour bouleverser l'agencement des pierres et rédimer Richard Long. En deux mots : Rose ramait. Elle déployait pourtant des trésors d'ingéniosité afin de ne pas me perdre tout à fait et me faire oublier le rendez-vous manqué avec Rotunno – c'est-à-dire avec Ava Gardner, comme si l'actrice avait dû m'apparaître à Rome, dans sa jeunesse et sa splendeur, pour m'inviter à boire un verre sur une place écrasée de lumières et de fantômes. Rose me questionnait avec une curiosité aussi peu sincère qu'opiniâtre sur le voyage scolaire que j'avais effectué en classe de terminale à l'automne 65, ayant compris que c'était assurément la seule manière de relier Rome à une forme d'appétit chez moi et à la grâce de souvenirs triangulés par l'errance adolescente, les déclarations de foi définitives en la beauté, les désirs frustes qu'attisait une enseignante d'à peine trente ans dont les mots gourmands donnaient une connotation sexuelle aux moindres pierres, aux noms des rues mêmes, aux anges balancés comme des truchements de fumées et de salives aux plafonds, aux morts violentes dans les peintures du Caravage.

Ces vagabondages qui me ramenaient trente ans en arrière ne me faisaient guère retrouver le sourire, sauf quand brièvement je me voyais marcher dans les rues de Rome avec la perruque de mes invraisemblables cheveux longs et bouclés de dix-sept ans, m'accrochant non à Rose mais au bras d'une nietzschéenne rieuse qui aurait enfin l'âge opportun pour que nous puissions nous aimer dans la concordance rêvée des temps. Ces pensées fugaces me rendaient moins pénibles les ruines obligées, les mensonges de la trompeuse éternité qui, dans l'état où j'étais, m'accablaient. J'étais venu à Rome pour m'approcher d'Ava Gardner et je n'avais rencontré que mes vieilles candeurs d'adolescent, mon goût pathétique pour l'ivresse et la mise en scène, pour le malentendu mal fixé des rêves et des vestiges. Le soir, au cours de mornes dîners sans vin, Antonio me regardait avec un mélange de condescendance et de pitié, une pointe d'inquiétude aussi – que je ne m'expliquais pas, car j'étais sobre, acquiesçant à tout ce qu'il disait pour fuir une potentielle discussion. Je me couchais tôt, rejoignant le sofa de la bibliothèque où j'ouvrais tous les livres, les uns après les autres, pour regarder les images.

Le quatrième jour, sincèrement touchée par mon abattement mais fatiguée de jouer à la guide particulière pour un touriste neurasthénique, Rose m'a exposé une idée qu'elle mûrissait depuis la veille : elle se proposait de tenter d'obtenir un rendez-vous avec Rotunno sous prétexte d'une thèse quelconque, sur les nomenclatures de la lumière dans la peinture et le cinéma transalpins par exemple, ou quelque chose dans ce goût-là. Il n'y avait rien à perdre à tenter le coup et l'on pouvait espérer ou spéculer que le vieux chef opérateur soit moins hostile à la perspective de rencontrer une jeune étudiante. Celle-ci prévoyait d'ailleurs de ne pas évoquer d'emblée *La*

Maja desnuda, d'attendre plutôt que la confiance s'installe pour y faire allusion, très innocemment et au détour d'une question sur les mérites comparés et conjugués de l'éclairage hollywoodien et de la sensibilité italienne. J'ai réfléchi de longues minutes puis j'ai murmuré que l'on pouvait essayer, même s'il faudrait sans doute reformuler le sujet d'étude, et pour cela je faisais confiance au talent du *professore* (à défaut, ai-je pensé, de pouvoir compter sur celui de Laurent qui aurait certainement imaginé des intitulés auxquels la curiosité de Rotunno n'aurait pu résister). J'ai déposé un baiser sur le front de Rose et je lui ai proposé d'aller prendre un verre en terrasse, histoire de commencer l'inventaire des lumières romaines en observant comment un verre de Bellini ou de Stromboli filtrait les rayons du soleil d'octobre.

XXII

Des cirrus ont vite masqué les lueurs du jour déclinant sans que cela ne nous détourne de notre enquête scientifique qui nous faisait explorer les estaminets de Rome et leurs cartes des cocktails. J'ai veillé à ne pas trop déplaire à Rose en tâchant d'être rationnel et raisonnable dans la conduite de nos investigations, mais elle-même était déjà un peu ivre et surtout heureuse de me voir moins morose. Pour conclure notre entreprise, nous avons commandé un Bloody Mary et un mojito dans un établissement à proximité de la gare Termini, trinquant à la santé d'Hemingway comme il se doit. "Et à celle de Castro", a suggéré Rose qui éprouvait depuis son adolescence une tendresse romantique pour les guérilleros barbus d'Amérique latine, ce qui lui avait valu le surnom de Rose la Rouge et quelques soucis au lycée quand elle avait présenté un exposé sur le mouvement sandiniste avec davantage de flamme que de nuances. "Sais-tu, lui ai-je demandé, que Castro et Hemingway ne se sont rencontrés qu'une seule fois ?" Sans attendre sa réponse, je lui ai raconté ce que j'avais appris au détour de mes recherches brouillonnes et estivales sur Ava Gardner, les méandres de celles-ci me conduisant rarement où je voulais aller, m'égarant plutôt invariablement sur des chemins de traverse, des coulisses mal fréquentées, des rivages plantés de palmiers et de cabanes en bois. C'était là, dans la partie ouest de la capitale cubaine, à la marina Barlovento, que Fidel Castro et Ernest Hemingway s'étaient vus le 15 mai 1960 à l'occasion du XIe Tournoi international de la pêche à l'aiguille.

De nombreuses photographies ont immortalisé cette unique rencontre (la seule connue du moins) ; elles montrent les deux hommes s'entretenant avec une connivence amicale, sans que l'on sache si elle est réelle ou de façade, destinée aux objectifs et, par leur entremise, aux yeux du monde. Sur certaines de ces images, on voit Castro porter les coupes récompensant le vainqueur du tournoi – car, contre toute attente et en ayant possiblement triché, il avait remporté la compétition, ce qui n'avait pas paru émouvoir l'écrivain qui félicita en souriant ce pêcheur aussi novice que chanceux : il était dans l'ordre des choses en effet que le nouveau maître de Cuba, aidé ou non par la main invisible du destin, excelle et brille en tous domaines. À observer les photographies, il semblerait qu'Hemingway n'ait rien laissé paraître des tourments qui, en ce printemps 1960, tiraillaient sa conscience et son cœur éclatés par des mouvements contraires : il considérait Castro avec bienveillance, avec sympathie même, car il avait chassé Batista et ses mafieux de son île enchantée, mais l'écrivain craignait maintenant d'être catalogué comme communiste (il ne l'était pas et ne l'avait jamais été) et redoutait que le nouveau régime ne se rapproche trop de Moscou (c'était en cours) ; il se trouvait pris dans des contradictions insolubles, ne voulant pas donner l'impression qu'il trahissait l'Amérique alors que cette dernière lui rendait la vie impossible en ne le lâchant pas d'une semelle : la certitude d'être pisté depuis des années par le FBI et Hoover tournait maintenant à l'obsession chez Hemingway et lui pesait aussi sûrement que les douleurs et faiblesses de toutes sortes accablant sa grande carcasse.

Ce dimanche soir, loin des photographes, Hemingway invita Castro à la Finca Vigía pour prolonger la conversation entamée l'après-midi. Celle-ci allait s'étirer jusqu'au moment tiède et rose et triste de l'aube, quand le parfum du jasmin et des bougainvillées monte du jardin avec l'humidité de la fin de la nuit. Après quelques verres et propos de circonstance, encouragé par Castro dont la curiosité n'était pas feinte, le romancier raconta pendant des heures sa guerre d'Espagne, puis tous les conflits qu'il avait traversés, les blessures, l'Afrique, les grandes pêches, les femmes aimées, et probablement ne put-il pas s'empêcher de fanfaronner de temps à autre. Le leader cubain, caché sous sa visière et la fumée de son cigare, regardait boire et parler l'écrivain qu'il admirait, enfoncé dans un fauteuil recouvert d'une toile de Jouy aux motifs délavés blancs et rouges ; il regardait ce visage marqué par le soleil, la mer, le sel, la poudre et d'autres feux devinés ou inventés, cette face de cuivre sombre qu'éclairaient les yeux américains, la corolle éclatante et rassurante des cheveux, des poils de neige sur la mâchoire carrée ; il regardait en cherchant comment tout cela – cette apparence, l'air d'être un corps – pouvait abriter la capacité à inventer des histoires, à saisir par des phrases les moments absurdes, tragiques, minuscules de l'existence sans pour autant renoncer à cet engagement (sa volonté affichée du moins) d'être en même temps dans le chaos du monde, ce que comprenait évidemment beaucoup mieux Castro dont le grand dessein était, comme Alexandre, César ou Napoléon, de conjuguer l'action et son récit, meilleure manière croyaient-ils d'inscrire la première dans la durée par la grâce du second. Il regardait Hemingway mais surtout l'écoutait, sans interrompre la relation de sa geste, ou seulement pour lui faire préciser un détail, car Fidel Castro avait cette faculté rare de savoir parler sans fin mais aussi de pouvoir écouter sans trêve, la longueur de ces discours improvisés valant à cette époque celle, attentive, de ses silences.

Vers minuit, l'écrivain éteignit le plafonnier puis alluma de petites lumières qui firent surgir une cavalcade d'ombres sauvages sur les murs et les tranches des livres alignés dans la bibliothèque. Légèrement distrait peut-être – et prouvant qu'il était comme tous les humains c'est-à-dire que sa capacité à écouter la vie des autres avait tout de même des limites dans son attention et sa durée –, Fidel Castro laissa son regard parcourir l'étrange bric-à-brac de la pièce. Elle mélangeait l'élégance coloniale, la volupté caribéenne et quelque chose de ténébreux, de primitif que le nouvel éclairage accentuait en donnant un air inquiétant aux têtes qui saillaient des cloisons et qu'on ne parvenait plus vraiment à identifier : était-ce là un buffle ou un ours, un bouquetin, un bison ? Il me semble que plusieurs scènes de chasse peintes par Courbet n'auraient pas dépareillé dans cette grotte archaïque, ce Lascaux des Antilles, mais j'ignore si Hemingway, grand amateur de peinture, connaissait et goûtait le peintre d'Ornans avec lequel il partageait finalement autant de traits que de penchants, vils et grandioses : si j'avais été romancier, sans doute aurais-je aimé imaginer une rencontre entre l'auteur de *L'Origine du monde* et celui du *Jardin d'Éden*, dans un bistrot de Venise ou une forêt de Bohême, un bordel de Paris, où ils auraient comparé leurs barbes, leurs munitions et leurs alcools sans jamais parler d'art.

Hemingway racontait la traque donquichottesque des sous-marins allemands quand Fidel Castro fut intrigué par une étrange version de *La Vénus d'Urbino* accrochée au mur entre une girafe d'acajou, une tête de cerf brun du Wyoming, abattu en 1930 par l'écrivain, et une affiche pour une corrida d'Ordóñez. Affectant de vouloir se dégourdir les jambes ou regarder de plus près la tête grave et rieuse du cervidé, Castro se leva et s'approcha de cette image qui s'avérait ne pas être une imitation miniature peinte par un mauvais copiste, mais une photographie sur laquelle il reconnut tout de suite le modèle prenant la pose de la Vénus de Titien. Légèrement troublé, il fit quelques pas dans le salon avant de se rasseoir, bien décidé à ne pas évoquer Ava Gardner devant Hemingway ni sa rencontre mouvementée, finalement inachevée, avec l'actrice l'été précédent. L'écrivain ne remarqua rien, ou feignit de ne rien remarquer de l'émoi de son hôte après son rapide face-à-face avec la petite image ; il poursuivit son monologue sans ralentir la fréquence des rasades d'alcool qui, à défaut de faire vaciller sa vaste défroque, son vieux corps de taureau, le rendaient peu à peu mélancolique et très sombre, le conduisant à s'épancher sur les puissances d'aimer et de raconter, sur leur inexorable perte. Il sentait jour après jour qu'elles le fuyaient, le laissant seul aux prises avec les mirages et les souvenirs de ce qu'il fut et de ce qu'il pouvait. La nuit s'éclairait ; l'écrivain se tut enfin. Les forces les plus précieuses l'abandonnaient mais elles n'avaient pas la politesse de Castro s'excusant avec douceur, au vu de l'heure avancée, de devoir prendre congé de *Papa* qu'il serra fraternellement dans ses grands bras verts comme des mâchoires.

"Ta mère n'a jamais tenu Hemingway en grande estime, lui préférant mille fois cet autre ivrogne qu'est Faulkner, et pour une fois on peut éventuellement la suivre. Quant à mon père, ton grand-père donc, il détestait Castro. Il le surnommait *Castro-entérite*, très content de son jeu de mots qui me confirmait sa lamentable idée fixe consistant à toujours associer le gauchisme à la scatologie et à des problèmes de transit", ai-je tristement dit à Rose qui tripotait son verre et faisait visiblement des efforts prodigieux pour me suivre. "Je me souviens aussi que la seule fois où mon père désapprouva de Gaulle, ce fut en 1967 quand celui-ci demanda la grâce de Régis Debray qui croupissait dans les geôles boliviennes après la capture et l'assassinat du Che… Il y a quelques jours, j'ai d'ailleurs entendu le même Debray qui disait à la radio que Castro était un homme fort sympathique et peu recommandable, le Che un homme antipathique et admirable. Le premier, lyrique et pragmatique, voulait durer, alors que le second, implacable et mystique, préférait l'impossible au possible", ai-je ajouté en essayant péniblement de retrouver les mots exacts employés par Debray.

“Tu crois qu’Ava n’aurait jamais passé la nuit avec le Che ? a demandé Rose avec un sourire mutin, le regard pas très net. Le couple aurait eu de la gueule n’est-ce pas ? – un peu comme Marilyn et Kennedy en moins glauque, en plus fiévreux et plus déjanté.

— Je pense que non, ai-je répondu en veillant à bien articuler. Ni Ava Gardner ni Ernest Hemingway n’auraient pu s’entendre avec Che Guevara, si je me fie au portrait qu’en fait Debray et ce que j’en sais par ailleurs. Il était trop pressé, avare de mots et de tendresse, aimable en rien, fuyant la moindre distraction. Son indifférence à tout ce qui était étranger à la lutte pouvait même passer pour de la cruauté. Il ressemblait aux premiers chrétiens, et pas seulement à cause de sa figure christique : il voulait mourir ou du moins savait-il que son combat ne pouvait s’achever qu’avec la mort. La jungle de Bolivie et la Sierra Maestra étaient ses catacombes.”

Rose ne répondit rien ; dans l’état où elle était, seules les histoires d’alcôves semblaient l’intéresser, ce qui me perturbait car j’avais l’impression qu’hier encore je lui laçais l’une après l’autre ses petites chaussures crème avant de l’emmener à l’école. Rose voulait savoir si je pensais qu’Hemingway et Ava Gardner avaient couché ensemble. J’ai répondu un peu agacé que je l’ignorais et que je m’en fichais royalement. Je n’étais pas un scribouillard de caniveau, ni un fouineur de draps poissés, encore moins un agent obsessionnel et complexé du FBI ; mon enquête ne portait pas sur la vie sexuelle d’Ava Gardner – et Dieu merci ! tant celle-ci fut dense et mouvementée. Je cherchais autre chose et j’espérais que Rose pouvait le comprendre. J’ai fini mon second mojito et réclamé l’addition, furieux de constater que j’étais incapable d'exprimer clairement ce que je poursuivais, mettant cela à bon compte sur l'alcool ingéré mais celui-ci n'était-il pas autant la conséquence que la cause de ma confusion ? Je me rassurais comme je pouvais en pensant qu'il n'y avait probablement pas de plus belle quête que celle du chasseur sans proie, traquant l'ombre d'un doute, si ridiculement suspendue soit-elle aux petites lèvres d'Ava Gardner et aux forêts obscures comme des images.

"Rentrons, ai-je dit. Il est temps d'éponger un peu et j'ai une faim de loup. De daim farci. De joues de sanglier marinées dans le thym. De truites amoureuses de l'huile qui les saisit. J'ai faim d'une tranche d'espadon aux parfums de bison."

Rose s'est accrochée à moi en faisant porter tout son poids chancelant sur mon épaule et mon bras. Nous avons marché lentement jusqu'à l'appartement où Antonio n'avait pas trouvé de meilleure idée pour le dîner que de commander trois pizzas margheritas chez ses cousins.

XXIII

Dans les années 50, le FBI dressait inlassablement les listes des conquêtes des stars d'Hollywood les plus en vue et les plus subversives, ce qui dans le langage du Bureau voulait dire : *ayant vaguement manifesté, à un moment ou un autre de son existence et de manière assumée ou non, des opinions politiques* a priori *qualifiables de libérales voire de progressistes*. La lecture de ces listes, outre qu'elle permettait d'assouvir cette curiosité malsaine que nous avons tous en partage quoique nous nous en défendions, laissait également penser que les agents du FBI auraient été pour la psychanalyse d'aussi bons clients que ceux dont ils disséquaient les addictions, les impudences et les perversions soignées chèrement sur les divans très en vogue de la côte ouest. Quand on lisait le fichier du FBI étiqueté *Ava Lavinia Gardner* et celui au nom de *Marilyn Monroe* alias *Norma Jean Baker*, on était frappé – ou navré – par le nombre incalculable d'amants qu'elles avaient eu en commun, de Robert Mitchum aux Chaplin père et fils, de Clark Gable à Porfirio Rubirosa, en passant par ceux qu'elles avaient l'une ou l'autre épousés : Mickey Rooney, Frank Sinatra, Joe DiMaggio. À un journaliste qui lui avait demandé un jour combien elle avait eu de maris, Ava Gardner avait fait cette réponse drôle et frondeuse qui lui ressemblait tant : "Vous voulez dire, en comptant les miens ?"

Une autre chose, moins attendue peut-être, pouvait surprendre quand on se penchait sur les deux fichiers. Dans celui de Marilyn Monroe, le nom d'Ava Gardner apparaissait parmi les liaisons recensées de l'actrice aux cheveux blond nylon. Or celui de Marilyn n'était pas cité dans celui d'Ava, d'autres noms de femmes y figurant pourtant. Cette anomalie ne prouvait rien, hormis les difficultés presque insurmontables auxquelles le FBI devait être confronté pour croiser les centaines de milliers de données qu'il recueillait à cet âge d'avant l'informatique. À moins, autre hypothèse plausible, que le nom d'Ava glissé dans la liste des aventures de Marilyn ne soit l'expression des fantasmes d'un agent dont l'imagination avait été enflammée par la possibilité des étreintes entre les deux créatures les plus affolantes d'Hollywood : la brune incendiaire, panthère à la taille de guêpe, et la blonde platine à la poitrine laiteuse et à l'arrière-train ondulant. La rencontre de ces deux peaux serait celle du positif et du négatif, la fusion des contraires aimantés, un corps glorieux qui se mélange à une chair de fable comme dans un miroir trompeur ou dans ce moment de bascule du ravissement, quand ce qui est enlevé confine à l'excès de joie, la perte à l'extase, l'abandon à l'abandon. La brune est couchée sur le dos, les yeux clos, la tête jetée vers l'arrière étoilant la chevelure sombre sur l'oreiller ; sa cuisse droite est levée pour épouser la hanche de la blonde enlacée dont la joue est doucement logée dans le creux de la gorge de son amante ; elles sont nues ;

leur respiration soulève alternativement leurs poitrines offertes à la lumière dans une fugue de pâle incarnat et de peau dorée. La féline et la poupée se sont assoupies, dans le souvenir des baisers, dans l'attente des baisers. Je ne doute pas que cette scène ait existé. J'en tiens pour preuve qu'elle a été peinte, un peu moins d'un siècle auparavant et que tout le monde peut la voir au Petit Palais, à Paris. Et cela s'appelle *Le Sommeil*, ou parfois *Les Deux Amies*, ou bien encore *Paresse et Luxure*, plus rarement *Lorelei et Pandora*. Courbet l'a peinte en 1866 pour Khalil-Bey, et le pauvre FBI, malgré son arrogance et tous ses moyens, n'y a vu que du feu.

Les hommes de Hoover furent en revanche immédiatement informés du coup de fusil qui retentit dans un chalet de Ketchum dans l'Idaho, à sept heures trente du matin, le 2 juillet 1961. Quelques heures après Louis-Ferdinand Céline, et cent vingt-quatre ans exactement après le vieux Danton, Ernest Hemingway quitta ce monde en pyjama et en robe de chambre rouge. Dans le vestibule de la maison où Mary dormait encore à l'étage, l'écrivain appuya sur la détente d'un fusil Boss à canon double qu'il avait collé à son front, la crosse posée en tension sur le sol. Cela faisait des années que sa vie s'effilochait lamentablement ; sa mémoire le fuyait, son corps usé par l'alcool et cent blessures se remettait mal des traitements par électrochocs subis en décembre dans une clinique de Rochester. Hemingway était dépressif et paranoïaque, persuadé que le FBI avait mis son téléphone sur écoute, que ses agents épluchaient ses comptes et le filaient dans ses moindres déplacements, au restaurant, en voiture, et jusque dans les collines de la forêt de Sawtooth où il aimait se promener et chasser. Mais sa plus grande douleur était ailleurs : il avait la nostalgie de Cuba et de la Finca Vigía qui lui manquaient bien plus cruellement qu'il ne l'avait imaginé quand il avait quitté l'île un an plus tôt. Dès qu'il apprit la nouvelle de la mort d'Hemingway, Fidel Castro envoya une petite équipe à la Finca Vigía – dont le gouvernement révolutionnaire assurait officiellement la protection – pour fouiller dans les papiers de l'écrivain et décrocher du mur la petite photographie qui l'avait tant troublé en mai 1960 et qu'il voulait absolument récupérer. Il publia également un communiqué adressant ses condoléances émues à Mary Welsh. Et celle-ci, quelques semaines plus tard, conformément à la volonté de son époux, fit don de la Finca Vigía à l'État cubain qui décida de la transformer en musée Hemingway pour que les curieux puissent arpenter le décor fantôme où l'écrivain avait caressé des têtes de léopards morts, bu du vieux rhum caribéen et cherché l'âpre vérité en faisant crépiter sur sa Corona portable n° 3, non des mots, mais des éclats de la vie même.

Les deux actrices se rencontrèrent pour la première fois au cours d'une soirée donnée dans une villa dominant un canyon de Bel Air. La bâtisse voulait ressembler à un palais vénitien mais le goût ni la beauté ni les siècles de ruine mélancolique ne peuvent s'acheter ni se reproduire et Ernest Hemingway aurait beaucoup ri, ou plutôt fulminé, s'il avait vu la mauvaise imitation de ce décor vulgaire prouvant que les nababs d'Hollywood confondaient pathétiquement les artifices et les simulacres élaborés dans leurs studios avec la fiction de leurs vies. Marilyn Monroe admirait follement l'actrice brune qui l'impressionnait par son panache, ses mauvaises manières, son insolence : on disait qu'elle buvait et fumait et baisait comme un homme, qu'elle ne prenait rien au sérieux, qu'elle était *impossible*. Quand elles firent connaissance sur un sofa du faux palais vénitien, Marilyn sembla tétanisée par la timidité, bafouillant de faibles sons d'une voix hésitante, éraillée. Ava Gardner éprouva immédiatement une grande tendresse pour cette beauté meringue, fragile et bégayante. Elles s'enfilèrent plusieurs verres et pouffèrent bientôt comme deux vieilles amies serrées l'une contre l'autre, Marilyn s'imprégnant des vapeurs de *Shalimar* qu'exhalait la grâce canaille d'Ava qui lui caressait avec douceur la joue et l'épaule, cette peau si fine, si blanche, adoucie par les crèmes et par l'absence déconcertante de tout instinct de protection, de pudeur, de calcul. Tout le monde dans la pièce n'avait d'yeux que pour elles, ne perdant pas une miette de cette rencontre tout en frôlements et en gloussements entre les deux étoiles les plus irradiantes mais aussi les plus incontrôlables qu'avait inventées Hollywood. Antinomiques et symétriques, elles débordaient sans cesse du cadre décoratif où l'on avait voulu les placer : d'ailleurs, sur le sofa, sous les regards religieux et incrédules de toute la clique d'hypocrites formant le haut clergé des studios, la brune et la blonde semblaient prendre un malin plaisir à ne suivre aucun scénario, aucune liturgie préécrite. Elles sortirent prendre l'air sur la terrasse, emportant une bouteille pleine et leurs deux verres vides. Ava Gardner alluma sa cigarette avec un geste désinvolte et masculin, soufflant la fumée qui monta lentement se perdre parmi les lucioles piquant le ciel au-dessus de la cité des anges.

Elles parlèrent de leurs conceptions respectives du travail d'actrice qui apparaissaient aussi dissemblables que l'une était blonde et l'autre brune. Ava moqua tendrement Marilyn qui disait essayer de mettre son âme dans ses rôles, vouloir toujours faire le mieux possible quitte à se mettre à dos toute l'équipe en demandant à refaire chaque prise jusqu'à l'épuisement. Ava Gardner pensait exactement l'inverse : "Je ne connais que dalle au métier d'acteur. C'est juste une façon pas trop pénible de bien gagner sa vie." Elle lisait à peine les scénarios – c'était ce qu'elle disait du moins –, posait un minimum de questions au réalisateur et se trouvait très satisfaite quand une scène ne nécessitait que deux ou trois prises. "Hollywood paie. C'est pour ça que nous sommes ici et que nous devons leur faire cracher le maximum de pognon. Nous sommes des putes de haut vol, tu le sais comme moi. La vie est bien plus intéressante que le cinéma. Fais attention à toi, *baby*, il ne faut surtout pas croire que l'on joue son existence à chaque tour de manivelle. Jouer, ce n'est que jouer. Rien de plus." Marilyn était totalement désemparée par ces paroles, elle qui s'engageait dans chacun de ses rôles comme si sa vie en dépendait ou comme si ceux-là pouvaient réussir à combler en elle le vide dont elle avait une conscience tellement aiguë qu'il semblait que Marilyn n'avait été inventée que pour remplir Norma Jean. Mais il lui arrivait parfois de pressentir avec effroi que Marilyn n'existait pas, alors elle se gavait de benzédrine et de Nembutal et faisait poireauter des heures toute l'équipe du film avant de se pointer sur le plateau en milieu d'après-midi pour incarner une cocotte adultère, une joueuse d'ukulélé, une *sugar baby* qu'elle jouait avec une intensité folle – et cette énergie touchante, presque désespérée, mettait très vite tout le monde mal à l'aise, d'autant qu'elle communiquait uniquement avec la caméra, jamais avec les autres qui paraissaient avoir la consistance des fantômes quand son regard les traversait.

Ava Gardner avait très vite perçu les dégâts potentiels que ne manqueraient pas de provoquer ces troubles et cet abîme effarant, elle-même ayant les plus grandes peines du monde à tenir à distance ses propres démons, ses doubles clandestins, ses manières d'adolescent tyrannique et voyou qui se cachaient, souvent mal, derrière sa beauté brune et fatale. Elle avait envie de protéger cette poupée bredouillante et peroxydée qui donnait l'impression qu'une enfant perdue habitait comme par erreur un corps outrageusement sexué, lesté d'un cul fantastique et d'une poitrine qui réclamaient, suppliaient les yeux, les mains, les lèvres. Et pourtant, tout en haut de cette chair surnuméraire, la bouche de Marilyn portait une voix balbutiante et voilée de petite fille, une douce haleine de bébé. On voulait l'embrasser, prendre soin d'elle comme de ces animaux blessés dans les fermes délabrées de Caroline du Nord où les poussins déplumés, les agneaux incapables de téter, les lapins claudicants et piétinés dans leur enclos émouvaient la petite Ava jusqu'aux larmes. La brune et la blonde étaient maintenant assises à même le sol de la terrasse, blotties l'une contre l'autre, la bouteille vide à leurs pieds nus. On aurait dit deux collégiennes qui auraient fugué après avoir emprunté les robes de soirée de leurs mères – élégante et pourpre pour Ava, blanche décolletée jusqu'au nombril pour Marilyn. Elles riaient en parlant des hommes que la brune avait mis dans son lit et des mêmes qui avaient mis la blonde dans les leurs. Marilyn pouffait et rougissait aux propos volontiers triviaux qui jaillissaient des lèvres délicates d'Ava, cruelle et drôle quand elle parlait des défaillances des uns, des gros calibres de quelques autres, des manies et disgrâces honteuses de la plupart. Sans préavis, la brune a ensuite embrassé la blonde à pleine bouche puis elles se sont éclipsées laissant la totalité des invités abrutis par le dom pérignon et par ce qu'ils avaient cru voir mais dont ils n'étaient plus très sûrs, la Vierge ou le diable ou les messagers des enfers soufflant dans les trompettes du paradis sans qu'un micro ne soit branché ni une caméra chargée. Les meilleurs films ne sont-ils pas ceux qui rapportent moins d'or que de rêves, et auxquels on s'efforce de croire, quand bien même ils n'existent pas ? Les deux actrices ont fini la nuit dans les draps de neige où Courbet a jeté des taches roses, des rougeurs et des pâleurs, un petit bouquet en haut à droite pour répéter les pétales, l'assoupissement des fleurs. Ava Gardner était l'homme dont Marilyn avait besoin et Marilyn la femme-bébé qu'Ava aurait aimé cajoler, gronder, couver, dessiller. Tout les oppose jusqu'à les faire se ressembler, se mélanger sur une couche que la lumière éclaire sans honte ni pudeur puisqu'elles sont des anges qui transpirent à notre place et nous distraient adorablement des gouffres. Elles nous sauvent des gouffres. Elles sont les gouffres.

XXIV

Les choses paraissaient soudainement devenir moins sombres ce 26 octobre 1995. Attablés dans un petit restaurant à proximité de la piazza del Popolo, Rose et moi fêtions son vingt-quatrième anniversaire tout autant que son entrevue encourageante avec Rotunno quelques heures plus tôt. Sans le dire à voix haute, je n'étais pas mécontent de l'absence d'Antonio, empêché par une conférence, car je commençais à ne plus supporter, après bientôt dix jours à Rome, les bavardages incessants et prétentieux de l'historien d'art ni le restaurant de ses cousins siciliens auquel il semblait maladivement incapable de faire une infidélité. Ariane avait adressé à sa fille plusieurs présents dans un gros paquet acheminé dans les délais par les postes française et italienne, ce qui méritait d'être souligné et suffisait presque à rendre cette journée miraculeuse. Le contenu du paquet offrait un condensé des générosités incomparables et foutraques d'Ariane : une paire de chaussettes rayées, un médaillon de Lénine, un pétale de tulipe rose épinglé comme un papillon sur un sous-bock de la bière hollandaise La Trappe, plusieurs livres qui venaient de paraître et dont on parvenait mal à voir la cohérence (*Le Sexe et l'Effroi* de Pascal

Quignard, *Miette* de Pierre Bergounioux, *Le Génie de Thérèse de Lisieux* de Jean Guitton, et un *Guide sauvage du jardinage en milieu urbain*), une photographie de l'arrière-grand-père de Rose en tenue de combattant pendant la guerre d'Espagne, une poupée de chiffon fatiguée qu'Ariane avait confectionnée en 1977, le fameux cliché de Marilyn Monroe nue sur un fond rouge étrangement légendé de caractères cyrilliques, un galet signé Rrose Mutt, un phasme dans sa petite boîte en épicéa, la liste écrite à la main et à l'encre bleue de tous les biens de Rembrandt mis aux enchères en 1656. Il y avait aussi une carte postale qui m'était destinée, avec au recto une photographie noir et blanc de la grande crue de la Loire de 1910 et au verso quelques lignes pleines de sous-entendus et d'obscurités dans lesquelles, sans avouer qu'elle aurait aimé me savoir moins loin, elle parlait de l'île où les orages se faisaient attendre et où le soleil remplissait les fossés comme des poches crevées. Sa folie me manquait et je trouvais fâcheux que certaines personnes fassent souvent l'amour dans cette histoire, et moi jamais.

Moins fantasque ou plus radin qu'Ariane, j'avais offert à ma fille un seul cadeau, l'adaptation en bande dessinée par Fellini et Manara du scénario du *Voyage de G. Mastorna*, film maudit que le cinéaste avait tenté vainement de réaliser au milieu des années 60. Après m'avoir remercié, Rose a feuilleté l'album distraitement, pressée de me raconter par le menu la rencontre avec Giuseppe Rotunno qui s'était déroulée en début d'après-midi à son domicile, via della Luce. J'avais aussi hâte qu'elle, mais mon impatience se trouvait modérée par mon fatalisme inquiet. Je me trompais. Le chef opérateur, qui avait accepté de recevoir cette étudiante préparant une thèse sur la lumière dans la peinture et le cinéma italiens, fut courtois, manifestement intéressé par l'objet des recherches de la jeune fille autant que sensible à son charme. Ils parlèrent pendant deux heures de son travail, de sa conception pragmatique et sensible de la lumière au cinéma, de Visconti et Fellini tellement opposés qu'ils se rejoignaient sans doute. S'ils n'évoquèrent pas *La Maja desnuda* ni Ava Gardner, Rose a senti que Rotunno était heureux de cet échange et apparemment disposé à se confier davantage mais qu'il ne fallait pas brûler les étapes. Ils avaient convenu de se revoir le lundi suivant et elle espérait bien pouvoir faire glisser la discussion vers l'été 58, si l'opportunité se présentait. J'ai bredouillé des remerciements et j'ai serré Rose contre moi avec la tendresse d'un père fier de sa fille – quoique décontenancé de ne l'avoir pas vue devenir une adulte, au moment où j'avais l'inquiétante impression de retomber pour ma part dans les travers et la gaucherie d'un adolescent idiot poursuivant des chimères.

Après le dîner, nous nous sommes promenés dans les rues de Rome où flottait cette odeur caractéristique de la ville, parfums mélangés de pins et de bitume tiède, d'huile d'olive, d'essence et de fleurs de magnolias. Je me sentais heureux mais, comme les rares fois où cela m'arrivait, je prenais aussi conscience de l'absurdité de notre condition et la peur de mourir m'envahissait d'un coup. Je trouvais terrifiant de n'être prochainement plus rien et de perdre alors jusqu'à la conscience d'avoir vécu. J'avais envie de hurler aux gens que je croisais la nouvelle dont ils semblaient mal mesurer l'importance alors qu'elle les concernait tous, dans la fraternité la plus implacable, qu'ils aient eu du pouvoir ou pas, de la chance ou non, l'ambition de faire accéder leur existence au rang de légende ou bien la modestie de la mener au fil de la médiocrité des saisons répétées, des naissances et des deuils, au gré des désirs et de l'ennui, du drame de se savoir et s'ignorer charbonnier mortel, ferblantier mortel, banquier mortel, instituteur mortel, épicier mortel, actrice hollywoodienne mortelle. Et je ne comprenais pas pourquoi la connaissance de cette grande égalité des morts n'avait aucun effet sur la façon dont les vivants organisaient le bref et précieux moment qu'ils avaient à vivre ensemble, sans réussir à imaginer l'évidence d'un monde fraternel où les mérites et la bonne fortune des uns compenseraient la déveine et les faiblesses des autres, où le dernier de la file serait considéré, loué même pour son courage à cheminer dans la confiance portée à ceux qui le précèdent et dont les silhouettes font écran au paysage et à sa compréhension du trajet. Car celui-là sait parfaitement qu'il n'y a pas de ruissellement autre que la soudaine dévissée ou le fracas des avalanches emportant tout, arbres, bêtes et humains, mais rarement ceux qui les provoquent en charentaises dans les chalets lointains, les beaux salons, les halls d'aérogares, les salles de cotation où ils se pensent immortels.

Les meilleurs d'entre eux sont parfois naïfs comme des enfants, si cruels soient-ils. Le 26 janvier 1962, dans un bar de l'aéroport napolitain Capodichino, Lucky Luciano, entouré d'une dizaine de ses gardes du corps, a commandé un café en attendant l'assistant du producteur américain Barnett Glassman qui devait lui apporter le scénario d'un film sur sa vie.

Reconnaissons que, de la Sicile à Manhattan et de La Havane à la baie de Naples, celle-ci ne fut pas banale et que personne, dans l'histoire de la Mafia, n'eut sans doute autant de pouvoir que Luciano, *capo di tutti capi* pendant plus de quinze années. Vêtu d'une chemise de soie écrue, d'un costume prince-de-galles et d'un manteau de cachemire jeté sur les épaules, le chef mafieux détonnait au milieu de ses hommes en noir. Il tenait beaucoup à ce projet cinématographique, apportant la matière première – l'histoire de sa vie – et, de manière plus déterminante encore, son financement. Il aurait bien vu Humphrey Bogart interpréter son personnage mais celui-ci avait eu la mauvaise idée de mourir cinq années plus tôt. Luciano s'était alors rallié au choix de la production qui envisageait maintenant de proposer le rôle au crooner italo-américain Dean Martin, grand ami de Frank Sinatra avec lequel le *capo* était resté en relation depuis leurs premières rencontres à La Havane après la guerre. Tout à coup, alors qu'il portait la tasse à ses lèvres pour boire une dernière gorgée, Luciano le Chanceux vacilla et s'écroula, foudroyé – semblait-il – par une crise cardiaque. Aucune autopsie ne fut effectuée. Le jeune homme qui avait servi le café se nommait Paolino Greco ; arrivé la veille par le vol de Chicago, il s'était fait embaucher le matin même pour pallier l'absence d'un serveur tombé malade. En soirée, une voiture vint chercher le barman occasionnel et prit la route de la Sicile.

XXV

Filmer un bal doit être l'un des défis les plus excitants pour un chef opérateur, mais aussi l'un des plus difficiles quand le réalisateur se nomme Visconti. Ses exigences étaient impériales et la centaine de figurants composait une armée joyeuse et mouvante, indifférente aux consignes malgré la bonne volonté de ces bleus émerveillés que leurs silhouettes puissent impressionner la pellicule et scintiller sur un écran, ne serait-ce qu'un bref instant. Chaque soir, on allumait des milliers de bougies en s'efforçant de ne pas embraser tout Palerme qui avait rôti durant la journée sous une canicule extravagante pour une fin du mois de mai. En guise de décor, le palais Gangi semblait une imitation crédible de l'imaginaire palais Ponteleone, à moins que ce ne soit l'inverse, tant la vérité artificielle du cinéma rencontrait sa justification et son tombeau dans les ors fatigués des vieux murs palermitains et pour lesquels, comme dans le roman de Lampedusa, tout devait changer pour que rien ne change. Giuseppe Rotunno avait lu trois fois le roman, cent fois le scénario, et il était désemparé. Il pensait bien saisir le film que Visconti avait en tête mais il ne savait pas comment transformer cette intention et ce désir en images.

Par bonheur, le réalisateur du *Guépard* avait, à sa manière peu rassurante, encouragé le chef opérateur en le prévenant : “N’attends aucune aide de ma part…”

Le tournage de la séquence du bal dura plus de quarante jours – ou plutôt quarante nuits –, ce qui était une durée suffisante pour accumuler une extraordinaire diversité de problèmes. Avec la gestion chaotique d’une équipe pléthorique, l’une des principales difficultés tenait à la température des pièces du palais qui, malgré l’installation d’un système (peu efficace) d’air conditionné, ne permettait pas d’espérer travailler avant le crépuscule. L’équipe technique – à laquelle il fallait ajouter la cohorte de ceux que l’on peut croiser sur un plateau sans tout à fait savoir à quoi ils œuvrent précisément – occupait le rez-de-chaussée du vieux palais Gangi. Les électriciens, coiffeurs, maquilleurs, cuisiniers, figurants y passaient la journée à ne rien faire, ce dont ils s’accommodaient sans peine. Les premiers temps, la cohabitation de ces gens souvent jeunes avait des allures de bivouac sympathique, d’un camp scout égaré dans un château abandonné, une sorte de préfiguration bon enfant de Woodstock où l’or bruni des tapis élimés aurait avantageusement remplacé la boue. Mais très vite, tout cela prit l’air hébété de la Grande Armée durant la débâcle de Russie, la canicule et les horaires impossibles éclaircissant les rangs presque aussi sûrement que la neige et les marches à l’aveugle dans les marécages glacés de la Bérézina. On tournait de sept heures le soir jusqu’à l’aube, chaque nuit répétant à l’identique la précédente, de sorte que chacun avait l’impression d’être un rouage dérisoire d’une grande machine inutile, d'un boléro mécanique. Tout était lenteur, inertie, torpeur : des quintaux de fleurs fraîches étaient envoyés chaque jour par avion de San Remo et elles se fanaient en quelques heures ; à proximité de la salle du bal, une cuisine avait été improvisée afin que les plats arrivent encore fumants dans les vaisselles d'argent prêtées par les plus anciennes familles de Palerme ; on avait aussi installé une blanchisserie de manière à pouvoir nettoyer en permanence les gants blancs des hommes qui se tachaient très vite de sueur ; toutes les heures il fallait remplacer les chandelles sur les lustres et on avait fait fabriquer des bougies contenant davantage d'acides gras purifiés pour qu'elles ne fondent pas sous le feu des projecteurs. Visconti, tendu vers son seul dessein, observait la décomposition du réel avec l'indifférence d'un général de l'Empire, avec le détachement souverain d'un prince de la Renaissance : tout juste esquissait-il un discret sourire de contentement quand certaines figures incarnant les membres de la famille Salina paraissaient aussi cadavériques et poussiéreuses que les momies du cimetière des Capucins tout proche. Méticuleux jusqu'à l'obsession, il ne transigeait jamais sur les détails.

Quatre années après la sortie du *Guépard*, Visconti et Rotunno avaient collaboré une dernière fois à l'occasion du tournage de *L'Étranger*, d'après le roman de Camus. Probablement informé que le chef opérateur allait travailler prochainement avec Fellini (ce qui pouvait ressembler à une trahison comparable au transfert d'un joueur de la Lazio à la Roma), Visconti avait dit à Rotunno que la scène du bal n'était pas la plus mauvaise chose qu'ils avaient faite ensemble. Cependant, chaque fois qu'il la revoyait, il découvrait des défauts dans le jeu des acteurs ou la fluidité des mouvements de caméra, des négligences dans la répartition des lumières, des faiblesses de rythme et de composition, et qu'il avait alors très envie de la refaire. Un peu vexé, Rotunno n'avait d'abord rien répondu à cette boutade acerbe et désabusée avant d'oser suggérer : "C'est une très bonne idée, *maestro*. Mais je crois qu'il faudrait engager Ava Gardner, c'est une fabuleuse danseuse et sa beauté a l'éclat des fleurs sauvages poussées à Donnafugata. Il me semble qu'il n'y aurait pas de meilleur endroit que la Sicile pour qu'elle reforme avec Lancaster le couple maléfique et maintenant mélancolique des *Tueurs*…" Mais on ne peut davantage refaire l'histoire que rejouer un bal, et les tueurs en général vieillissent mal, qu'ils manient le couteau, l'arbalète, le fusil automatique ou bien préfèrent les pincettes de poison administrées du bout des gants. Paolino Greco s'était fait engager comme figurant dans la séquence du bal après être passé au tamis de l'implacable sélection de Visconti. Le réalisateur voulait que les garibaldiens originaires du Piémont, de Ligurie et de Vénétie soient grands et blonds, les bourboniens de petite stature et très noirs d'yeux, de cheveux, de moustaches, et il souhaitait des Siciliens secrets et archaïques pour jouer les Siciliens archaïques et secrets. Parmi eux, Paolino Greco donc, vêtu d'un impeccable costume noir et que l'on peut vaguement reconnaître à deux ou trois reprises, glissant entre les tables de la terrasse une bouteille de vin enveloppée dans un linge immaculé à la main.

Manifestement, l'homme avait une mauvaise habitude, il se lassait vite de servir des breuvages, café ou vin. Après quelques jours de tournage, il disparut. C'est tout juste si quelqu'un remarqua cette défection, hormis peut-être l'un des chorégraphes chargés de régler, non le grand ballet des robes écrues et pourpres qui valsaient aux bras des officiers aux épaulettes d'or, le buste barré en diagonale par une écharpe bleue, mais celui des livrées faisant circuler les plats et les rafraîchissements à travers les allées de la ménagerie des puissants, déchus ou émergents, toujours qui se mélangent, comme dans le salon de Jeanne de Tourbey, guépards, hyènes, lions et chacals, vieux bisons, renards et petits buffles qui se prennent pour le sel supérieur de la terre. La désertion du transparent Paolino n'émut guère les rangs du reste des troupes coagulées par la promiscuité, la sueur, un certain désenchantement aussi quant à la magie du cinéma. Au mieux donna-t-il quelques idées à d'autres qui suivirent son exemple au cœur des matinées assoupies du palais et filèrent à l'anglaise. Ou plutôt à la milanaise dans le cas de notre fantôme qui retrouva l'un de ses frères dans la capitale lombarde où les rejoignirent deux hommes de Giancana et Roselli arrivés en avion de Miami. Le 10 juin à l'aube, viale Regina Giovanna, les quatre hommes vidèrent le contenu de leurs chargeurs sur Michelangelo La Barbera, un chef d'une faction cousine et rivale. Le corps farci d'une dizaine de balles, touché à l'œil gauche, au cou, à la poitrine, au dos, à la cuisse droite et à l'aine, La Barbera s'en sortit par miracle et répondit benoîtement à la police, l'interrogeant sur son lit d'hôpital, qu'il ne savait rien mais qu'il s'inquiétait de la sûreté des rues fréquentées par les braves citoyens. Qu'il priait pour eux. Et qu'il avait besoin de silence et d'un peu d'intimité pour adresser ses incantations à Notre Père et à la Mère de tous nos péchés. Dans la soirée du 13 juin 1962, Paolino Greco et l'un des deux "Américains" se promenaient à Rome, via della Luce. Dans une chorégraphie douteuse, ils passèrent et repassèrent plusieurs fois devant le domicile de Rotunno, en sifflotant comme ils imaginaient sans doute que les touristes inquiets le font quand ils s'égarent au clair de lune, un soir de nuages, dans un quartier mal éclairé de la Ville Éternelle.

De bals en alcôves, Jeanne avait aimé fredonner, danser avec des cavaliers aux fines moustaches. Elle avait fréquenté de grands hommes, de belles âmes, mais aussi beaucoup d'arrivistes, de mesquins, de profiteurs et tous lui avaient appris à lire et à parler, à se taire, à faire bruire modestement ce qu'elle avait lu, entendu, deviné, à s'habiller et valser ainsi qu'ils le souhaitaient, à jouir comme ils l'attendaient et comme ils le croyaient. Elle fut parfaite dans l'apprentissage et l'accomplissement des promesses. À cinquante ans passés, elle avait cependant compris qu'il était compliqué de réussir à tenir la note sans changer d'orchestre, de baguette, de public. Devenue comtesse de Loynes, Jeanne de Tourbey ne cessa pas de tenir salon mais son déménagement de la rue des Arcades à l'avenue des Champs-Élysées s'était accompagné d'un changement progressif du choix des convives : Sainte-Beuve, Dumas fils ou Gautier avaient été remplacés par Drumont, Coppée ou Barrès. À des lieues de l'atelier de Courbet comme des mots salés et lestes que Flaubert lui avait envoyés jadis, elle trempait maintenant dans le marigot nationaliste fin de siècle où se croisaient antidreyfusards et partisans de l'Ordre moral, dissimulant mal un antiparlementarisme forcené et un antisémitisme hargneux sous l'étendard du patriotisme. Je ne sais si elle partageait vraiment le moisi de ces convictions, qui ne semblaient pas trop la répugner en tout cas. Je veux cependant croire – ou rêver – que la jolie guéparde se fichait plutôt des aigres considérations politiques poussées sous le gibus des hommes aux moustaches affaissées comme leurs ventres, qui enfumaient son salon et, de temps à autre encore, sa chambre. Non, elle avait juste trouvé dans cette archaïque tablée de vieux galonnés, de parvenus cyniques aux propos poisseux, un moyen de se rapprocher de ce qu'elle avait perdu en cultivant une nostalgie plus large que l'abîme d'un corps : un ordre ancien et mythique où elle croyait reconnaître les oripeaux de sa jeunesse, la crinoline de l'espérance et de l'ambition. Qu'importait si le nom qu'ils habillaient maintenant était celui de la France éternelle. Avec son amant Jules Lemaître, de seize ans son cadet, elle avait fondé en 1898 la Ligue de la patrie française, comme si elle s'était accommodée d'un monde définitivement rétréci. Un rideau lourd était tombé sur *L'Origine* et sur son improbable trajectoire de lorette : employée dès son plus jeune âge au rinçage des bouteilles de champagne qu'elle viderait ensuite joyeusement avec ses amants célèbres du Paris mondain du Second Empire et de la Troisième République, elle découvrait au soir de sa vie le goût légèrement rance des bulles qui s'éventent.

Après s'être mise au régime sec pendant plusieurs semaines de manière à pouvoir entrer dignement dans la soixantaine et la splendeur d'une robe couleur brique, Ava Gardner a fêté son anniversaire le 24 décembre 1982 dans son appartement de Londres. Tous les convives ont gardé en mémoire une fête étrange, où le bal anglais devint vite espagnol, enflammant l'appartement victorien tandis que la neige cotonnait au-dehors les rues silencieuses éclairées par l'intermittence des enseignes de Noël. Certains dirent des années plus tard que la fureur et la douceur mélangées de la soirée les avaient frappés. Qu'ils avaient tous eu l'impression de vivre un moment unique sans bien savoir pourquoi. Qu'ils se demandaient s'ils n'avaient pas été les figurants d'une séquence incertaine où des chutes de *Fanny et Alexandre* auraient été montées avec des rushes de *Dallas* filmés par Cassavetes. Les fenêtres, voilées par une fine couche de flocons, s'étaient transformées en vitraux. Comme une écolière appliquée, Ava Gardner avait, dans de vieux magazines, découpé en forme d'étoiles les visages d'acteurs hollywoodiens (la plupart d'anciens partenaires) pour décorer le vaste sapin à côté de l'âtre. Elle avait aussi fait tricoter un étrange fourreau multicolore à destination de Morgan, un corgi gallois à pattes blanches qui avait la lourde tâche de remplacer le cher Cara, décédé deux années plus tôt, dans sa capacité à aboyer sans trêve et à recueillir la tendresse infinie de sa maîtresse. Celle-ci fut drôle et désinvolte, se moquant de tout (sauf de l'enrubanné Morgan), de l'absurdité du monde en général et de l'âge en particulier. Le champagne et la vodka coulèrent à flots, Sinatra malgré son absence emplit le salon de sa voix de velours, et Ava dansa jusqu'à l'aube, ses pieds nus écrasant les guirlandes, les confettis et les fleurs de crépon avec une rage d'adolescente.

Ce qui suivit fut plus sombre, une pente douce qu'éclaira quelques instants le souvenir de cette jubilation rubescente de Noël, avant de rouler avec des à-coups fatals vers le grand gouffre. En 1986, une pneumonie la cloua au lit pendant plusieurs mois avant qu'elle ne se décide à la soigner dans un hôpital de Santa Monica – comme si la Californie était le meilleur lieu pour réparer les corps qu'elle avait inventés –, hôpital où en octobre, onze jours après y avoir été admise, une attaque cérébrale la laissera partiellement paralysée du côté gauche. Les séquelles la vieillirent de dix ans et danser était maintenant impensable. Elle avait du mal à parler mais elle en plaisantait, disant aux rares amis qu'elle avait gardés dans le milieu : "Si vous connaissez quelqu'un qui a besoin d'une actrice sur le retour avec un bras mort, une lèvre tombante, et un accent sudiste reconstitué, eh bien je crois pouvoir faire l'affaire !" L'année suivante, on diagnostiqua un lupus érythémateux qui la rendait vulnérable à toutes les bactéries et à tous les virus. Elle ne quitta plus guère son lit où elle regardait de vieux films à la télévision, enfoncée dans une multitude d'oreillers et de coussins dont son bras droit modifiait perpétuellement l'agencement afin de mettre le reste du corps dans la meilleure position. Quand, au hasard des diffusions et parfois avec peine, elle se reconnaissait à l'écran, elle obligeait le chien Morgan à fixer le scintillement incompréhensible de la lucarne et à écouter ses souvenirs, ses confidences brassés par les médicaments. Je me suis toujours refusé à me représenter le visage d'Ava dans ses dernières années, probablement cireux et bouffi, outré à la façon d'un masque de théâtre antique – car à celui-ci s'est toujours substituée la figure de ma mère pendant l'agonie de ses derniers mois, petite femme froissée dans les draps du fantôme de mon père, sereine et souffrante, écrabouillée par la douleur et la dignité, faisant semblant de lire le journal *La Croix*, comme si elle voulait me prouver qu'elle ne se détournait pas du quotidien ni de la marche du monde, encore moins de sa dernière espérance où le ciel enfin réglerait les détails pratiques du passage d'une vie à une autre.

Souvent l'évidence se refuse à nos yeux méticuleux qui aiment à se perdre dans les détails des vessies pour ne pas voir la lanterne ouvrant la route. Ainsi l'explication de cette substitution ne m'est-elle apparue que tardivement. Elle relevait moins d'un trucage à la Méliès que de l'état civil. Mon père était né en avril 1922, neuf mois avant Ava Gardner, et ma mère en février 1923. À deux mois près, elle avait donc exactement le même âge que l'actrice. Cette découverte me mit mal à l'aise, me désola aussi, comme si j'avais dissipé mon énergie à chercher le trésor de la Licorne dans les bas-fonds marins alors qu'il se trouvait sous mes pieds, dans la cave de Moulinsart. De la même manière que l'on parle des deux corps du roi, Ava Gardner avait trois âges, concaténés dans un corps de reine. Elle avait l'âge de ma mère (celui de la combustion d'une vie entre les années 20 et les années 90) ; celui paradoxal et infini des images, statue de celluloïd ou projection de marbre ; et celui contrarié de mes attentes : à quinze ans j'espérais Ava comme la fille délurée de dix ans mon aînée qui aurait pu me déniaiser, puis j'ai rêvé à trente ans d'épouser Pandora avant de m'inquiéter maintenant qu'elle ne me trouve trop vieux. Au fond, c'était comme si nous avions été tous deux invités sans cesse au même bal mais que nous n'ayons jamais dansé ensemble, par malchance, succession de contretemps, et surtout en raison de ma timidité qui m'aurait conduit à rester liquéfié sur ma chaise jusqu'à ce que les dernières lumières s'éteignent, n'ayant rien fait d'autre, en ruminant ma mauvaise manie de partir à la chasse désarmé, que regarder les opportunités s'envoler, les louves et les renardes tournoyer dans le lointain, Ava Gardner danser pieds nus avec des espèces de fantômes.

XXVI

Rome passait tour à tour du jaune au gris sous l'effet du ballet capricieux des nuages qui jouaient avec le beau soleil d'automne quand Rose s'est présentée au domicile de Rotunno. Il était seize heures. Elle avait revêtu une robe sombre mais légère pour la saison et sa peau en semblait plus blanche et plus vaste. Le chef opérateur a ouvert la porte en paraissant ravi de la revoir. Il l'a conduite au premier étage et l'a fait asseoir dans le salon. Il avait préparé à son intention thé, café, *frollini* à la vanille et au chocolat noir, ainsi qu'une sélection de ses archives pour poursuivre le dialogue entamé le jeudi précédent et alimenter ses recherches à propos de la lumière dans la peinture et le cinéma italiens. Sur la grande table basse étaient méticuleusement disposés notes de plateau, croquis, échanges épistolaires, articles de presse, photographies, storyboards, photogrammes. Rose a entrepris de les examiner tout en posant à Rotunno les premières questions qu'elle avait préparées et auxquelles il a répondu avec autant de spontanéité que de précision. La jeune fille prenait en note ses réponses en jouant parfaitement le rôle de la thésarde en herbe : elle alternait froncements de sourcils attentifs et hochements de tête enjôleurs. Le jeu commençait d'ailleurs à lui plaire furieusement et elle se surprenait à écouter Rotunno et consulter les différents documents avec une réelle curiosité – après tout, pourquoi ne l'écrirait-elle pas, cette thèse ? Le sujet bricolé ne lui semblait pas si idiot : une cartographie des lumières s'esquissait, révélant le baroque dissonant et contrarié de Visconti et Fellini, l'influence de Morandi et Chirico sur le cinéma d'Antonioni, les réminiscences de Giotto, le Caravage et Mantegna dans celui de Pasolini. Mais quand elle a découvert des photographies d'Ava Gardner dans une liasse, elle s'est vite rappelé l'objet de sa mission et n'a pas laissé passer l'occasion d'interroger innocemment le chef opérateur sur l'actrice et les tournages de *La Maja desnuda*, du *Dernier Rivage* ou de *L'Ange pourpre*. Évoquant ces différents films, Rotunno ne s'est pas départi de son ton affable mais il a semblé se raidir quand il a vu Rose, l'air très intrigué, trouver parmi les photos d'Ava une image en noir et blanc qui montrait un studio de prise de vue dévasté.

Le cliché datait des derniers jours de juin 1962. L'état lamentable de ses troupes lessivées n'avait pas échappé à Visconti qui, en bon général mais à contrecœur, avait accordé une semaine de relâche à toute l'équipe du *Guépard*. Il était prévu que le tournage reprenne le 2 juillet dans le village de Ciminna qui figurait l'imaginaire Donnafugata. Ravi de cette pause bienvenue, Giuseppe Rotunno s'était empressé de rentrer à Rome. Son épouse Graziolina devait le rejoindre le lendemain après avoir passé un mois auprès de ses parents qui vieillissaient en rond dans un petit pavillon de Modène. Exténué tant physiquement que mentalement par le tournage hors norme en Sicile, Rotunno se réjouissait de la perspective de ces retrouvailles et de la possibilité de se reposer quelques jours à son domicile. Mais la déconvenue fut violente quand il pénétra chez lui : son appartement et son studio de photographie avaient été vandalisés, les meubles renversés, les tiroirs fouillés, les négatifs piétinés, les livres éventrés dans une mise en scène trop ostentatoire pour abuser l'œil du chef opérateur. Aucun objet de valeur ne semblait avoir été dérobé mais le cadre avec l'image du *Dernier Rivage* cachant *L'Origine* avait disparu du mur du studio. Ne constatant pas de traces d'effraction ni d'autres pertes, Rotunno décida – contre l'avis de Graziolina – de ne pas porter plainte et de tout remettre en ordre avec des gestes mécaniques et infiniment las.

M. d'Hostel m'avait raconté durant l'été 67 que son magasin de photographies avait été cambriolé à intervalles réguliers depuis la fin des années 50. Après chaque vol, il avait investi dans un nouveau système de sécurité plus coûteux que le précédent mais aussi peu efficace et dissuasif semblait-il. Lors de cette conversation, il s'était souvenu en souriant qu'un appareil photographique dérobé en 1961 – un Leica M1 à objectif Leitz – lui avait été confié pour réparation trois ans plus tard par un client inconnu. Méthodique et presque maniaque, d'Hostel avait l'habitude de noter scrupuleusement dans un gros cahier à spirales Héraklès le numéro de série de tous les appareils qu'il proposait à la vente et il avait donc vite identifié le Leica volé. Quand le client était revenu le chercher, l'air aussi dégagé que possible, le photographe lui avait d'abord fait admirer la qualité de la réparation avant de le remercier d'avoir bien voulu lui rapporter ce qui lui avait été emprunté par étourderie pendant trois années. Le client avait benoîtement acquiescé et filé comme un zèbre. Le souvenir d'une autre effraction n'amusait pas vraiment le placide M. d'Hostel : il se rappelait chaque fois avec le même sentiment d'effroi mêlé de désolation le spectacle qu'il avait découvert le dimanche 14 février 1965 au matin : les appareils photos les plus chers avaient disparu, la plupart des autres avaient été minutieusement concassés (et c'est pourquoi il avait d'abord pensé qu'il s'agissait de l'œuvre d'un concurrent jaloux), et dans le laboratoire tous les produits chimiques avaient été mélangés et répandus sur le sol tapissé de centaines de photographies sorties des tiroirs et maintenant auréolées de taches mauves et jaunes, que l'odeur d'ammoniaque flottant dans la pièce rendait équivoques. Mais plus encore que l'image souillée des paysages argentés des Alpes ou des fêtes sucrées d'anniversaire, davantage aussi que le préjudice financier (car d'Hostel avait bien saisi la nécessité d'être parfaitement assuré), c'étaient les inscriptions obscènes qui couvraient les murs, les dessins odieux de sexes masculins et féminins hâtivement griffonnés sur les photographies de premières communiantes et de jeunes mariées épinglées un peu partout qui avaient bouleversé le photographe d'Arcis. "J'ai cru voir l'Apocalypse, Jacques. C'était effroyable. Jusqu'à la fin de mes jours, je ne pourrai jamais oublier ce que j'ai vu. Peut-on imaginer la petite Martre immaculée dans son aube et affublée au stylo Bic d'une poitrine extravagante, d'un triangle préhistorique et sordide ?" J'avais répondu avec gravité que c'était en effet inimaginable. Et nous avions bu un café noir dans la petite cour où d'Hostel fumait ses cigarettes et qui sentait étrangement le jasmin alors qu'elle était dépourvue de tout végétal.

XXVII

“Le sexe d’Ava Gardner, le sexe d’Ava Gardner, oh la belle affaire ! Je trouve ça délicieux : le petit professeur de la Terreur est obsédé par le cul d’une actrice d’Hollywood. Après le lion ou le taureau Danton, la chatte de *La Nuit de l’iguane* ! Quelle histoire ! Tu vas bientôt pouvoir ouvrir un zoo, mon cher Jacques…” Laurent était ivre. Et survolté. Il bondissait comme un singe dans l’appartement où nous avions arrosé mon retour de Rome, deux semaines plus tôt, et le récit, d’abord circonstancié puis un brin chaotique, que je lui en avais fait. Je regardais mon ami agiter son corps et sa langue dans tous les sens en étant pour ma part incapable de contrarier l’immobilité de mon pauvre corps et de ma bouche qui semblait inapte à produire autre chose qu’un sourire idiot et interminablement figé dans son rictus de lézard du Carbonifère. Nous avions fière allure tous les deux – le diable incontrôlable et le bonze liquéfié – au milieu des bouteilles vides et d’un mausolée de cassettes VHS étoilées. “Derrière tes airs de fonctionnaire triste et bientôt chauve se cache un vrai gros malin. Tu n’as pas choisi la frigide poupée Monroe ni la lesbienne Dietrich, non, tu t’es entiché de la brune et goulue Gardner pour lui chercher des morpions et des espions dans la toison. Alors là, chapeau bas, mon vieux ! J'ai toujours pensé qu'il fallait se méfier comme de la peste des anciens gauchistes et de leurs beaux idéaux, congelés au départ et moisis à l'arrivée." J'ai cherché avec peine une réplique intelligente à lui opposer mais Laurent, décidément plus rapide dans sa capacité à épouser les mouvements de l'ivresse, ne m'en a pas laissé le temps, devenant soudain plus grave et suppliant : "Si tu veux conserver notre amitié, Jacques, laisse-moi Gene Tierney. S'il te plaît, ne touche jamais à Gene Tierney, tu me promets ? Cela me briserait…" Il s'est dirigé vers moi dans un élan de tendresse, souhaitant visiblement m'embrasser, mais un mauvais concours de circonstances – c'est-à-dire un entrelacs de rallonges électriques et une défaillance dans son appréhension immédiate de l'espace et du temps – lui a fait perdre l'équilibre, se cogner contre les étagères, tenter de se raccrocher à l'agencement précaire des cassettes pour finir étendu au sol, enseveli sous les œuvres complètes de Bergman et Buñuel. J'ai mesuré alors combien, quoi qu'on en dise, rien n'est pesant ni assommant dans la filmographie des grands cinéastes car Laurent s'est vite redressé avec un beau sourire découvrant ses dents violettes. Il s'est accroché à mon épaule et s'est laissé conduire sans un mot jusqu'à son lit où à peine avais-je réussi à lui ôter ses chaussettes et ses chaussures qu'il ronflait déjà comme un tapir des montagnes.

Le lendemain matin, après une courte nuit dans le canapé dont l'âge et l'inconfort ne me sont apparus qu'au réveil, je suis descendu dans la rue Joffre pour acheter des croissants et du jus d'orange. Sur le trottoir baigné d'une brume couleur miel et fumée, j'ai croisé Filâtre qui commençait dignement sa journée et qui m'a gratifié d'un impeccable salut napoléonien. Il m'a semblé soudainement que novembre était aimable et le monde magnifique, dans ses absurdités mêmes, et je suis retourné à la boulangerie pour acheter deux autres croissants que j'ai apportés à Mme Filâtre qui régnait déjà sur sa boutique et sur les palerons derrière la vitre. Quand je suis rentré à l'appartement, Laurent préparait le café. Malgré son indéniable gueule de bois et comme si nulle nuit n'était passée, le bougre a repris tout de suite le fil des propos interrompus la veille par sa chute malencontreuse. "Ce qui m'a toujours mis en rage, c'est la liaison que Gene Tierney a eue avec John Kennedy juste après la guerre. Leur histoire avait commencé sur le plateau du *Château du dragon* de Mankiewicz – je me suis d'ailleurs toujours demandé ce que cette crapule de Jack fichait là – et avait duré presque un an. Imaginer leurs étreintes me rend malade, un peu comme lorsque nous étions au collège et que nous nous représentions avec dégoût certains couples de nos professeurs dans l'intimité… Ma seule consolation, c'est que Gene a reconnu un jour qu'elle avait voté Nixon et non Kennedy en 1960. C'était une femme fabuleuse et une vraie républicaine. Je l'adore." Je lui ai répondu qu'il n'avait pas à s'inquiéter et que je ne lui disputerais pas son étoile car Ava me suffisait largement, excédant même le décuple de mes capacités d'émotions et de projections. Laurent s'est alors approché de moi pour accomplir enfin l'embrassade différée de la veille. Je me suis dégagé doucement de l'emprise de ses longs bras et de son haleine effroyable avant d'ajouter : "Tu sais, je commence à ne plus supporter les petites et grandes turpitudes d'Hollywood. Sans illusions ni naïveté, je supposais bien que l'envers de l'usine à rêves était peu ragoûtant mais je n'imaginais pas qu'il y avait à ce point quelque chose de pourri dans cet empire." Laurent, qui avait une solide formation de lettres n'ayant rien à envier à sa science de la bouteille, du cinéma et du cabotinage, a fait valser les miettes de croissant sur la table et s'est mis à déclamer d'une voix pas très claire : "Ces débauches assommantes nous font traiter d'ivrognes et de vicieux, de l'orient à l'occident. Et vraiment cela suffit pour agacer la gloire que méritent nos exploits les plus sublimes comme les plus indignes."

L'imagination rend furieux et parfois le ciel avise. Le Cal-Neva Lodge est un casino implanté au bord du lac Tahoe, au milieu des forêts, à la limite exacte de la Californie et du Nevada. En 1962, alors propriété conjointe de Sinatra et Giancana, il était géré par Paul "Skinny" D'Amato, avec l'aimable protection de Johnny Roselli, le représentant de l'Outfit à Hollywood et Las Vegas. Le vendredi 27 juillet en soirée, Marilyn Monroe arriva au Cal-Neva Lodge dans l'avion de Sinatra et dans un sale état. Gavée d'alcool et de médicaments, elle déambula tout le week-end comme un fantôme peroxydé. Avec la délicatesse qui les caractérisait, les participants à ce *séjour festif* en profitèrent pour éprouver la réalité charnelle de ce corps à la dérive. Sinatra prit même des photos sur lesquelles on voyait Giancana et ses sbires qui riaient grassement et s'amusaient avec l'actrice inconsciente (qui, de son côté, n'avait pas l'air de beaucoup rigoler). Pendant que se déroulaient ces scènes épouvantables, Joe DiMaggio, l'ex-mari de Marilyn, rôdait comme un loup blessé dans les bois autour du Cal-Neva dont Sinatra lui avait interdit l'entrée. L'ancien joueur de baseball était davantage réputé pour les fulgurances de ses frappes que pour celles de son intelligence mais cela ne l'empêchait pas d'avoir deviné que Marilyn ne se trouvait pas au bon endroit ni avec les bonnes personnes. Il avait toujours détesté Sinatra et sa clique – lui-même d'origine italienne, il savait de quoi il parlait –, n'ayant cessé de mettre en garde l'actrice contre les types de ce genre et contre le monde du cinéma en général où il y avait, disait-il, cent fois plus de gangsters dans les coulisses que sur les plateaux et dans les scénarios des films noirs. Le dimanche midi, l'état semi-comateux de Marilyn Monroe commençait à embarrasser tout le monde et risquait potentiellement de gâcher la fête. Sam Giancana décréta que l'actrice était maintenant encombrante et qu'il n'y avait plus rien à en espérer. Tous ses amis l'approuvèrent en souriant avec des airs entendus et boueux. Peter Lawford, que l'on surnommait parfois le Maquereau du Président, prouva une nouvelle fois la diversité de ses compétences et de ses amitiés, ne voyant aucun inconvénient à rendre service à Sammy la Sardine : il ramena à Los Angeles la poupée mamelue, aussi chiffonnée qu'anesthésiée, à bord de l'avion privé de Sinatra.

Quelques jours plus tard, celui-ci demanda au photographe Billy Woodfield de développer la pellicule prise durant le week-end. En découvrant les négatifs, le photographe conseilla avec fermeté à Frank de les brûler immédiatement. Parmi les images les plus sordides, on voyait la pauvre Marilyn en train de vomir pendant qu'un type ayant gardé sa veste noire, sa chemise blanche, sa cravate et son cigare, s'affairait derrière elle avec la tête d'un collégien idiot qui aurait gagné un pari. Sinatra n'hésita pas longtemps et enflamma les négatifs. Avec le recul, il n'était pas très fier de ce qui s'était passé sur les bords du lac Tahoe, mais il se rassurait en se disant qu'il n'avait pas joué de rôle actif dans cette affaire, ni rien fait d'autre que suivre sa pente naturelle : depuis l'enfance, il était un garçon curieux et complexé ne pouvant s'empêcher de fourrer ses beaux yeux bleu lagon dans toutes les histoires un peu louches qui lui avaient appris à conjuguer le talent avec l'influence, la puissance avec le rêve de la puissance. Le surlendemain, dans la nuit du 4 au 5 août, Marilyn Monroe perdit la vie dans sa maison de Brentwood à Los Angeles, probablement victime des intérêts toxiques, *a priori* incompatibles mais ponctuellement convergents, de la Mafia (Giancana et Roselli), de la politique (les Kennedy), de la psychanalyse (Greenson) et du FBI (Hoover). Les mêmes – hormis la psychanalyse semblait-il – avaient précédemment uni leurs forces de manière moins fortuite pour tenter d'assassiner Fidel Castro, sans réussite, ce qui confirmait au passage qu'un peu de paranoïa et des services de renseignement efficaces constituaient une meilleure assurance-vie que l'image projetée sur tous les écrans du monde d'un corps prodigieux et misérable.

XXVIII

Rose avait accepté de rester dîner avec Rotunno. La découverte de la photographie du studio dévasté en juin 1962 avait créé un trouble les ayant paradoxalement rapprochés. La jeune fille sentait que le chef opérateur tournait autour du pot, empêtré dans ses envies contradictoires de raconter et de ne pas raconter. Les hésitations du vieil homme la mettaient cependant mal à l'aise car elles soulignaient l'asymétrie de leurs positions. Elle avait un peu honte de ne pas dire toute la vérité à Rotunno qui ignorait ce qu'elle savait et ce qu'elle cherchait. Il leur a servi à boire généreusement et a mis un disque de Bach en sourdine pour prévenir d'éventuels silences gênants au cours de leur tête-à-tête. Rien ne l'apaisait et le stimulait comme la musique de Bach qu'il écoutait du matin au soir, quand il lisait, travaillait dans son studio, préparait la cuisine, ou rêvassait. Dès le deuxième verre de vin, Rose a perçu que ses joues s'enflammaient. Elle a pensé, avec un cynisme qui l'a effrayée, que cela pourrait attendrir Rotunno, le faire se livrer moins difficilement, et elle a songé un instant comparer la sensibilité de sa peau à celle de la pellicule, l'une et l'autre imprimant les émotions, les ivresses et les lumières, mais elle s'est vite ravisée, se souvenant qu'une universitaire ne pouvait mélanger les états transitoires de son corps avec la dynamique et la rigueur de son sujet d'étude. Les gnocchis étaient délicieux et Peppino a semblé avoir les larmes aux yeux quand il a rapporté les assiettes vides dans la cuisine. Il en est revenu avec une bouteille de grappa et un courage tout italien. Il avait bien besoin de l'un et l'autre pour évoquer ce qu'il n'avait confié qu'à Fellini sur le tournage d'*Amarcord* vingt-trois ans auparavant. Rose a parfaitement joué son rôle, d'après ce qu'elle m'a rapporté ensuite, ouvrant grands les yeux comme si elle découvrait cet épisode extravagant, posant des questions naïves sur Ava Gardner qu'elle a feint de connaître à peine, modulant ses silences et ses curiosités. Rotunno n'est pas entré dans les détails et Rose a pensé qu'il aurait été inconvenant autant qu'inutile de cuisiner davantage le pauvre homme. La discussion s'est ensuite déplacée vers Visconti et le tournage du *Guépard*, de *Rocco et ses frères* aussi – et elle s'est aperçue que tout cela lui semblait mille fois plus digne d'intérêt que les images fantômes de la nuit du 22 au 23 août 1958.

C'est la première chose qu'elle m'a dite quand elle m'a rejoint vers une heure du matin à son retour de la via della Luce. Depuis plusieurs heures, je m'inquiétais et me tourmentais dans le petit salon bibliothèque de leur appartement en attendant son retour pour lui demander enfin : "Alors ?" Rose s'est agenouillée à côté du sofa sur lequel j'étais allongé tout habillé, attendant son récit. Elle m'a raconté à voix basse, avec précision mais sans fièvre aucune, l'après-midi et la soirée passés chez Rotunno. Ce qui aurait dû constituer une victoire pour nous deux semblait lui être désagréable, et j'ai bien perçu que sa tendresse pour son vieux père l'obligeait. Elle a reconnu qu'elle n'en pouvait plus de cette histoire dont elle se fichait. Que Rotunno était un type extraordinaire qui ne méritait pas d'être à la fois l'acteur et le jouet d'une quête imbécile. Que pour sa part la comédie était finie. Puis elle m'a embrassé sur les deux joues et sur le front avant de quitter la pièce en murmurant qu'elle ne regrettait rien. J'ai passé une nuit sans pyjama ni beaucoup de sommeil. J'entendais les murmures dans la chambre d'à côté pendant que je répétais une à une chaque phrase du récit de Rose jusqu'à les connaître par cœur et finalement à ne plus les comprendre quand elles commençaient à devenir des images. Le lendemain matin, au petit-déjeuner, mes humeurs et mon esprit avaient cette couleur indécidable des débuts de journée. Pour faire fondre le sucre (un petit morceau en forme de cœur), je tournais longuement ma cuillère dans la tasse de café trop tiède que m'avait servie Antonio quand j'ai annoncé à mes hôtes que je n'allais pas profiter plus longtemps de leur généreux accueil. J'avais besoin de rentrer chez moi pour digérer les informations de Rose et me pencher sur cette fichue Mafia dont je ne connaissais rien d'autre que des ombres et des caricatures projetées sur un écran. Cela ne me plaisait guère car j'étais plutôt froussard et je n'avais jamais compris ceux qui considéraient comme un chef-d'œuvre la trilogie du *Parrain*. Il me semblait pour ma part qu'il s'agissait de petits films hollywoodiens à grosses ficelles, efficaces mais folkloriques. Antonio m'a alors dévisagé bizarrement avant de retrouver son ton habituel pour évoquer les dernières années du Caravage et les toiles ultimes de Rembrandt. J'ai trouvé extraordinaire qu'un type aussi peu sympathique parle aussi bien du miracle de ces œuvres, éclairées merveilleusement à mesure qu'il les dérobait néanmoins à notre entendement d'amateur, à nos angoisses et à nos rires de cendre, à nos capacités précaires d'empathie. Le lendemain, jour de Toussaint, j'ai repris l'avion vers la France et vers Chalonnes, en me persuadant qu'il n'y avait pas de meilleur moment pour mourir en plein ciel que celui où l'on fleurissait au sol la mémoire de ceux, plus bas encore, dans la terre enfoncés.

J'ai atterri sans encombre à Orly comme Ava Gardner en juin 1963 à l'aéroport Idlewild de New York (contrairement à moi, elle devait adorer l'avion, les trous d'air, l'accélération brutale du décollage, les coups de frein sauvages à l'atterrissage). De passage pour quelques jours à New York, elle a revu Sinatra, bien sûr. Ils ont traîné dans le vaste appartement du chanteur et sont restés des heures collés l'un contre l'autre en parvenant à ne pas trop se griffer. Le soir, le chanteur a emmené Ava au Jilly's, un établissement où il avait ses habitudes sur la 52e Rue ouest, sans lui dire qu'il avait aussi convié Sam Giancana. Ces dernières années, les deux hommes s'étaient beaucoup fréquentés, partageant de petites et grandes affaires, du Cal-Neva Lodge à Judy Campbell qui, généreuse en amour comme en confidences, s'était trouvée au centre du triangle d'alcôves et de magouilles reliant les deux hommes au président Kennedy. Quand elle a vu débarquer le chef de la pègre de Chicago, accompagné de Phyllis McGuire, sa maîtresse du moment, Ava Gardner a d'abord réussi à contenir sa fureur derrière un impeccable sourire hypocrite. Giancana s'est assis à côté de Frank avec une familiarité appuyée qui a semblé enchanter son ex-mari. Ava n'avait jamais supporté – avant, pendant et après leur mariage – que Frank fraternise avec tous ces types gominés aux yeux morts, qu'elle ne craignait pas et qui ne l'impressionnaient pas une seconde tant elle les méprisait. Lorsqu'elle a compris que le gangster à tête de poisson mou semblait bien décidé à passer la soirée avec eux, l'actrice a quitté la table où ils étaient installés, traversé la salle du Jilly's jusqu'au bar où elle a entamé un dialogue très rapproché avec un inconnu sur les genoux duquel elle s'est bientôt installée avec des langueurs de panthère, se penchant et feulant à son oreille. Hébétés, Sinatra et Giancana ont observé la scène sans pouvoir esquisser un geste avant que le chanteur ne fonce comme un damné vers le bar pour menacer de mort le pauvre homme qui, empoigné méchamment par le col avant d'être giflé, n'a pas saisi grand-chose à ce qui venait de lui arriver coup sur coup. Il est rare en effet qu'une femme superbe nous tombe dans les bras sans préavis et qu'elle nous soit ôtée fissa de manière aussi violente qu'impromptue. En général, dans les livres comme au cinéma, le désir est un songe que la réalité contrarie au cours d'infinis détours et développements, mais ici, au bar du Jilly's, la baffe du réel a surpris l'inconnu avant qu'il n'ait eu le loisir de rêver son désir. Il est vrai que l'homme n'avait rien demandé : possiblement assureur ou banquier venu du Vermont ou du Michigan pour un conseil d'administration, il profitait de son séjour new-yorkais en sirotant tranquillement sa bière, ce qui l'avait plutôt mal préparé à l'enchaînement de l'éventualité d'un baiser impensable – et contre laquelle il n'avait pas d'opposition de principe à condition de prendre le temps de bien étudier la situation – avec une brûlure foudroyante sur la joue, un goût de sang dans la bouche, et la perspective de finir lesté de parpaings dans l'Hudson.

Frank a planté ses doigts dans la chair d'Ava, celle du bras ou de la hanche, et l'a ramenée sans ménagement vers leur table au fond de l'établissement, comme un chasseur aurait traîné derrière lui une pièce de gibier dans la neige, indifférent à son état, morte, vive ou blessée. Mais Ava Gardner n'était pas une biche, assurément. De la chaise où Frank l'avait balancée, elle s'est relevée avec calme, s'est penchée vers le petit parrain de la Mafia, lui a pris son verre des mains et d'un coup en a balancé le contenu au visage de Frank qu'elle a insulté, ordurière et sereine, tout en toisant Giancana d'un regard de défi. Elle a ensuite pris son sac et quitté le Jilly's en sachant qu'elle ne referait pas la prise, c'est-à-dire en pensant à chaque pas combien il était artificiel de marcher quand on était regardée mais que chaque pas devait avoir la pesanteur et la grâce d'un réalisme de circonstance. Elle connaissait le métier. Elle ne s'est pas retournée, n'a pas prêté attention aux rires nerveux du boss de Chicago qui dévisageait Sinatra, immobile, ahuri, le menton et le nez dégoulinant de gin tonic.

Trois mois plus tard, Ava Gardner était au Mexique où débutait le tournage de *La Nuit de l'iguane* dirigé par John Huston. Pour ce qui fut son dernier grand rôle, elle partageait l'affiche avec Richard Burton, Deborah Kerr et Sue Lyon, à peine grandie depuis

Lolita. Après quelques essais à Mexico, l'équipe s'est installée à Puerto Vallarta sur la côte pacifique du Mexique, au pied des montagnes et de la forêt tropicale. Les grognements des crapauds et des grillons préhistoriques se confondaient avec le moteur des barques de pêcheurs qui tournaient en rond pour amuser la galerie ou expérimenter un concept novateur de pêche concentrique sans filet mais avec téléobjectifs. Sur le rivage, on soignait du matin au soir les problèmes gastriques avec des fontaines de tequila tandis que des chauves-souris et des scorpions géants colonisaient les chambres et qu'un assistant réalisateur mexicain, armé comme un cow-boy et totalement cinglé, s'entraînait au lasso sur des jeunes filles de quinze ans. Plus délicat, Tennessee Williams, auteur de la pièce que le film adaptait, était apparu vêtu de rose pâle, accompagné d'un chien ridicule à rubans rouges et de son amant Pedro dont la sensibilité à fleur de peau, un soir de cuite ordinaire et monumentale, avait joliment couvert de bleus Truman Capote qui passait par là on se demande pourquoi. Une autre nuit d'orage, le décor a semblé fatigué de ces enfantillages en écroulant l'un de ses balcons sur un bungalow pour pimenter la fiction et rappeler la dégradation inéluctable du monde. Pendant plusieurs semaines, dans ce cloaque paradisiaque, ont ainsi cohabité des étoiles plus ou moins filantes dont les rapports étaient à la fois usés, latents et embrouillés. John Huston jubilait. Il souhaitait tourner dans la continuité et comptait beaucoup sur les irrégularités des configurations humaines et géographiques pour obtenir ce qu'il voulait, comme il le racontera dans ses Mémoires : *Nous étions sur une langue de jungle qui trempait dans la mer. Richard Burton était accompagné d'Elizabeth Taylor, encore légalement mariée à Eddie Fisher. Michael Wilding, ex-époux de Liz, nous rejoignit en tant qu'agent de publicité de Burton. Peter Viertel, second mari de Deborah, avait été l'amant d'Ava Gardner qui passait son temps avec de jeunes garçons sortis de la poussière tandis que tous les machos de la ville recherchaient les bonnes grâces de Sue Lyon, malheureusement pour eux étroitement surveillée par sa mère et son fiancé. Il y eut bientôt plus de paparazzi et de journalistes que d'iguanes. Avant de commencer à tourner, j'ai acheté cinq revolvers plaqués or, que j'offris solennellement à Burton, Elizabeth, Ava, Deborah et Sue. Chaque revolver était accompagné de quatre balles en argent sur lesquelles j'avais fait graver le nom des quatre partenaires de chacune de mes vedettes.* De tous les tournages d'Ava, ce fut peut-être le plus romanesque et c'est pourquoi je n'en parlerai pas davantage.

XXIX

En novembre, le milieu de la journée à Puerto Vallarta coïncide avec la tombée de la nuit dans l'Aube. Ava Gardner et toute l'équipée sauvage de *La Nuit de l'iguane* ont appris la nouvelle sans y croire. La réception radio était très mauvaise dans le bar de Mismaloya où le miracle d'un vieux poste acajou les avait réunis. Les informations, contradictoires, leur parvenaient entrecoupées de parasites, hachées comme des bouts de cervelle. Sans originalité aucune, assujetti malgré moi à cette mémoire collective écrabouillant celle de nos vies minuscules dans un combat inégal, je me souviens parfaitement de ce jour-là – et de ce combat, finalement pas si inégal. Nous étions invités pour le déjeuner chez un collègue de mon père, M. Doussin, qui habitait avec sa famille dans un bel appartement du centre-ville de Troyes. J'avais tenté de m'épargner cette escapade en arguant de la nécessité d'exercer l'autonomie promise par mes quinze ans mais cela n'avait guère semblé bouleverser mes parents ni leur résolution. Mme Doussin ouvrit la porte en souriant comme il se doit quand on accueille des gens inconnus avec lesquels il va falloir passer une grande partie de la journée – et même un peu plus quand les contingences internationales s'en mêleront. Son sourire n'était pas hypocrite, pas sincèrement chaleureux non plus, on pouvait y déceler une vague inquiétude qu'un désir de séduire semblait cependant supplanter. Elle était habillée avec élégance malgré ou à cause de son embonpoint qu'elle étalait sans retenue après s'être probablement appliquée, des années durant, à le dissimuler. Les Doussin avaient deux enfants : Odile âgée de dix-sept ans et Bernard de trois ans son cadet. Je n'ai jamais compris quelles étaient les relations exactes entre Doussin et mon père, ni lequel était le supérieur hiérarchique de l'autre, encore moins ce qui les liait, si quelque chose éventuellement les liait au-delà d'un rapport professionnel. Mon père avait beaucoup de défauts, je commençais à m'en apercevoir, mais il était incapable de dissimulation, de calcul ou de stratégie : il semblait réellement apprécier notre hôte, l'écoutant avec intérêt et ponctuant toutes ses bonnes phrases de clins d'œil appuyés en direction de ma mère et moi.

Enfants, nous considérons les relations amicales de nos parents comme des bizarreries aux effets collatéraux essentiellement désagréables pour nous. Passé l'embarras de découvrir nos géniteurs quelque peu différents de l'image fixe qu'ils promènent dans l'intimité familiale, il nous faut subir l'ennui de déjeuners à rallonge où l'artificialité de la gaieté, surtout lors des premières fois comme cette journée à Troyes chez les Doussin, n'échappe à personne, tout le monde semblant marcher sur des œufs. Mais le pire est à venir quand l'un des adultes autorise les enfants à sortir de table. Ce qui devrait constituer une délivrance marque en fait le début d'une cohabitation forcée et rapprochée avec la progéniture desdits amis : il faut alors accepter que ces inconnus investissent le fortin de notre chambre et posent leurs yeux torves dans nos placards, sur nos jouets leurs mains douteuses en inventant des règles farfelues et rarement équitables. Trois ou six mois plus tard, les rôles s'échangeront (car il est dans l'ordre des choses – à moins d'un esclandre ou d'une incompatibilité d'humeurs trop manifeste – que les invités deviennent les invitants) mais cette perspective n'offre aucune consolation, apparaissant même effrayante tant il est préférable, tout bien pesé, de supporter un morveux sur sa moquette que d'être le morveux parachuté dans un territoire inconnu, *a priori* hostile et semé de chausse-trappes.

Après le rôti de porc aux pruneaux (trop cuit) et en attendant le fromage et le dessert, M. Doussin nous a gentiment proposé, comme je le craignais, d'aller vaquer à des occupations de notre âge et je me suis retrouvé dans la chambre de Bernard tandis qu'Odile s'est enfermée dans la sienne pour y écouter de la musique anglaise dont les basses nous parvenaient à travers la cloison. À quatorze ou quinze ans, la gestion des rapports humains et des espaces vitaux semble en apparence moins sauvage que durant l'enfance, les corps trop vite et mal grandis préférant momentanément une appréhension avachie du monde. Assis sur le lit de Bernard, j'ai donc feint de m'intéresser aux posters de footballeurs qu'il m'a présentés fièrement et qui montraient balle au pied Kopa, Di Stefano, Yachine, Fontaine, Jonquet, Piantoni. Il m'a confié être un supporter inconditionnel du Stade de Reims, comme son père, même si l'un et l'autre pressentaient que les meilleures années étaient passées. “Nous, c’est l’inverse”, ai-je répliqué en pensant être spirituel. Cette remarque a dû convaincre Bernard de la difficulté à poursuivre ensemble une discussion plus poussée sur le football et du malheur de ne plus avoir l’âge de jouer aux Lego. Je pense aussi – ou du moins l’ai-je espéré sur le moment – qu’il s’est rappelé que j’étais en seconde et lui toujours au collège. Nous sommes restés une dizaine de minutes sans rien nous dire, nos longs bras ballants comme des rameaux, avant que la voix de Doussin père, à l’autre bout du couloir, nous appelle pour prendre le dessert.

L’ambiance à table s’était réchauffée ainsi qu’en témoignait le rosissement des joues des adultes. Encouragé par les réprobations de son épouse et de ma mère, Doussin a servi de grandes coupes de champagne à tout le monde, y compris à Odile, Bernard et moi. Il a ouvert une seconde bouteille dont le bouchon en sautant a manqué d’éborgner Mme Doussin qui s’était levée pour proposer une seconde tournée de profiteroles au chocolat. Mon père a dit : “Le vrai danger du champagne n’est pas de le boire mais de l’ouvrir. C’est un peu comme les huîtres. Et d’ailleurs les bulles du champagne ressemblent à des perles, tout comme vos beaux yeux, mademoiselle et mesdames…” Cette adresse, voulue pleine d’élégance et de poésie, m’a évidemment mis mal à l’aise, au contraire des deux quadragénaires flattées par ce compliment qui avait embrasé leurs pommettes déjà cuites. De son côté, Odile se contenta d’un rictus mécanique avant de lever discrètement les yeux au ciel. Après le café accompagné d’un cognac pour les hommes, les Pierre et les Doussin ont décidé de profiter des derniers moments mal ensoleillés de cette journée de novembre pour effectuer une promenade digestive dans les rues du vieux Troyes. Au moment de quitter l'appartement, la mère d'Odile a glissé quelques mots à sa fille qui a commencé à débarrasser la table en traînant les pieds avec grâce. À chaque mouvement, sa mèche auburn cachait et dévoilait une partie de son visage, une bouche pleine et pourpre, un grain de beauté sur la tempe, un front petit. J'ai proposé à Bernard que nous l'aidions, non par altruisme et encore moins par une volonté anachronique de remettre en cause la répartition des tâches ménagères en ce début des années 60, mais parce qu'Odile commençait à me plaire. Nous avons d'abord méticuleusement fini tous les fonds de verre, mélangeant vin, champagne et cognac, avant de laver et d'essuyer la vaisselle en pouffant comme des crétins et en cassant deux assiettes. J'ai eu l'impression pour la première fois qu'Odile me regardait avec bienveillance et j'ai cru même déceler un sourire à mon intention sur ses lèvres aussi rouges que le plastron du maillot du Stade rémois. Elle n'a cependant pas daigné nous suivre dans la chambre de son cadet, réintégrant la sienne pour retrouver les joies rotatives du Teppaz sans que rien ni personne ne lui interdise de monter les décibels. Très excité, Bernard a tenu absolument à me montrer la secrète et précieuse collection qu'il gardait dans un carton glissé sous son lit. Il s'agissait d'une quinzaine de têtes réduites qu'il avait lui-même réalisées d'après les photographies d'authentiques *tsantzas* confectionnées par les Indiens jivaros à partir des têtes décapitées de leurs ennemis. Ces rituels chamaniques fascinaient Bernard qui rêvait de devenir ethnologue ou anthropologue (il ne voyait pas trop bien la différence, moi non plus d'ailleurs) pour explorer la haute Amazonie mais son père ne semblait pas vraiment convaincu par ce projet. En attendant de trouver les bons arguments, il fabriquait ces têtes avec de l'argile, du tissu, des fils de toutes sortes et même de vrais cheveux. Le résultat était impressionnant même si je n'ai pas tout saisi de ses explications enflammées et confuses, la passion embrouillant ses veines et neurones tout autant que les degrés d'alcool dont je commençais à sentir aussi les effets inédits. Les posters de footballeurs étaient encore étalés sur le lit et j'ai soudain eu l'idée de faire des images formidables. Si Bernard était dans son moment *anthropologie*, je n'étais pas encore sorti pour ma part de ma période *photographie*, ne me déplaçant jamais sans mon Kodak Brownie Flash ni la velléité de renouveler mon inspiration forestière. Mon projet consistait à poser les têtes miniatures en volume sur les visages des footballeurs et sur les ballons des posters pour les photographier. L'agencement fut sur le moment à la hauteur de mon intuition alcoolisée, les crânes réduits devenant de grands masques grotesques prolongeant des sauvages en short dont les pieds s'apprêtaient à exploser une autre face bouillie en lieu de ballon. Bernard a d'abord paru perturbé par ce geste sacrilège qui dénaturait, en les rassemblant, ses deux grandes passions. Mais il a très vite commencé à pousser des cris enthousiastes en me voyant manipuler ses têtes et les photographier comme si j'avais redonné une âme aux malheureux ennemis imaginaires qui l'avaient perdue au moment de la séparation du corps. Pour les Indiens – selon les explications nébuleuses de Bernard –, ce qui survit est une vapeur : il faut l'emprisonner pour se prémunir de sa vengeance et s'approprier sa force. Sans doute la photographie est-elle une sorte de rituel jivaro quand on a quinze ans et qu'on est ivre pour la première fois. Conscient de mon état, j'ai vérifié à plusieurs reprises la mise au point, veillant à ne pas trembler en appuyant sur le déclencheur.

Les gloussements répétés de Bernard ont alerté Odile qui a débarqué dans la chambre. Elle a considéré avec intérêt mon appareil photo, sans un regard pour la tête effrayante de Jonquet qui semblait souffrir éternellement de son péroné brisé par Vavà. Elle m'a demandé s'il me restait des vues sur la pellicule – j'ai répondu oui – et si je voulais bien la prendre en photo – et j'ai répondu oui aussi. Visiblement satisfaite de mes réponses, elle m'a invité à la rejoindre dans sa chambre où elle avait besoin de quelques minutes pour se préparer. Bernard a suivi ce dialogue avec un drôle d'air qu'il ne m'a pas laissé le loisir d'interpréter car il a soudain foncé vers les toilettes pour y vomir longuement. J'ai frappé à la porte de la chambre d'Odile qui m'a accueilli dans une tenue vert pomme et très courte. J'ai tout de suite pensé que la couleur serait moins décisive pour mes photographies en noir et blanc que le dévoilement de la chair éclatante au-dessus du genou. J'ai tenté d'avoir les gestes d'un type roué, habitué à ces séances, alors qu'en vérité j'étais terrorisé. Devant la tapisserie fleurdelisée de sa chambre, Odile a commencé à prendre la pose des starlettes dans les revues et c'était là tout le problème : je savais à peu près comment photographier des images, posters ou illustrations des magazines, mais pas du tout comment on s'y prenait avec un corps réel et mouvant, fort désirable qui plus est. J'ai fait ce que j'ai pu, cinq clichés, puis Odile s'est approchée de moi pendant que je rembobinais la pellicule, et sans prévenir a posé ses lèvres sur les miennes et glissé sa langue dans ma bouche. À peine avais-je eu le temps de comprendre ce qui se passait et de réfléchir à la manière de prolonger ce miracle que nous avons entendu la porte d'entrée de l'appartement s'ouvrir. La fin de la promenade parentale signait aussi celle de mon premier baiser.

Contrairement à ces mémorables secondes, mon souvenir de ce qui suivit n'est pas très net. Je crois que les femmes ont pris une tisane et les hommes un nouveau cognac. Pour ma part, je flottais, encore bouleversé qu'une part intime d'autrui – en l'occurrence Odile – ait pu pénétrer la mienne et vice versa. Ce n'était certes qu'un bref échange de salive alcoolisée mais il me semble que rien dans ma vie amoureuse ne dépassera par la suite la violence érotique de ce transport, sa puissance de déflagration, cette impression d'être, comme une sorte de gant retourné, à la fois profondément soi et totalement un autre. Il faisait nuit noire depuis longtemps quand mes parents ont dit qu'il était l'heure de rentrer à Arcis sans esquisser le moindre mouvement pour joindre le geste à la parole. Ils ne paraissaient en rien décidés à se lever du salon des Doussin où nous étions tous installés (sauf Bernard qui devait traverser des moments difficiles étendu sur son lit, la tête à l'envers et le ventre en compote). Pour une fois, j'étais enchanté de ce manque d'empressement me permettant de demeurer en présence d'Odile quelques précieux instants encore, même si je n'avais plus rien à espérer que la regarder à la dérobée, assise sur le faux tapis persan comme Jane Russell sur une meule de paille dans *Le Banni* d'Howard Hughes. Toujours embrumé par le vin et enflammé par le baiser, mon esprit échafaudait des scènes de western torrides quand la sonnerie du téléphone a retenti dans la pièce et que la réalité du Texas a vite supplanté la fiction d'un Texas légendaire et canaille où mon imagination m'avait égaré. Doussin a décroché, écouté son interlocuteur en silence avant de revenir vers nous avec un visage grave et ces quelques mots : "Il s'est passé quelque chose à Dallas." Il s'est empressé d'allumer la radio (car les Doussin avaient une fille sublime et un garçon jivaro mais pas de télévision). Nous nous sommes tous rapprochés du poste pour écouter l'Inter Actualités de vingt heures et la voix de Raymond Tortora lisant les dépêches en provenance des États-Unis. La réception radio était bien meilleure que dans la baie de Puerto Vallarta et nous avons compris à vingt heures trente que les blessures du Président s'avéraient plus sérieuses que nous l'avions cru ou espéré quand le correspondant de France Inter à New York annonça que deux prêtres catholiques s'étaient rendus dans la chambre d'hôpital où Kennedy recevait une transfusion sanguine. Cinq minutes plus tard, la nouvelle de sa mort était rendue publique sur toutes les ondes de la planète et à vingt-deux heures nous passions la porte de notre maison d'Arcis. Au même moment, Ava Gardner titubait à moitié nue sur la plage de Mismaloya écrasée par la chaleur des premières heures de l'après-midi.

La confirmation de la mort du Président avait traumatisé toute l'équipe, incrédule, hébétée. Le tournage avait été suspendu et chacun à sa manière avait exprimé son désarroi : Sue Lyon pleurnichant comme un bébé se blottissait dans les bras de tous ceux qu'elle croisait, Liz Taylor et Deborah Kerr paraissaient frappées d'aphasie, les Mexicains riaient nerveusement tandis qu'Ava, Burton et Huston s'imbibaient de raicilla, un mezcal de contrebande produit localement et qu'Ava qualifiait de "pisse de cactus". L'actrice n'avait pas besoin d'un alcool d'agave à soixante degrés pour faire ce qu'elle voulait, sans pudeur ni souci des convenances, et elle avait ôté ses vêtements. Elle a pris une grande rasade cul sec en étouffant un juron avant de se lever et de faire quelques pas chaotiques. Elle s'est dirigée vers la mer en soutien-gorge et culotte noirs ornés de dentelle qu'elle a fait valser sur le sable pour plonger dans les vagues. Dans ses Mémoires, John Huston – dont le sens de la mise en scène égalait la science de l'ivrognerie et de l'affabulation – écrira que le jour de l'assassinat de JFK il avait vu Ava Gardner se baigner nue dans le Pacifique. Il se souvenait d'avoir aperçu dans l'écume des seins ronds et pleins couronnés de tétons roses, une peau d'ange, une étoile sombre aux reflets roux qui brillait sous la mer.

XXX

Quelques jours avant Noël, j'ai envoyé par la poste les photographies réalisées un mois plus tôt en deux paquets distincts, l'un adressé à Bernard et l'autre à Odile. Je n'ai jamais reçu de réponse ni un quelconque signe de la part des enfants Doussin malgré la dédicace amicale accompagnant les images de footballeurs à têtes réduites et le poème fractionné en cinq quatrains écrits au dos des photographies montrant Odile dans des poses aussi émouvantes que ridicules. J'avais soigné mes vers et l'absence de retour me fut désagréable, douloureuse même, car je me souvenais des mots qu'Odile m'avait murmurés à l'oreille quand nous avions quitté l'appartement de Troyes : "On s'en fiche de Kennedy. Gardons le contact. Et surtout écris-moi. Je veux te revoir. Très vite." Son silence est resté depuis lors un mystère sur lequel aucune commission Warren ne s'est penchée, donnant peu à peu crédit dans mon esprit à la thèse du complot au détriment du malheureux concours de circonstances. À la fin de l'été 64, M. et Mme Doussin sont venus déjeuner un dimanche midi à la maison, sans Bernard (qui participait à un camp d'archéologie dans les Vosges) ni Odile (qui passait une semaine de vacances à Noirmoutier avec son petit ami avant de commencer des études de commerce à Nantes). “Espérons qu'on n'assassine personne aujourd'hui !” a dit Doussin en saluant mes parents. Dès l'apéritif, mon père a entamé un récit exhaustif de nos vacances de juillet dans le Massif central et je me suis préventivement éclipsé dans ma chambre avant qu'il n'aborde ce qui en avait constitué le point d'orgue ou plutôt *le sommet* (comme disait mon père très fier de sa trouvaille) : la passe d'armes entre Poulidor et Anquetil sur les pourcentages du puy de Dôme badigeonnés au Ripolin des légendes.

Depuis novembre, j'avais connu d'autres petites amies, quelques baisers moins interrompus mais guère plus satisfaisants ; j'avais écrit d'ultimes poèmes aussi vite déchirés, mal appris à dissocier le désir de son interprétation sans comprendre alors que l'acte ne réussit jamais si bien qu'en échouant, et j'avais beaucoup regardé les images d'Ava Gardner dans la petite fenêtre de mon nouvel Agfa Selecta. Cependant, l'inachèvement de l'histoire avec Odile me tourmentait encore. J'ai souvent pensé que les premiers symptômes de ma pente mélancolique avaient commencé cette année-là, entre novembre et août, à contre-courant du maillot violet Mercier et du maillot jaune barré Saint-Raphaël, quand l'indécision du souvenir tombait dans les mollets et que du jardin d'Arcis montaient les voix des Doussin – un nom que j'associe encore aujourd'hui à un mélange de tendresse et de violence, à des morceaux de corps tendre aperçus, à Dallas, aux têtes réduites des footballeurs, au goût du premier baiser qui sentait le champagne et la cervelle mélangés à la commissure des angoisses et des promesses. Il est vrai aussi qu'à seize ans on peut faire tout un plat de pas grand-chose – un bref contact buccal par exemple – alors qu'à quarante, nous allons le voir, il arrive que pas grand-chose ruine les meilleurs plats comme les belles amitiés du dimanche. Quand je suis redescendu à la table du déjeuner, l'absence d'Odile a pris soudainement l'odeur carbonisée de l'agneau oublié sur les braises. En voyant qu'une fumée noire mangeait les feuilles du noyer, j'ai deviné que la faconde généreuse de mon père l'avait immanquablement détourné de la gestion raisonnée du barbecue. Les côtelettes sorties du feu arboraient l'air émouvant de croissants de lune pétrifiés dans le charbon. Mon père s'est excusé de sa distraction en faisant de mauvaises blagues sur les gueules noires syndiquées du Nord et ma mère navrée a servi des flageolets orphelins et tièdes dans les assiettes. Par la suite, je n'ai plus jamais entendu parler des Doussin qui nous avaient embrassés avec beaucoup de chaleur avant de rejoindre leur DS grenat et leur appartement du centre-ville de Troyes.

Deux cents kilomètres plus loin, à Guitrancourt dans les Yvelines, ce même dimanche d'août 1964, l'acteur Alain Cuny est invité à déjeuner chez Jacques Lacan. Dans sa maison de campagne de La Prévôté, le psychanalyste ne s'est pas risqué à faire des grillades et le repas – bresaola au chèvre frais, épinards et ciboulette, croustillant de Saint-Jacques, taboulé de fruits rouges à la menthe – fut excellent. Les deux hommes parlèrent du personnage de Steiner, que l'acteur interprétait dans *La Dolce Vita*, et dont Lacan éclaira la complexité avec une intelligence éblouissante. La conversation porta ensuite sur *Huit et demi*, le dernier film de Fellini, qui témoignait de la découverte récente par le cinéaste de la psychanalyse jungienne. Lacan dit qu'il trouvait l'œuvre de Fellini passionnante, tout en réglant son sort au film et à Jung en quelques phrases acérées sous leur bienveillance apparente. Cuny était admiratif de cette mécanique intellectuelle si virtuose qu'elle en venait à le mettre mal à l'aise, jusqu'à chiffonner son visage impassible et sauvage de chaman breton. Après le déjeuner, Jacques Lacan a conduit son hôte dans une annexe du bâtiment principal de La Prévôté. Il s'agissait d'une grande pièce, très haute de plafond, qui ressemblait un peu à un atelier d'artiste et qui faisait office de bibliothèque et de bureau. Une loggia, face au jardin, surplombait le vaste cabinet de travail. Ils ont gravi une dizaine de marches pour y accéder et le psychanalyste, l'œil gourmand, a désigné un petit tableau d'André Masson accroché au mur. Ils se sont approchés. Cuny a trouvé que le tableau n'était pas terrible mais il n'a rien dit. Dans un cérémonial à la lenteur étudiée, Lacan a ensuite tourné une clef, fait glisser le mince panneau peint par Masson hors du cadre doré afin de dévoiler l'image qu'il cachait. Le psychanalyste – qui avait un goût immodéré pour les situations théâtrales, les jeux de masques, les déguisements – a observé intensément la réaction de l'acteur puis il a posé son index sur sa bouche. Depuis qu'il avait acquis le tableau avec sa femme Sylvia en 1954, il avait intimé le silence à tous les (rares) privilégiés auxquels il avait joué la cérémonie du dévoilement, évitant de dire ou de laisser entendre qu'il le possédait. Jusqu'à sa mort en 1981, Lacan répétera ce rituel, avec appétit mais parcimonie, pour une dizaine ou une quinzaine d'élus tout au plus, dont Marguerite Duras qui n'en parlera jamais. Je ne sais pas comment a réagi Alain Cuny en découvrant l'œuvre invisible de Courbet, dont on avait perdu la trace depuis des décennies jusqu'à douter de sa réalité tant elle paraissait relever du fantasme, du canular ou du fantôme. Peut-être s'est-il souvenu des mots que sa voix claudélienne avait articulés, cinq ans auparavant, dans la bouche du désespéré Steiner : "La nuit, parfois, cette tranquille obscurité me pèse. C'est la paix qui me fait peur et je la redoute par-dessus tout. J'ai l'impression qu'elle n'est qu'une apparence. Qu'elle cache un enfer. Et il m'arrive de songer aussi à ce que verront mes enfants. Il faudrait vivre en dehors des passions, au-delà des sentiments, dans l'harmonie totale d'une œuvre d'art… C'est impossible… Il faudrait s'aimer dans un monde idéal, en dehors du temps, détaché…" Et l'acteur aurait ri doucement en regardant Lacan comme il avait regardé Marcello en répétant : "Détaché…"

À mes yeux de 1964, certains détails se révélaient moins flous tandis que d'autres s'obscurcissaient par la grâce douloureuse des promesses. Je m'éloignais peu à peu de mes parents en découvrant le désir et ses blessures, en entrevoyant les frontières confuses d'un monde idéal à inventer et pour lequel il faudrait lutter pied à pied. En bon adolescent, je ne craignais en rien l'outrance des sentiments, des idées, des postures, persuadé que la genèse et l'apocalypse étaient une seule et même histoire, comme un rideau demeure un rideau, qu'il soit ouvert ou fermé. Lacan a lentement repositionné le panneau de bois peint sur *L'Origine du monde* et Cuny-Steiner a poussé un vague soupir de cathédrale que l'on pouvait interpréter comme une manifestation de soulagement ou bien de déception. C'était fini. Cela commençait.

XXXI

Je me souviens que ma mère me lisait des passages de la Bible lorsque j'étais enfant. Sa voix était empreinte d'une ferveur contagieuse qui rendait ses récits fabuleux. Mon père, plus pragmatique, avait une foi s'enracinant moins dans les fondements théologiques de la religion que dans ses représentations : "Tu ne te demandes pas de temps à autre, Jacques, pourquoi les Soviétiques et les Apaches n'ont jamais construit de cathédrales ? Réfléchis bien à la question et tu auras la réponse !" Évidemment, je ne me risquais pas à répliquer sur ce terrain. Je feuilletais le *Catéchisme illustré* de la vénérable Maison Mame dont la couverture bleue montrait Jésus délivrant sa bonne parole à des enfants d'Afrique et d'Orient sous l'œil attentif d'un petit garçon brun et d'une petite fille blonde en uniformes de louveteaux. Je m'attardais longuement sur chacune des illustrations du livre et particulièrement sur celles qui montraient saint Matthieu, saint Pierre et saint Paul. Plus tard, quand j'ai découvert les peintures du Caravage, je me suis souvenu des vignettes du *Catéchisme illustré* de mon enfance et il m'est apparu peu à peu que Poussin s'était trompé ou mal exprimé : le Caravage n'était pas venu au monde pour détruire la peinture, au contraire, mais pour détruire l'imagerie et avec elle l'étayage de la foi. C'est pourquoi ses œuvres sont fascinantes, elles se constituent en tant que vision pure, débarrassée de l'*istoria*, de toute possibilité de transcendance et de perspective édifiante. S'il avait été moins bavard et moins savant, j'aurais aimé en parler avec Antonio, débattre avec lui de l'hypothèse, évidente pour moi à défaut d'être originale, que la *Tête de Méduse* inventait le vrai visage de *L'Origine du monde*, sa part manquante, décapitée. Qu'elle était à la fois Méduse et Persée, projection du regard du spectateur et suaire de Véronique, miroir et tombe. Et je dois avouer, tout à mes obsessions, que je ne peux plus regarder cette peinture du Caravage sans voir une ressemblance troublante entre les traits de la Gorgone et ceux d'Ava Gardner. Pour s'en convaincre, il suffit d'aller aux Offices à Florence, de se rendre directement dans la salle 43, et de dévisager longuement le bouclier convexe où le reflet de la figure d'Ava ne manquera pas d'affleurer au cœur de la corolle de serpents, à moins d'être aveugle ou de faire preuve – ce qui peut arriver – d'une rare mauvaise foi. Et pour que l'expérience soit tout à fait réussie, on peut revenir sur ses pas jusqu'à la salle 28 et se laisser regarder par le grand nu féminin de Titien, lui rendre son regard et découvrir que la Comtesse aux pieds nus est bien l'autre nom de la Vénus d'Urbino, comme l'avait remarqué Rotunno dans son viseur une nuit d'août 1958.

L'actrice et le chef opérateur se sont vus pour la dernière fois sur le tournage de *La Bible* de John Huston. Un an après *La Nuit de l'iguane*, le réalisateur avait de nouveau souhaité travailler avec

Ava et lui avait réservé le rôle de Sarah, la femme stérile qui, fort opportunément aidée par la bénédiction divine, donna naissance à un fils à l'âge de quatre-vingt-dix ans, devenant ainsi "la mère des Juifs". On peut noter, soit dit en passant, combien les invraisemblances bibliques pouvaient s'accorder avec les outrances d'Hollywood et avec la certitude partagée d'être un peuple élu. Pour persuader Ava Gardner de participer à ce projet auquel il ne croyait guère, John Huston lui a écrit qu'il était impatient de la voir sur le dos d'un chameau au galop, enrubannée dans des caftans multicolores… Il a ajouté en mentant probablement mais joliment : "La vérité, ma chère Ava, c'est que je voudrais que tu sois dans tous les films que je ferai, jusqu'à la fin de ma vie." Le tournage s'est étiré de l'été à l'automne 64 dans diverses régions d'Italie (mais pas à Florence) : dans les studios de Rome, dans les Abruzzes puis sur la côte est de la Sicile. Il fut aussi âpre et tumultueux que celui de *La Nuit de l'iguane*, ce qui prouve qu'il n'y a pas forcément de corrélation entre les difficultés de la fabrication d'un film et sa réussite artistique : si *La Nuit de l'iguane* me semble magnifique, *La Bible* est un péplum épouvantable, statique et lent, boursouflé jusqu'à rendre certaines scènes presque réjouissantes à force de mauvais goût. En voyant le film, on sent que des centaines de figurants ont erré sur le plateau à la recherche d'une indication scénique ou d'une improbable manifestation du Créateur pour les sortir de cette galère. Huston, qui interprétait Noé, avait embarqué tout ce monde dans son arche de carton sans laisser croire un instant que les félins et les décorateurs, les sangliers, les brebis, les scénaristes, les oiseaux et tout ce qui a des ailes, les producteurs, les veaux et les reptiles, toute chair ayant force de vie, mâle et femelle, puissent un jour arriver à bon port. Ainsi, perdus au milieu de paysages désertiques, d'une ménagerie à la dérive et d'une équipe monstre, Giuseppe Rotunno et Ava Gardner n'eurent-ils pas vraiment le loisir de bavarder ni de retrouver la complicité née en marge de *La Maja desnuda*. Il faut dire que l'actrice était accaparée par sa liaison chaotique avec l'acteur George C. Scott qui jouait Abraham, l'époux de Sarah. Les cheveux longs et blanchis pour le vieillir, artificiellement ridé, mal grimé, grandiloquent dans son jeu, il ressemblait davantage à un vieux hippie sous acide qu'au majestueux prophète représenté par le Caravage ou Rembrandt dans *Le Sacrifice d'Isaac*. Scott partageait avec l'actrice le goût des vertiges et des gouffres alimentés par l'alcool, les jalousies, les fureurs. Quand il avait bu plus de sept ou huit verres (c'est-à-dire tous les soirs ou presque), il devenait violent, incapable de contrôler sa colère et ses coups dont il se repentait misérablement le lendemain, rampant aux pieds d'Ava qui le toisait avec mépris. Très vite pourtant, parfois le soir même, elle retombait dans ses bras et sous ses poings puissants, la réconciliation extatique dans les draps préparant une nouvelle séance de griffures, d'insultes, de gifles, de bouteilles et de tisonniers balancés à travers la chambre. Après qu'Ava s'était pointée plusieurs matins le visage et le corps marqués par les excès de cette relation orageuse, John Huston a trouvé que cela commençait à bien faire et que les maquilleuses n'étaient pas payées pour dissimuler ecchymoses, hématomes et plaies sous une triple couche de fond de teint. Il a discrètement pris contact avec Sinatra pour l'informer de la situation et la chose fut vite réglée. Trois gros bras de Catane ont débarqué sur le plateau avec des arguments dissuasifs et la mission de tenir George C. Scott à distance d'Ava Gardner afin d'éviter que leur passion alcoolisée ne démolisse trop dommageablement les faces bibliques d'Abraham et de Sarah.

On ne plaisantait pas avec la religion dans la Mafia sicilienne. Ni avec grand-chose d'ailleurs, ce dont je commençais à avoir confirmation en poursuivant sans entrain mes recherches, comme ce mardi 5 décembre 1995 où j'avais longé la Loire jusqu'à Nantes pour chercher dans les réserves poussiéreuses des bibliothèques un supplément d'informations sur John Roselli, l'un de ces charmants mafieux ayant croisé de près ou de loin les photographies qui m'intéressaient. J'ai vite déchanté : cet après-midi-là, toutes les bibliothèques municipales et universitaires étaient fermées en raison du mouvement de grève national contre le plan Juppé. Des dizaines de milliers de personnes battaient le pavé nantais en portant haut banderoles, pancartes et à tue-tête les paroles crachotées par la sono mobile : *E quest' è il fiore del partigiano… O bella ciao, bella ciao, bella ciao ciao ciao…* J'ai appelé Laurent depuis une cabine téléphonique et il m'a rejoint dans un bar du Bouffay où il a fulminé, entre deux gorgées de bière, contre les gauchistes et le froid de gueux qui s'étaient abattus en même temps sur la France. Il y voyait la preuve indubitable que les drapeaux rouges sortaient à peine décongelés des tiroirs sibériens de Brejnev et de ses camarades momifiés. J'ai souri en pensant à Ariane que Laurent ne connaissait pas.

Leur rencontre au Lenin Café s'annonçant potentiellement explosive et réjouissante, je me suis promis de l'inviter à venir passer quelques jours sur l'île au printemps. Celui-ci parla ensuite de *La Cérémonie* de Chabrol, un film qu'il avait vu récemment au cinéma et qu'il avait, à l'inverse de moi, détesté. J'écoutais d'une oreille distraite sa drôle et longue diatribe, bien décidé à ne pas lui faire le plaisir de contre-argumenter, quand je me suis aperçu qu'une femme, buvant un thé avec une amie trois tables plus loin, me regardait fixement.

XXXII

La femme portait avantageusement la quarantaine bien mûre. Plutôt jolie selon mes critères et les attentes désormais dévolues à mon âge, elle me troublait aussi par la familiarité que je croyais déceler dans ses traits. Mais contrairement à la ressemblance d'Ava Gardner avec la *Tête de Méduse*, le second terme de la comparaison m'échappait. Je n'ai pas eu à chercher longtemps : la femme a chuchoté quelque chose à son amie avant de se lever et se diriger vers moi. Elle m'a demandé avec un grand sourire : "Ne seriez-vous pas l'assassin de Kennedy par hasard ?" Sans attendre ma réponse, elle a posé une carte de visite sur la table et s'est dirigée vers la sortie en disant : "À bientôt qui sait ?" Je l'ai regardée s'éloigner dans la rue à travers la vitre du bistrot et, quand elle a disparu de mon champ de vision, j'ai examiné le petit rectangle de carton qu'elle m'avait laissé. Sous le logo d'une entreprise inconnue étaient écrits son nom, *Odile Doussin-Després*, sa fonction, *Manager Ressources Humaines*, et un numéro de téléphone, *02 40 29 19 72*. Cette apparition, trente-deux ans après notre unique rencontre, m'a remué la mémoire et les sangs, contrairement à Laurent qui, nullement décontenancé, a continué à fustiger le petit marxisme hitchcockien de Chabrol, comme s'il était dans l'ordre naturel des choses qu'Odile Doussin de Troyes surgisse du cœur des années 60 pour venir vers moi, me sourire et me glisser quelques mots dans un bistrot nantais, un jour glacial de décembre et de grève nationale.

Après avoir pris congé de Laurent, j'ai marché au hasard dans les rues où les commerçants baissaient les grilles métalliques devant leurs vitrines. Je gardais mes mains dans mes poches, autant pour les protéger du froid que pour sentir dans ma paume droite le petit carton avec le numéro de téléphone d'Odile, pressentant combien il allait soumettre à la torture mon irrésolution maladive. Les arguments opposés, qu'ils soient sincères, aventureux, imparfaits ou réalistes, se bousculaient déjà pour équilibrer les plateaux du trébuchet où délibéraient ma conscience et mon envie, mon angoisse et ma volonté, les unes les autres aussi volatiles que le grésil commençant à tomber du ciel. En réfléchissant, je comprenais mieux pourquoi je n'avais pas décelé, sur le moment, à qui me faisait penser cette femme que je connaissais sans la reconnaître : elle ne ressemblait à personne d'autre qu'à elle-même mais vieillie d'une trentaine d'années, ce qui pouvait paraître une misère ou une éternité selon le point de vue et l'échelle de mesure du temps adoptés. Mes pas suivaient le mouvement erratique de mes pensées, la seule certitude – navrante ou non – étant que le charme d'Odile agissait sur moi comme si nous avions encore dix-sept ans, un goût de champagne sur les lèvres à défaut de cavatines, de limonade ou de bocks, de tilleuls sur la promenade.

La mienne m'avait fait déboucher en plein milieu du cortège des manifestants qui remontait le cours des 50-Otages. Je les ai regardés passer, curieux et nostalgique à la fois. Presque sans l'avoir décidé, je me suis laissé entraîner par ce flot humain qui me rappelait ma jeunesse et la fin des années 60, quand Ariane m'avait depuis longtemps fait oublier Odile et que la préparation de la révolution s'était substituée à mon goût petit-bourgeois pour la photographie, ainsi que les ferveurs largement se modifient en cet instant béni de flottement où la mort officielle de l'adolescence n'a pas encore laissé la place à l'âge adulte. Et rien ne pressait d'y entrer tête baissée en suivant l'exemple grégaire des parents, non, bien au contraire, il importait de voir loin, plus loin que le bout de son nez, de lever haut son regard, son poing, ses idées en direction des beaux lendemains, au Chili, à Cuba ou en Chine par exemple. Les motifs de lutte ne manquaient pas, du Viêtnam à la défense des travailleurs immigrés, de Pierre Overney bientôt à la Grèce des colonels et à l'Espagne de Franco, de la libération des corps à celle des arbres fruitiers, de la Palestine à l'autogestion. C'était d'ailleurs pour nous un petit souci, parmi d'autres certes, mais de plus en plus difficile à ignorer, un gros souci en fait : comment réussir à faire tenir tout cela ensemble dans une même doctrine qui soit cohérente et viable dialectiquement, politiquement, pratiquement ? Je me souviens que nous déployions alors des trésors contradictoires d'enthousiasme et de rhétorique, c'est-à-dire que nous faisions sans cesse le grand écart entre l'un (la bonne foi de la cause) et l'autre (la mauvaise foi du discours). Et puis nos adducteurs ont peu à peu commencé à siffler, les dissensions à nous épuiser, les luttes à s'enliser – et hop ! l'âge adulte était là.

Tout en marchant au milieu du cortège et des souvenirs de mes vingt ans, je me suis senti envahi par un sentiment nauséeux de honte et de dépossession en me demandant comment j'avais bien pu passer des espoirs universalistes et généreux de ma jeunesse à la quête débile et désespérée de l'image du sexe d'une actrice hollywoodienne. Mais plus encore que ce constat désabusé m'a dévasté la prise de conscience d'être maintenant incapable de croire au plus infime frémissement de ces élans collectifs, à la première syllabe des slogans joyeusement scandés par la foule. Celle-ci, énorme et déterminée, colonisait tout le centre-ville de Nantes comme un serpent qui, à force de se mordre la queue, était devenu pieuvre en lançant depuis les artères principales ses tentacules vers les rues adjacentes. L'ardeur de l'élan qui défiait l'hiver et le Premier ministre droit-dans-ses-bottes aurait dû m'entraîner par contagion, ou sursaut nostalgique, alors que c'était l'inverse : tout me semblait ridicule, aussi naïf que vain, et je ne pouvais m'empêcher d'imaginer que des sales types tiraient dans l'ombre les ficelles de ce grand jeu, jusqu'à voir le service d'ordre de la CGT comme un nouvel avatar du syndicat des camionneurs d'Hoffa, avec ses gros bras, ses mafieux, ses politiciens véreux. La nuit tombait. Mon propre désenchantement et mon cynisme m'écœuraient. Je me suis écarté de la marée humaine qui commençait à se disloquer et j'ai traîné ma mélancolie au hasard des rues et de quelques bistrots où des grappes de manifestants venaient se réchauffer, les banderoles impeccablement roulées en attente de la prochaine fois. À la fin de cette journée prodigue en fantômes, j'ai pensé que la compagnie d'une spécialiste en ressources humaines serait du meilleur secours tant les réserves des miennes s'approchaient du zéro et que j'avais diablement besoin d'un grand bol d'humanité. Au sortir des Vignes du Seigneur, vaguement rasséréné par une piquette à la transsubstantiation peu nette, j'ai hésité à m'arrêter dans une cabine pour composer le numéro figurant en bas de la carte d'Odile mais je me demandais avec inquiétude s'il s'agissait d'un numéro professionnel (et dans ce cas il y avait de grandes chances que personne ne réponde à cette heure) ou bien de celui de son domicile (avec le risque de tomber sur M. Després et de devoir tout lui raconter : "Je suis une vieille connaissance de votre épouse, enfin connaissance c'est un bien grand mot, à vrai dire nous ne nous sommes vus qu'une seule fois, le 22 novembre 1963, oui le jour de l'assassinat de Kennedy on ne risque pas d'oublier, je l'avais prise en photo et puis nous nous étions embrassés, c'était mon premier baiser, ça compte vous comprenez et j'aimerais beaucoup reprendre contact avec elle, en tout bien tout honneur évidemment, aucune inquiétude à avoir, faites-moi confiance je me suis beaucoup assagi en trente-deux ans, vous seriez donc très gentil, cher monsieur Després, de me passer votre femme s'il vous plaît…").

Cette perspective pouvait refroidir moins indécis que moi et j'en étais là, incapable de résoudre ce dilemme (appeler ou ne pas appeler Odile), quand je me suis retrouvé par hasard au mauvais endroit, en plein cœur d'une bataille rangée entre des CRS et de jeunes manifestants aux visages masqués qui prolongeaient avec un supplément de conviction les tensions de la journée. Les projectiles volaient de part et d'autre dans une odeur âcre de lacrymogènes ; des gens couraient dans tous les sens ; on entendait des cris, des détonations, des sirènes ; je me suis réfugié sous un porche où j'ai noué mon écharpe sur ma bouche et mon nez pour me protéger des gaz. Je retrouvais là d'anciens réflexes prouvant que *la révolution comme le vélo ne s'oublient jamais, une seule étincelle pouvant allumer un feu de prairie, cent fleurs s'épanouissant, car le pouvoir est au bout du fusil et la bouse de vache plus utile que les dogmes*, etc. Disposés en une impeccable colonne que n'auraient pas reniée les plus belles légions de César, des CRS se sont mis à avancer vers moi d'une manière peu amicale en tapant en cadence sur leurs boucliers. Une rapide évaluation du rapport de force m'a vite convaincu que la fuite était en l'occurrence la meilleure stratégie et j'ai couru en direction d'un vaste carrefour où les manifestants, protégés par des barrages de fortune, faisaient brûler des pneus et invectivaient mes poursuivants casqués. Enfiévré par la situation et emporté par une impulsion assez inexplicable, sauf à considérer le nectar des Vignes du Seigneur comme un carburant puissant distillé par le Très-Haut pour dessiller le tiers état, j'ai soudainement fait face aux CRS et balancé à leur intention quelques pavés déchaussés du trottoir. Je suis ensuite parti à toutes jambes me réfugier derrière la barricade d'un abribus renversé et sous les acclamations de mes camarades qui canardaient à mon exemple les rangs serrés des policiers.

Sonné, les poumons en feu, j'ai mis de longues minutes avant de retrouver mon souffle et mes esprits.

Je me suis alors éloigné prudemment de ce champ de bataille improvisé que baignait une lourde fumée. Je suis passé devant la gare routière en feu et le restaurant universitaire recouvert de banderoles et de slogans tagués à même la façade. En marchant d'un pas mal assuré entre des conteneurs fondus et des carcasses fumantes de voitures, j'ai rejoint le parking de la gare sud où j'avais laissé mon véhicule (heureusement intact, épargné par le discernement de mes nouveaux camarades que la presse qualifierait de *casseurs* ou de *sauvageons* avec une belle unanimité de plume et de classe). Le lendemain, j'ai découvert à la une du journal *Ouest-France* la photographie d'un type au long manteau sombre et aux cheveux grisonnants, le visage mal camouflé par une écharpe rouge, en train de lancer un pavé au milieu des brasiers. J'ai pensé qu'il serait salutaire qu'Odile ne lise pas *Ouest-France*, ou du moins qu'elle ne me reconnaisse pas en première page car il y avait peu de chance qu'une directrice des ressources humaines apprécie ce genre d'activités nocturnes participant à la chienlit générale et à la paralysie du pays qui coûtait tout de même plus de cent mille francs par jour à son entreprise. À l'inverse, il ne m'aurait pas déplu qu'Ariane découvre cette photographie avec la fierté d'avoir épousé un type qui n'avait pas froid aux yeux ni renié les idéaux de sa jeunesse. Qu'elle en vienne même à penser qu'il faudrait peut-être revoir cette histoire de divorce, hâtivement décidée en plein cœur du brouillard où se meuvent et s'embrouillent nos pensées, nos luttes, nos amours, jusqu'à se confondre avec le miroir de la Loire aux premières heures de l'aube, quand on ne sait pas encore si la lumière déchirera ou non la brume.

XXXIII

Un épais brouillard givrant laissait à peine deviner les rangs serrés des croix et des pierres levées en ce mois glacé de février 1908. Une procession de célébrités, à l'allure aussi décatie que leurs aversions et leurs vieilles amours, accompagnait un corbillard noir. Il portait la dépouille de la comtesse de Loynes née Marie-Anne Detourbay jusqu'à sa dernière demeure dans la mauvaise glaise du cimetière Montparnasse. Les terrassiers disaient que rien ne distinguait une bonne terre gelée d'une mauvaise terre gelée. Que les morts les plus aimables étaient ceux du printemps, après les grandes pluies, ou ceux de l'automne, quand les tilleuls sont roux. De l'autre côté de la Seine, enfermé dans sa chambre du boulevard Hausmann, Proust devait être l'un des seuls à comprendre quel monde envolé venait là trouver sa terre – et quel bonheur terrible il y avait à le savoir perdu et à le raconter, ainsi que la mort de nos proches au-delà du chagrin nous fait agréablement prendre conscience de notre existence, surtout lorsque l'âge augmente et que s'amenuise la honte de ces pensées.

Voilà ce à quoi ils méditaient peut-être, les vieux politiciens, les militaires cendrés qu'éclaboussaient les galons et les médailles, les égarés des salons oubliés, les jeunes ambitieux portant fièrement la particule ou la moustache (et parfois les deux), les nostalgiques de la France éternelle, les Immortels de l'Académie, tous qui grelottaient sous les hauts-de-forme. Plusieurs d'entre eux, parmi les mieux blanchis, se rappelaient sans doute qu'ils avaient, dans une autre vie dont ils venaient à douter qu'elle ait vraiment existé, fugitivement entrevu et approché le mystère de cette femme ensorceleuse et sainte, c'est-à-dire généreuse en tout, et jusque dans ses dispositions testamentaires : elle avait pris soin de léguer cent mille francs or à la jeune femme de Léon Daudet pour que celui-ci et Maurras fondent le quotidien *L'Action française*, accordant aux autres le poids infini des souvenirs et des songes. Et les vieux messieurs, par convenance ou parce qu'ils s'avisaient que les souvenirs comme les songes étaient des fumées sans secours, versaient alors quelques larmes, vite mélangées au brouillard humide qui confond tout et fait décor. Glissant des boulevards, comme du hors-champ sonore d'un film en costumes, on entendait le martèlement des sabots sur les pavés, parfois recouvert un instant par le grondement anachronique du moteur à explosion d'une automobile, qui s'éloignait bientôt dans l'hiver. Le trot rassurant des chevaux revenait, le vent glacé faisait bruire les érables et les sophoras ; on jetait une poignée de terre dans la fosse puis on rentrait lentement chez soi en parlant à voix basse, un nuage blanc devant la bouche. Les fantômes de l'haleine annonçaient la neige. Pour que les pas s'enfoncent. Que s'étouffent le grand rire de Courbet et, comme effacé par un rideau vert, le sourire obscène, délicat, de Jeanne de Tourbey. On n'y voyait rien.

Ou plus grand-chose. Avec la nuit, la visibilité s'était encore dégradée à mesure que le moteur montait dans les tours et se rapprochait de nouveau, dangereusement. C'était un gros moteur, sous une carrosserie dorée. Dans la nuit et les brumes artificielles du cinéma, Toby Dammit fonçait au volant de sa Ferrari à travers un paysage halluciné, éclairé par les phares de sa voiture décapotable – et par la science virtuose de Rotunno, moins tapageuse mais plus probante. En cet été 67, le chef opérateur travaillait pour la première fois avec Fellini à l'occasion du tournage de ce moyen métrage intégré au film collectif *Histoires extraordinaires*, constitué de trois adaptations de textes d'Edgar Poe (les deux autres étant réalisées par Louis Malle et Roger Vadim). Dans *Toby Dammit*, Fellini imagine un acteur égocentrique et alcoolique, interprété par Terence Stamp, qui est hanté par la damnation et par le diable ayant pris à ses yeux l'apparence d'une petite fille spectrale jouant avec un ballon. Rotunno parvint à créer une image crépusculaire et livide, inventant une nuit aussi translucide qu'opaque, fondue, gommeuse, gluante. "On doit réussir à saisir les perspectives dans l'obscurité", lui avait demandé Fellini dont c'est probablement le film que je préfère, parce qu'il ne dure pas trop longtemps, que tout y est indécis, brumeux, et qu'il finit par une tête coupée comme échappée d'un conte de la Terreur. Il y a aussi une brève scène miraculeuse peu avant le dénouement : Toby Dammit gare son bolide dans un village désert. Il fait nuit. Un grand drap blanc comme un suaire pend d'un balcon,

Toby se rafraîchit le visage et jette sa veste vers sa voiture, sans un regard pour un âne qui se trouve là, impassible. Des cloches sonnent. La scène dure quelques secondes. Toby repart ensuite à tombeau ouvert dans le brouillard gris et rouge pour aboutir à un pont écroulé qu'il décide de franchir, presque invité par l'apparition de la petite fille. Il y parvient mais il est décapité par un fil métallique qui protégeait l'abîme. L'enfant ramasse la tête de Toby comme s'il s'agissait d'un ballon.

Au même moment, à des milliers de kilomètres de Cinecittà où Fellini et Rotunno mettaient en image la dernière nuit de Toby Dammit, une actrice hollywoodienne plantureuse perdait sa tête – du moins l'a-t-on beaucoup raconté – dans un accident de la route. À deux heures et demie du matin le 29 juin 1967, une Buick Electra 225 métallisée s'est encastrée violemment dans un semi-remorque de cinquante tonnes sur la route 90 reliant la petite ville de Biloxi à La Nouvelle-Orléans. La vitesse excessive de la voiture n'était pas la seule cause de la collision qui avait été provoquée en premier lieu par une visibilité déplorable. On ne voyait pas à cinq mètres en raison d'une fumée compacte : un *fogging truck* signalé par un gyrophare clignotant vaporisait sur le bas-côté un épais nuage presque aussi toxique pour les humains que pour les moustiques des bayous auxquels il était avant tout destiné. Ces fumigations avaient obligé le camion à ralentir fortement et il roulait à peine à vingt kilomètres à l'heure quand la Buick, qui le suivait sans le voir, s'est enfichée fatalement sous le châssis de sa remorque. À l'intérieur de la voiture dont le toit avait été découpé et tiré vers le haut comme le couvercle d'une boîte de sardines, il y avait six humains et quatre petits chiens. La moitié de l'une et l'autre espèces survécut. Assis à l'arrière du véhicule, trois enfants n'avaient été que miraculeusement blessés malgré la violence du choc. Deux chihuahuas sortirent ensanglantés de l'épave et filèrent en hurlant dans la nuit vers les marigots voisins, ce qui n'était pas l'idée du siècle ni le meilleur endroit pour fêter leur survie puisque, sur un lit de boue et sous un ciel bas de moustiques, les alligators y grouillaient. Les autres occupants de la Buick, installés à l'avant, n'eurent pas ce sursis. Deux hommes, dont le conducteur, étaient morts sur le coup ainsi qu'une blonde atomique connue du monde entier, moins pour ses talents de comédienne que pour sa poitrine extraordinaire. Un lambeau de sa perruque blond platine accroché à l'un des montants explosé du pare-brise était possiblement à l'origine de la légende de sa décapitation. La réalité s'avérait plus atroce encore puisque l'impact avec le soc de fonte de la partie inférieure du semi-remorque n'avait pas cisaillé le cou mais arraché le sommet de la boîte crânienne en emportant la cervelle et une partie du visage poupon de Jayne Mansfield.

Commentant la nouvelle de cette mort – qui avait, scandaleusement à mes yeux, éclipsé celle de Françoise Dorléac trois jours plus tôt –, mon père avait dit : "C'est dommage de mourir si jeune et si mal, à trente-quatre ans. C'était une bonne actrice. Elle avait quelque chose…" Étrangement, je n'ai jamais réussi à oublier ces mots banals de mon père et j'y repense de manière absurde chaque fois que je me rends sur sa tombe, ou plutôt sur leur tombe, puisque ma mère l'a maintenant rejoint dans la petite concession qu'il avait pour eux réservée dans le cimetière d'Arcis avec un esprit d'anticipation qui l'honore. L'honnêteté m'oblige à reconnaître que mes visites sont rares. Je suis incapable de prier et la distance entre Chalonnes et Arcis m'a semblé une bonne excuse pour confier à un homme du village le soin et la mission d'entretenir leur tombe, de la fleurir. En vérité, les cimetières me mettent mal à l'aise et j'ai fait promettre à Rose de ne pas me donner en pâture aux vers quand j'aurai fait le grand saut. Je préfère finir en fumée.

XXXIV

Ava Gardner aurait mieux aimé partir en beauté, ainsi qu'elle avait débarqué de manière tonitruante treize ans auparavant, mais son départ de Madrid s'est fait par la petite porte, dans une indifférence qui pouvait confiner au soulagement. Ses excès et ses mauvaises fréquentations avaient fini par agacer ses plus fidèles admirateurs qui n'étaient plus bien nombreux dans la seconde moitié des années 60, tant son étoile avait pâli à mesure que sa silhouette s'empâtait et que le cinéma l'oubliait. De plus, les Espagnols ne comprenaient pas sa conduite masculine : ils aimaient les femmes qui se comportaient en femmes – et non comme Ava qui ne suivait que ses envies et ses instincts, croquant les hommes et les envoyant valser. De son côté, l'actrice avait pris conscience qu'elle en avait assez de l'Espagne où elle vivait, disait-elle, depuis trop longtemps. Elle était fatiguée du flamenco, des toreros, de la mesquinerie surtout du régime de Franco qui lui réclamait soudainement des arriérés d'impôts astronomiques, ce qui lui semblait aussi injuste qu'absurde car elle se demandait bien à quoi pouvaient servir les impôts dans ce pays où rien ne marchait correctement, du téléphone aux ascenseurs en passant par l'eau chaude.

Les rapports qu'elle entretenait avec son voisinage immédiat étaient également compliqués par son mode de vie anarchique et bruyant. Elle louait un grand appartement au 11, avenida Doctor Arce et détestait son voisin du dessous qui le lui rendait bien : il s'agissait de l'ex-dictateur argentin Juan Perón que le général Franco avait accueilli chaleureusement à Madrid en essayant de lui rendre son exil agréable, parce qu'il faut bien se serrer les coudes entre collègues, que l'on soit autocrates, plombiers ou paysans subissant les aléas du métier (coup d'État, crise du bâtiment ou météo exécrable). Perón fut vite excédé par les réceptions de sa voisine du dessus qui se prolongeaient jusqu'à l'aube et qui s'accompagnaient d'une musique trop forte et du martèlement des pieds des danseurs sur le plancher. Ava paraissait prendre un malin plaisir à irriter l'ancien dictateur populiste dont elle se moquait ouvertement. Elle disait que son épouse était épouvantable et ses deux caniches aussi ridicules que des rats frisés. Elle imitait également la mauvaise habitude qu'avait Perón de sortir régulièrement sur son balcon pour prononcer d'interminables discours en haranguant la foule imaginaire de la rue déserte. N'est pas Castro qui veut, pensait l'actrice n'ayant pas oublié Cuba ni son géant vert.

En vérité, Ava était surtout lasse des excès qu'elle ne parvenait pas à modérer ainsi que des relations louches vers lesquelles les nuits d'ivresse la conduisaient sans faillir. Elle avait quarante-cinq ans et sentait qu'elle devait quitter Madrid si elle voulait sauver sa peau. Ne s'imaginant pas revenir vivre aux États-Unis, elle a décidé d'emménager à Londres en juillet 1968. La vieille dame anglaise serait le dernier rôle de sa vie, après avoir été la petite fille pauvre de Caroline du Nord, la starlette hollywoodienne et fatale, la diablesse espagnole. Elle s'est installée dans un luxueux appartement de Park Lane, en compagnie de Reenie et de son corgi Cara qu'elle promenait dans les nombreux parcs de la ville, les boutiques minuscules, et sous la pluie la changeant de la permanence du soleil espagnol – qui lui manquait pourtant, sans qu'elle l'avoue jamais, quand elle cherchait la lumière dans un verre de gin dont elle réussissait parfois à espacer les brûlures.

Pendant le repas dans une trattoria près du Campo de' Fiori, Rotunno a longuement parlé à Rose des deux Lumière, les frères, et de sa propre théorie des trois lumières au cinéma. Ce 28 décembre 1995, il avait invité la jeune fille à dîner pour fêter le centième anniversaire de la naissance du cinéma, anniversaire qui célébrait d'ailleurs moins son invention que la première projection payante de l'histoire, a précisé le chef opérateur à Rose qui ne l'ignorait pas mais se garda bien de le signifier. Elle aimait écouter Rotunno qui semblait maintenant en confiance avec elle, s'étant débarrassé de la distance vigilante et polie qu'il avait installée lors de leurs premières rencontres. Probablement était-il soulagé d'avoir raconté à Rose tout – ou presque – de la vieille histoire des photographies avec Ava Gardner. Il se sentait allégé d'un encombrant secret qu'il avait mal porté pendant des décennies et ses confidences avaient rapproché le vieil homme et la jeune fille. Elle commençait à mieux le cerner, à apprécier sa douceur bonhomme, à goûter la justesse et la simplicité de ses paroles dénuées de tout lyrisme et de tout intellectualisme, comme s'il voulait affirmer, avec une modestie qui en devenait presque orgueilleuse, son statut d'artisan et non d'artiste. Rose comprenait aussi qu'elle était séduite par cette conversation car elle paraissait l'antithèse de celle d'Antonio. Les discours brillants de son compagnon, toujours en clair-obscur dans une imitation aussi involontaire que navrante de la peinture de son cher Caravage, l'agaçaient de plus en plus. Elle avait l'impression qu'il était toujours en représentation, étourdissant son auditoire pour mieux cacher des vérités qu'il ignorait ou bien qu'il ne parvenait pas à approcher à force de les sous-entendre. Rose était déçue également que ma rencontre avec Antonio se soit mal passée – et mes réserves mal dissimulées à son endroit lui avaient peut-être ouvert les yeux car, m'a-t-elle dit en me faisant rougir, si elle n'ignorait rien de mes faiblesses, elle s'était toujours fiée à ma manière honnête, c'est-à-dire tendre et désenchantée, d'appréhender le monde et les gens. Quand Antonio lui avait annoncé, deux semaines auparavant, qu'il passerait les fêtes de fin d'année dans sa famille en Sicile et qu'il lui avait proposé de l'accompagner, Rose avait refusé sans hésiter, se réjouissant secrètement de la perspective de rester une dizaine de jours seule dans leur appartement de Rome, tout en n'étant pas dupe de ce que cela signifiait.

Après le dîner, Rotunno et Rose ont traversé le Tibre et fait quelques pas dans les ruelles du Trastevere. La jeune fille a pris le bras de Peppino avec tendresse pour l'accompagner dans sa marche, avant de lui déposer un baiser sur la joue. Il a paru un peu surpris mais n'a rien dit. Il n'était pas désagréable à son âge de sentir les lèvres d'une jeune fille sur sa peau. De son côté, Rose a souri intérieurement en se disant qu'elle devait se méfier de son goût pathologique pour les hommes plus âgés qu'elle. Elle n'avait pas oublié sa liaison magique et pathétique, lorsqu'elle avait dix-huit ans, avec un homme – aussi célèbre que compliqué, les deux choses étant sûrement liées – ayant plus du triple de son âge. Elle ne savait plus bien si le souvenir de cette histoire la ravissait ou s'il la répugnait – mais elle se promettait de faire attention, de se garder de son tempérament d'écervelée auquel il fallait également attribuer sa fuite à Rome dans les bras italiens de son professeur d'université. La jeune fille et le chef opérateur ont débouché via della Luce et Rose a guidé jusqu'à la porte de son immeuble cet homme courtois, encore alerte pour ses soixante-douze ans (trois fois son âge donc ! – mais aussi l'âge qu'auraient eu ma mère et Ava Gardner si elles n'avaient pas disparu). Sur le seuil de la porte, au moment de le quitter et de l'embrasser tendrement sur les deux joues, Rose n'a pu s'empêcher de penser qu'au cours d'une lointaine nuit d'août 1958 le doux Peppino avait pris Ava nue dans son objectif puis dans ses bras. Et qu'à défaut de le rendre irrésistible, cela lui donnait un certain charme comme si ses yeux et son épiderme étaient encore imperceptiblement hantés par les fantômes de ce contact.

En janvier 1973, quelques jours avant de commencer le tournage d'*Amarcord*, Rotunno expérimentait de nouveaux filtres dans son laboratoire de la via della Luce quand il reçut un appel téléphonique de Johnny Roselli, visiblement aux abois. Le mafieux américain, dont Rotunno n'avait jamais entendu parler, s'exprima avec de nombreux sous-entendus auxquels le chef opérateur ne comprit pas grand-chose avant de réaliser que Roselli évoquait la photographie de *L'Origine* d'Ava et qu'il était disposé à la restituer contre un gros paquet de dollars. Pris de court et paniqué, Rotunno répondit qu'il ne saisissait rien à ce qu'on lui racontait, qu'il devait s'agir d'une erreur et il raccrocha brutalement. Durant les semaines qui suivirent, le pauvre homme réussit mal à cacher son inquiétude et ses tourments, refusant cependant de parler de cet appel à quiconque. Plus les jours passaient et plus il se demandait s'il n'avait pas rêvé – ou cauchemardé plutôt. Il mit toute son énergie dans le tournage d'*Amarcord*, feignant de croire que cet investissement effacerait par magie la voix sinistre et peu assurée de celui qui portait mal, à l'oreille du moins, son surnom d'Handsome Johnny.

Un soir, après une journée ratée où Fellini et Rotunno n'avaient pas semblé s'accorder sur le positionnement des lumières et de la caméra, les deux hommes ont pris un verre pour se projeter dans le travail du lendemain et opposer l'amitié tranquille des apéritifs aux difficultés du jour. Mais, après un second martini, Rotunno a brusquement fondu en larmes et raconté toute l'affaire au cinéaste, de la séance photographique d'août 1958 au coup de téléphone de Roselli en passant par le cambriolage de juin 1962. Fellini l'a écouté attentivement, son visage cachant mal sa curiosité, son ironie et sa compassion mélangées. Une fois que Peppino a vidé son sac, le *maestro* lui a pris les mains tendrement et laissé passer plusieurs minutes de silence avant de dire d'une voix douce qu'il fallait oublier cette histoire sans importance, ou bien en sourire, comme on se moque d'un vieux scénario oublié. Que les mafieux ressemblent à de grands enfants qui jouent aux durs en espérant faire plaisir à leurs mamans. Que les images sont des rêves qui voyagent, volatiles comme des fantômes ou des nuages. Rotunno a hoché la tête, s'est essuyé le nez avec le revers de sa veste et a bredouillé des excuses entrecoupées de petits rires. Après avoir ôté ses lunettes, il a soufflé sur les verres en regardant longuement la buée qui s'effaçait. Il a ensuite levé ses yeux nus et brillants vers Fellini qui l'a entendu murmurer distinctement : "Pour répondre à la question que tu n'as pas osé me poser, Federico, car tu es un camarade délicat, je peux te le dire et tu dois me croire : oui, elle était vraiment divine. À en mourir… Je n'ai rien vu d'aussi beau, c'était doux et violent comme un mirage. Je suis sûr que cela t'aurait beaucoup plu." Le lendemain, les deux hommes ont tourné la scène extraordinaire où le jeune Titta cherche son chemin dans le brouillard en croisant des spectres.

XXXV

Après six mois de recherches désordonnées que je qualifiais pompeusement d'enquête, j'avais désormais quelques certitudes. Hormis la grande *Origine* dérobée chez Rotunno et la petite *Vénus au miroir* dont je n'avais pas retrouvé la trace, il semblait que les images scandaleuses d'Ava Gardner avaient ricoché d'un bout à l'autre de la planète, changeant plusieurs fois de main, de la MGM à Hughes, de Sinatra à Hoover, d'Hemingway à Castro, et charriant dans leur sillage de nombreuses morts sans qu'aucun rapport de causalité ne puisse être formellement établi. Certains signes apparaissaient troublants cependant et il m'arrivait de considérer avec inquiétude le pouvoir vénéneux de ces images dont j'étais, à ma manière consentante, également la victime en y consacrant tout mon temps et une partie de l'héritage maternel. Je n'arrivais pas à démêler la cause de la conséquence, la conséquence du fortuit, le vrai du probable et le probable du fictif, tant je me méfiais de mon goût des rapprochements douteux qui me conduisaient à tirer une pelote par les cheveux comme on crible de balles ou d'aiguilles la gueule d'une belette dans une meule de foin. Car la vie est parfois pleine de surprises, tantôt facétieuses, tantôt désagréables voire cruelles.

Ainsi ce 19 juin 1975 à Oak Park, petite ville de la banlieue de Chicago où, coïncidence troublante mais non déterminante *a priori*, Hemingway était né, avait grandi, écrit ses premiers textes et reçu un fusil de chasse pour son dixième anniversaire : à Oak Park donc, dans le pavillon coquet où il résidait, Sam Giancana préparait tranquillement son repas en pensant au match de baseball entre les Pirates de Pittsburgh et les Red Sox de Boston qui serait retransmis le soir à la télévision sans se douter qu'un événement regrettable et imprévu ne lui laisserait pas le loisir de savourer l'un et l'autre. Il découpait oignons, poivrons et chorizo avec délicatesse quand il fut abattu d'une balle dans la nuque. Les tueurs ont ensuite traîné le corps de l'ancien chef de l'Outfit dans le sous-sol de la maison, l'ont couché sur le dos et lui ont tiré six balles autour et dans la bouche comme pour signifier, dans le langage raffiné et peu implicite de la pègre, qu'on le réduisait au silence. Les suspects étaient innombrables au regard des petites et grandes affaires de Giancana qui, de Chicago à Hollywood, de Cuba à Las Vegas, avaient provoqué au fil des années un certain nombre de dommages collatéraux et plus de six cents morts violentes. Quelques jours plus tard, Giancana aurait dû comparaître devant la commission Church qui enquêtait sur les agissements conjoints de la CIA et de la Mafia contre Fidel Castro et accessoirement sur les assassinats des frères Kennedy. Son témoignage étant potentiellement explosif, on pouvait émettre l'hypothèse d'une élimination préventive, soit par la CIA, soit par la

Mafia, ou bien d'un règlement de compte interne à l'organisation criminelle, fomenté par Johnny Roselli, l'ancien bras droit de "Sammy", ou par Joey Aiuppa, qui lui avait succédé comme parrain de l'Outfit. Il est vrai que ces deux hommes (mais ils n'étaient pas les seuls) avaient de bonnes raisons pour assassiner Giancana : certains connaisseurs des associations de malandrins avaient évoqué, parmi les contentieux possibles, les commissions issues de divers trafics, le partage discutable des bénéfices provenant de jeux d'argent au Mexique ou des casinos de Las Vegas, et même, de manière plus aventureuse, les photographies dénudées d'Ava Gardner réalisées à la fin des années 50. La maison de Giancana était en outre sous la surveillance constante des agents du FBI dont l'attitude négligente apparaissait pour le moins suspecte au moment du meurtre – ils n'avaient rien vu ni rien entendu –, comme dans l'enquête à venir qui allait, bien sûr, vite s'enliser. Aucun des vieux amis hollywoodiens de "Mooney" Giancana – pas même Frank Sinatra – ne fut présent aux funérailles du chef mafieux.

Il est d'ailleurs étrange de mesurer combien les hommes qui furent parmi les plus puissants et les plus craints du monde se retrouvent souvent seuls au moment de rejoindre la fosse d'un cimetière. Redoutés, admirés, flattés, entourés, cajolés la veille encore, ils n'ont heureusement pas la conscience de ce brutal abandon. Howard Hughes fut enterré le 7 avril 1976 en présence de sa tante Annette, du fils de celle-ci, William Lummis, et de quelques rares amis (mais en avait-il vraiment ?). Il a rejoint ses parents dans une tombe modeste du Glenwood Cemetery de Houston pendant que ses chers mormons, cousins, collaborateurs et avocats se disputaient déjà sa fortune et son empire à coups de testaments fictifs. Une semaine auparavant, Hughes se trouvait dans l'une des chambres du Xanadu Princess Hotel d'Acapulco. Pour des raisons fiscales autant que par hypocondrie et paranoïa, il vivait depuis deux décennies invisible et reclus dans des chambres d'hôtel du monde entier, voyageant de l'une à l'autre pour brouiller les pistes. Il réglait l'ensemble de ses affaires au téléphone et cette existence fantôme avait alimenté toutes les rumeurs. Au dix-neuvième étage de l'hôtel, il était dans un état de santé lamentable, incapable de quitter le lit de la pièce qu'il avait coupée du monde en faisant recouvrir les murs et les fenêtres de panneaux isolants et de lourdes tentures. Le milliardaire ne pesait guère plus de quarante kilos, sa peau était parcheminée, son dos couvert de plaies, ses bras maigres piqués des poignets aux aisselles, ses yeux codéinés enfoncés dans les orbites. Ses cheveux longs et la filasse de sa barbe lui donnaient l'air d'un vieux Christ halluciné dans sa chambre noire, d'autant qu'il n'était vêtu que des seuls draps du lit, comme un blanc linceul couvrant une momie desséchée.

Il était arrivé à Acapulco le 11 février, en provenance des Bahamas, accompagné de deux médecins et de six aides. Hughes demanda à l'un d'eux de lui fournir un papier sur lequel il écrivit à l'intention de ses médecins : *Je veux qu'on me laisse tranquille. Je ne veux pas qu'on me dérange. Sauf si je fais appel à vous, je ne veux pas être dérangé, sous aucun prétexte*. Il s'assoupit mais cela faisait des années que, embrumé par les drogues, il flottait continuellement entre le sommeil et la veille, sans réussir à trouver le repos ni la lucidité. Son esprit mélangeait les avions inventés et les starlettes aux poitrines généreuses, les Constellation et les étoiles, les espions et les petits pois ; il se souvenait d'avoir été le maître du monde – ou peu s'en était fallu. Qu'avec Maheu, Roselli, Hoover et Giancana, il avait échoué à empoisonner Castro avant de réussir peut-être, deux ans plus tard et avec les mêmes, à assassiner Kennedy mais ses souvenirs comme ses certitudes vacillaient. Il savait en revanche que depuis sa naissance le monde entier courait après son argent : l'État fédéral, Hollywood, la Mafia, la CIA, les communistes, les jaloux, les ratés, les microbes, les mormons. Il souriait. Ils n'auraient rien. Il avait tout ; il faisait ce qu'il voulait depuis toujours. Il était libre et il volait. Il tendit péniblement le bras vers la table de nuit gondolée, branlante, et encombrée de son salut, c'est-à-dire de la codéine, de petites coupes remplies de cachets de Valium, de flacons de Librium, d'un fouillis de seringues et d'aiguilles hypodermiques. Il sortit du tiroir une photographie 18 × 24 que ses hommes avaient astucieusement dérobée à ce porc de Hoover ou à ces idiots de la MGM. Il regarda longtemps l'image d'Ava Gardner en *Maja desnuda*, qui le toisait avec un air de défi. Il grogna vaguement ; cette garce, il ne l'avait jamais eue.

La pêche – cela fait son charme – est un divertissement honnête où l'on ne gagne pas à tous les coups et où l'on ignore toujours ce que l'on va réussir à sortir des flots, que l'on s'appelle Ernest Hemingway ou Jim Blundell. Suant sous la torpeur humide, celui-ci taquinait le poisson-chat dans les eaux peu profondes de Dumfoundling Bay, le

9 août 1976, quand il a repéré à fleur d'eau un baril en acier. À travers les trous qui criblaient le métal, il a cru distinguer un corps vêtu d'une chemise rose et une mauvaise odeur. Il a immédiatement prévenu la police de Miami. Les deux détectives chargés de l'enquête, Charles Zatrepalek et Julio Ojeda, ont découvert le cadavre d'un type dont les derniers moments avaient dû être un peu difficiles : bâillonné par une serpillière, touché par une balle à l'estomac, ouvert au couteau du nombril jusqu'au cou, les jambes tranchées à mi-cuisse à la tronçonneuse et placées verticalement dans le baril, Johnny Roselli ne faisait plus trop le malin.

En un seul morceau *a priori* (mais cela restait à vérifier), je n'étais pas loin de ressembler au charmant Johnny ce lundi matin de janvier où j'ai quitté Nantes en tentant, au prix d'efforts héroïques, de ne pas balancer ma Renault 11 et ce qu'il me restait de conscience par-dessus le parapet de la levée. La veille, Laurent et moi avions fêté le septième jour de l'année comme s'il s'agissait du dernier. Je ne me souvenais de rien (était-il possible que nous ayons rejoué *La Nuit de l'iguane* et que je sois l'iguane, *La Comtesse aux pieds nus* et que je sois les chaussures ?) et je ne voulais surtout pas me souvenir. J'ai allumé l'autoradio. Il m'a fallu rouler plus d'un kilomètre sur la Divatte, entre Boire-Courant et le Bout des Ponts, pour comprendre que France Inter diffusait depuis quelques heures – et pour plusieurs jours encore – une émission spéciale : à huit heures trente du matin, au troisième étage du 9, avenue Frédéric-Le-Play, dans l'appartement parisien que l'État avait mis à sa disposition (et non dans un baril donc, cela m'a plutôt rassuré), François Mitterrand était mort.

XXXVI

Arrivé à la maison de l'île, j'ai pris une longue douche puis, comme il arrive parfois les lendemains de cuite où la lucidité est contrariée quoique pleine d'audace, j'ai appelé l'ambassade de Cuba, une serviette nouée autour des hanches. J'avais entendu à la radio, dans les virages montant vers Champtoceaux, que Fidel Castro se rendrait le jeudi suivant aux obsèques de l'ancien président défunt. Cette nouvelle avait lentement infusé dans mon esprit et, pendant que je tentais en vain d'évacuer les toxines de la veille en me frictionnant sous le pommeau, j'avais eu l'idée de solliciter une audience avec le Leader Máximo. Comme il n'y avait rien à perdre à tenter le coup (sinon ma dignité mais mes prodigalités en ce domaine semblaient illimitées), j'avais pris mon téléphone sans atermoiement pour une fois. On m'avait répondu que ma demande était prise en note et que j'aurais une réponse prochainement. Imputable en premier lieu à mon état de faiblesse et de confusion, cette impulsion inconsidérée relevait davantage de la mauvaise plaisanterie ou de la bouteille jetée à la mer (là où toutes les bouteilles pleines devraient finir) que d'autre chose. Mon incrédulité a donc été totale lorsque l'ambassade m'a rappelé le mercredi 10 dans l'après-midi pour me signifier que Fidel Castro me donnait rendez-vous le lendemain soir à vingt heures.

Je suis arrivé un peu avant l'heure dite à l'ambassade cubaine située rue de Presles, dans le 15e arrondissement de Paris. À plusieurs reprises (chaque fois que l'on me faisait entrer dans un nouvel espace en fait), des militaires cubains ont vérifié mon identité et m'ont fouillé avec une méticulosité qui m'a paru quelque peu excessive ou maladive. Après quatre ou cinq séances de ces palpations approfondies et autant de couloirs sécurisés, j'ai été conduit dans une pièce qui ressemblait à la salle d'attente d'un cabinet médical où l'on m'a laissé seul. Au bout d'une heure, l'unique vieux numéro du quotidien *Granma* mis à disposition et les reproductions accrochées au mur – des *Nymphéas* délavés et des Matisse plus très bleus – m'avaient dévoilé tous leurs secrets. J'ai commencé à penser qu'on se fichait de moi, que les services de l'ambassade m'avaient pris pour un parfait pigeon et qu'ils devaient bien s'amuser de la naïveté de ce pauvre type s'imaginant être reçu par Castro. Ma situation cocasse et déplorable prêtait en effet à sourire, ce dont je ne me privais pas, et j'en étais à échafauder les moins mauvaises solutions afin de m'échapper dignement de cette salle d'attente (certainement truffée de caméras pour le plus grand plaisir de gardes hilares) quand, vers vingt et une heures trente, la porte de la pièce s'est ouverte sur la grande silhouette du président cubain.

Cette apparition, que je n'espérais plus, m'a paru irréelle, comme une continuation de la plaisanterie jouée depuis lundi. J'ai cru percevoir que quelque chose clochait en approchant timidement le géant :

Castro ne se ressemblait pas, ou du moins il n'était pas exactement fidèle à l'image que je connaissais par les journaux ou la télévision. Déconcerté, mal préparé à la fréquentation des grandes figures et à l'hypothèse de respirer le même air qu'elles, j'ai d'abord eu l'impression de faire face à une imitation (il n'était pas impensable que l'on ait délégué un sosie pour balader un anonyme de mon espèce), à une statue de cire du musée Grévin mais qui bougeait et parlait comme le vrai. Puis j'ai compris : Castro était vêtu d'habits civils lui donnant l'air d'être en pyjama – et c'était sans doute la vraie raison de mon trouble (imagine-t-on le Che en charentaises ou Tarzan en queue-de-pie ?). J'ai reconnu le costume anthracite et la cravate bleue portés le matin même à Notre-Dame lors de la cérémonie que j'avais suivie à la télévision avant de prendre un TGV pour la capitale. Comme beaucoup de Français, j'avais regardé avec curiosité l'étrangeté de ces deux célébrations diffusées en parallèle et dont la pompe et l'émotion m'avaient paru moins républicaines que monarchiques. Mais n'était-ce pas une sorte de roi qu'on avait enterré ce matin à Jarnac, célébré à Notre-Dame et qui avait dit : “Une messe est possible” ? Un monarque, le dernier de son espèce probablement, et qui avait enseveli les illusions d'une ou deux générations à mesure qu'il se trouvait à son aise sur le fauteuil de pierre où nous l'avions hissé, mettant toutes ses forces et ses petits talents à y rester jusqu'à son dernier souffle ou presque : au fond que valent des idées vagues en comparaison du tranchant d'une épée carolingienne et d'une couronne de fer, d'un drap d'or, d'un trône de pierre ?

À peine entré dans la pièce, Fidel Castro s'est dirigé vers moi et m'a pris dans ses bras comme si nous étions de vieux camarades puis il m'a entraîné dans un salon voisin, décoré avec le même goût incertain qu'un cabinet de médecin ou que la zone dédiée aux visiteurs dans les hôpitaux. Il m'a proposé une tasse de thé – alors que j'aurais certainement préféré un bon vieux rhum cubain – et m'a tout de suite parlé d'un article que j'avais publié dans une revue confidentielle, en 1974 ou 1975, intitulé "De l'empire du Milieu à la possibilité d'une île, pour une politique centrale de la marge." J'avais oublié l'existence de cet article, me souvenant juste qu'il avait été écrit dans un moment de grande confusion idéologique et de découragement personnel. Je crois que j'avais essayé, avec ce papier, de sortir le moins pitoyablement possible de la radicalité maoïste, le visage plus avenant du castrisme constituant alors une bouée de sauvetage toute théorique et provisoire, une dernière marche finalement avant le ralliement au socialisme démocratique et tiède qui est l'autre nom de cette rêverie anesthésiée qu'on enterrait aujourd'hui – et la coïncidence m'a interpellé. Castro a débité des passages entiers de l'article que j'avais peine à reconnaître, à cause des années passées, de ma compréhension de l'espagnol un poil rouillée, de mon orgueil d'homme modeste. Embarrassé, j'ai tenté de faire dévier la discussion vers la mort de Mitterrand et Castro, contre toute attente, m'a confié son estime pour le président défunt, son amitié pour son épouse Danielle, et la difficulté qu'avait le socialisme à trouver sa place sur la terre comme au ciel. Nous avons parlé ensuite de la Révolution française qui fascinait

Castro comme en témoigna son long monologue que j'ai écouté en vidant la théière et en citant de temps à autre Danton, Saint-Just et Robespierre, histoire de participer et de justifier ma présence par ma connaissance du sujet.

À minuit passé, Fidel Castro s'est levé de son fauteuil pour ouvrir une fenêtre, faisant entrer la fraîcheur nocturne sans vraiment dissiper les fumées de son cigare. Il m'a alors regardé fixement, ce qui m'a mis mal à l'aise, et il a dit d'un ton qu'il n'avait pas employé jusque-là : "Je sais pourquoi tu as voulu me rencontrer et je vais te montrer quelque chose qui va t'intéresser." Pour masquer ma gêne et une forme d'inquiétude, je lui ai adressé un beau sourire élastique. À pas lents, il s'est approché de moi en sortant de son portefeuille une reproduction pliée en huit de la photographie d'Ava Gardner prenant la pose de *La Vénus d'Urbino*. Nous l'avons regardée tous les deux comme si nous étions l'âne et le bœuf penchés sur la mangeoire du Sauveur. Une autre nuit commençait. Cinq heures plus tard, j'ai quitté l'ambassade de Cuba et le camarade Castro pour m'égarer dans les rues glacées de Paris ; je cherchais mon chemin avec le bel enthousiasme de l'ivrogne ou du fou. J'étais l'ange entendant chanter l'armée céleste en masse dans l'attente des bergers et des mages. J'étais le roi béni par les étoiles dorées des Caraïbes. Le rhum, la myrrhe et ma reine m'attendaient quelque part.

XXXVII

La nuit romaine tombait glaciale du ciel étoilé. Sur le balcon de leur appartement, Rose et Antonio fumaient une cigarette après le dîner qui avait été morne et lamentable, comme tous les précédents depuis que l'historien d'art était rentré de Sicile deux semaines plus tôt. Quand ils mangeaient, chacun entendait l'autre mastiquer bruyamment sa désolation, ruminer l'acrimonie et l'agacement, toutes choses face à quoi la durée partagée de la combustion d'une cigarette ne faisait pas le poids ; ils ont soufflé doucement la fumée dans l'air où elle flottait avec la brièveté fragile d'une trêve. Le bout rouge des mégots s'est dispersé en quelques étincelles embarquées par le vent. Des cendres sont venues. Rose a regardé Antonio avec le sourire d'Ariane. Elle lui a dit que leur histoire était finie. Qu'elle le quittait. Qu'il ne pouvait pas en être étonné tant ils mâchaient leur amour comme des pierres depuis des semaines. Antonio a blêmi puis s'est empourpré. Il a saisi le tabouret sur lequel il était assis et l'a violemment projeté contre la baie vitrée qui a explosé. Fuyant les cris de l'amoureux blessé, Rose a rassemblé ses affaires et quitté sans un mot l'appartement pour passer la nuit chez une amie dans le quartier de la gare. Antonio est resté prostré sur le canapé du salon, indifférent au froid de janvier qui s'engouffrait dans la pièce par la vitre brisée.

Certains signes ne trompent pas, qu'ils témoignent de la fin d'un amour ou qu'ils ne laissent aucune illusion sur la potentialité d'une relation à devenir, même vaguement, même ponctuellement, amoureuse. Ainsi, tandis que Rose et Antonio se déchiraient à Rome, Odile et moi nous sommes-nous revus à Nantes. Je m'étais finalement décidé à lui téléphoner un après-midi où je me trouvais désorienté par les dernières découvertes et où je ressassais la nuit passée à l'ambassade de Cuba : l'impression que le puzzle était presque complet m'effrayait et j'avais, comme souvent, trempé mes angoisses et mes lèvres dans plusieurs verres d'un vin de Loire qui avaient eu le mérite de rendre moins insurmontable la perspective de composer son numéro. Contre toute attente, Odile avait décroché, ce qui m'avait évité une conversation pénible avec M. Després. Elle n'avait pas paru surprise de mon appel et m'avait donné rendez-vous à La Cigale, place Graslin, le surlendemain en fin de journée. Je dois reconnaître que le décor de l'établissement était d'un autre standing que celui des Vignes du Seigneur. Odile a commandé un thé et moi une coupe de champagne "pour reprendre le fil interrompu du 22 novembre 1963", ai-je dit en me voulant spirituel. Odile n'a pas souri et m'a même jeté un regard où j'ai cru déceler davantage de pitié que de promesses. Dès le début, j'ai senti que le dialogue allait être laborieux, comme entre deux personnes qui n'ont rien en commun et sont condamnées à passer un moment ensemble. La fugace et dérisoire intimité qui nous avait unis trente-deux ans plus tôt ne changeait évidemment rien à la méconnaissance absolue que nous avions l'un de l'autre. J'avais été bien naïf d'imaginer le contraire et je commençais à regretter de nous avoir embarqués dans cette galère. En espérant que cela atténuerait la distance entre nous, nous avions jugé adéquat de nous tutoyer mais ce tutoiement semblait artificiel, déplacé voire indécent.

On ne résume pas trente-deux ans d'une vie en quelques mots. Nous n'avions cependant pas le choix, il nous fallait en passer par là : trouver des phrases pour raconter ce que nous étions, sans trop céder à la facilité de l'autoportrait en pied, en majesté ou en bouffon, c'est-à-dire en veillant à ce que la nécessaire synthèse ne nous éloigne pas trop de la vérité, dans la mesure du possible. Car nous sommes ainsi faits que la vérité s'enfuit quand nous parlons de nous et que, sans l'avoir voulu ni compris, nous arrangeons toujours les choses à notre avantage, y compris quand nous ironisons sur nous-mêmes en éclairant nos travers avec complaisance. D'une manière curieuse – à moins que ce ne soit l'ordre caché de l'existence, l'obscurité l'organisant plus sûrement que la chronologie –, nous avons commencé le récit de nos vies en racontant nos morts, celles de mes parents et celle de Doussin père, tragiquement tué lors d'un accident de chasse peu de temps après avoir pris sa retraite. Puis, la mort des pères et de la mère dite, nous avons déroulé les gros fils de notre pauvre et glorieuse pelote humaine : les mariages, les enfants, les métiers, les lieux où nous bougeons ou plutôt ne bougeons pas vraiment. Odile et son mari, cadre dans une banque, vivaient depuis dix ans à une demi-heure de Nantes, sur les bords de la Sèvre, à Clisson, "une charmante petite ville qui a un parfum d'Italie"… Est-ce que je connaissais ? J'ai acquiescé, me gardant de dire – pour ne pas mettre d'emblée nos échanges sur de mauvais rails – que pendant la Révolution des soldats de la Compagnie Marat avaient installé à Clisson un bûcher sur lequel ils firent fondre cent cinquante cadavres de femmes en une nuit, ce qui leur permit de remplir des barils de graisse vendus ensuite à Nantes où Carrier l'aurait estimée "mille fois plus agréable que le saindoux". Et l'Italie ? J'aimais beaucoup, bien sûr. J'adorais l'huile d'olive et ma fille unique vivait à Rome. De son côté, Odile avait trois enfants. Ils avaient l'un après l'autre quitté la grande maison familiale qui lui paraissait maintenant bien vide. Nathalie, l'aînée, terminait des études d'ophtalmologie, Jérôme, le cadet, faisait son service militaire dans l'Aisne, à Sissonne, et le dernier, Sébastien, ne faisait pas grand-chose : après son bac obtenu en juin dernier, il s'était inscrit en fac de lettres mais il préférait assurément boire des bières et fumer des pétards avec ses amis plutôt que lire ou étudier. Je n'ai pas posé davantage de questions car j'ai senti que le sujet était douloureux. Elle m'a demandé ce que je faisais et j'ai répété les *éléments de langage* que j'avais préparés (les journalistes commençaient à utiliser régulièrement cette expression absurde pour qualifier la langue de bois des politiques) : "Oh pas grand-chose. Je fais des recherches en histoire c'est-à-dire que je cherche des histoires. Pendant plusieurs années, je me suis attaché à recoller les têtes que la Terreur avait coupées. Et en ce moment je m'intéresse à l'image fantôme des petites et grandes lèvres d'Ava Gardner. Disons, pour simplifier, que je suis un historien des corps et des peurs…" Sans chercher à approfondir le sujet, Odile a dit que tout cela semblait passionnant, aussi inquiétant qu'excitant, avant d'ajouter qu'elle trouvait formidable que des gens puissent consacrer leur vie à des choses pareilles. Encouragé par ces mots et sans y déceler d'ironie, je me suis enhardi et j'ai posé très délicatement ma main sur la sienne qu'elle a retirée aussitôt.

"Voyons, Jacques, que vas-tu imaginer ? Je n'ai nullement l'intention de livrer mon corps à l'Histoire ni à tes investigations scientifiques en deux ou trois parties. Mais ne te méprends surtout pas. Il m'arrive de tromper régulièrement mon mari et avec beaucoup de plaisir. Seulement, je préfère les jeunes amants et de manière exclusive. Les hommes de plus de trente ans ne m'intéressent pas du tout.

— Cela tombe bien, mon évolution intérieure est restée bloquée à dix-sept ans, ai-je benoîtement répondu. Mon esprit et mes affects sont ceux d'un adolescent plein de ferveur et de rêves romantiques.

— Hélas, mon petit Jacques, ton apparence extérieure n'a visiblement pas suivi le même chemin et ne paraît pas vraiment de la première fraîcheur…"

Les choses étaient limpides : le baiser trop court du 22 novembre 1963 n'aurait jamais de prolongement, pas davantage que la mort de Kennedy ne serait un jour officiellement éclaircie. Pour ne pas perdre la face, j'ai tout de même proposé à Odile de m'accompagner le mois suivant aux États-Unis où je projetais de faire un petit périple dans le cadre de mes recherches. Elle a répondu que c'était une très bonne idée, son amant du moment serait ravi d'être aussi du voyage. À vingt-cinq ans, il avait deux passions : le corps des femmes mûres et les voitures américaines des années 60. “Aime-t-il les Buick décapotées ?” ai-je demandé. La question n’appelait pas de réponse, elle me permettait surtout d’embrayer sur le récit de la mort tragique de Jayne Mansfield, récit qui faisait toujours son petit effet et qui m’avait déjà permis à plusieurs reprises de sortir par le haut de discussions mal engagées ou très peu à mon avantage. Nous nous sommes quittés en bonne amitié, nous promettant de bientôt nous revoir, tout en sachant l’un et l’autre qu’il n’en serait rien, évidemment. Sur le chemin du retour, j’ai regretté d’avoir oublié de demander à Odile des nouvelles de Bernard : avait-il toujours des têtes bouillies et réduites cachées sous son lit d’anthropologue amateur ou professionnel ? La question m’obsédait maintenant que le corps d’Odile avait pris la consistance d’une fable et d’un regret définitif. Les idoles, quand elles meurent, ont des âmes qui s’évanouissent dans le bruit, la poussière, la tempête, l’indifférence. Elles sont minuscules.

XXXVIII

De violentes rafales venaient se cogner à la belle ordonnance des façades victoriennes de Knightsbridge à Londres ; le vent s'enroulait en sifflant autour des colonnes dont la placidité cachait mal la nature fragile du décor qu'elles ponctuaient, ce matin du 25 janvier 1990, avec une élégance orgueilleuse mais précaire. La certitude d'être un vieil Empire s'accompagnait d'une infinie crédulité quant à la solidité de ses fondements sucrés comme de la barbe à papa. Au 34, Ennismore Gardens, Carmen Vargas a déposé le plateau du petit-déjeuner sur le lit d'Ava Gardner, qui a remercié sa femme de chambre en lui disant qu'elle se sentait épuisée. Le bruit des bourrasques au-dehors lui remuait tout le corps. Elle croyait entendre le râle d'un vieux loup gonflant les rideaux de la chambre tout en essorant ses poumons. Carmen Vargas a regagné la cuisine les mains vides et pleines de terreur. L'état de sa maîtresse la préoccupait et elle n'était guère rassurée par la virulence de la tempête Daria qui s'abattait sur l'Angleterre depuis le début de la nuit dernière. Il y avait déjà eu plusieurs morts, entendit-elle à la radio. Les volets claquaient et le vent hurlait en s'engouffrant dans la jointure des fenêtres. Ava avait dit la veille qu'elle voyait cette tempête comme un mauvais présage car sa naissance, le soir de Noël 1922, avait été accompagnée par un ouragan qui s'était déchaîné pendant une trentaine d'heures sur la Caroline du Nord. En repensant à ses paroles, Carmen est retournée dans la chambre d'Ava, autant pour s'enquérir de son état que pour fuir la solitude angoissante de la cuisine où il n'y avait rien à faire. Au centre du grand lit Chippendale à baldaquin, Ava Gardner semblait dormir dans sa chemise de nuit blanche, le bras gauche très raide le long du corps, et le droit replié sur son visage, le poignet masquant le gris-vert de ses beaux yeux grands ouverts.

Je l'aurais fixée pendant des heures, la main de ma mère morte. Je ne me souviens pas d'avoir regardé une chose aussi longtemps et avec autant d'intensité, d'émotion, quand bien même celle-ci était provoquée par la stupeur et la gêne d'être attristé mais non bouleversé ainsi qu'un fils doit l'être devant le cadavre de sa mère : j'avais été un mauvais fils et je le demeurais, jusqu'à l'instant des adieux. Je me sentais incapable de lever durablement les yeux vers son visage, tellement j'étais bas, enfoncé dans mon fauteuil, dans la mauvaise conscience du chagrin relatif, et tant m'intimidait ce visage strié d'une pluie de rides comme certaines têtes sculptées par Medardo Rosso, qui dans un même mouvement semblent apparaître et disparaître dans la matière, ou comme les beaux portraits que Rembrandt fit de sa mère âgée, lisant ou priant. Je préférais me concentrer sur la main droite, abandonnée sur le bord du lit. Elle avait une étrange consistance de papier froissé, molle et crispée à la fois, légère ; elle flottait entre le lit et moi, nouant un lien ultime entre les vivants et les morts, suspendue dans la mémoire des gestes – la douceur d'une caresse au lait cru, le doigt posé sur l'orthographe défectueuse de la rédaction ou sur les versets de la Bible, les lacets noués, mes cheveux ébouriffés, le linge frais plié dans ma valise d'étudiant, les larmes vite effacées, la paume sur mon front pour estimer la fièvre ou sur la bouche de mon père pour qu'il cesse de raconter n'importe quoi. La main de ma mère étreignait, dans l'architecture de ses vides et ses pleins, le banal et le sublime d'une existence – et je l'ai embrassée follement, avec dévotion, dévoration, comme si la certitude qu'elle ne me voyait pas m'autorisait enfin à ce premier et dernier geste de tendresse, de gratitude. Sa peau avait le goût tendre et froid d'un parchemin, l'odeur mince des pages d'un missel oublié sur le banc d'une église où la voix de maman porterait les psaumes, la confiture des chansons de Sinatra, les prières dérisoires qui tourbillonnent et s'éteignent en traversant le mur de lumière des vitraux.

Mickey Knox a appris la mort d'Ava Gardner à la radio, en fin de journée, dans le taxi qui le ramenait de Cinecittà – et du tournage du *Parrain 3* dans lequel il jouait un petit rôle – à son hôtel dans le centre de Rome. La veille au soir, il n'avait pas dérogé au rituel consistant à glisser, derrière le miroir du cabinet de toilette, l'image racornie d'Ava Gardner prenant la pose approximative de *La Vénus au miroir* de Vélasquez. Depuis plus de trente ans, à chacun de ses déplacements, superstitieux et fidèle, il introduisait, entre le mur et la glace de la salle de bains de son hôtel, la photographie 18 × 24 qu'Ava lui avait envoyée en novembre 1958. Il pouvait ainsi imaginer qu'elle ne cessait de le regarder à travers un miroir sans tain et par le truchement des reflets parcourant les années. Knox n'avait jamais revu l'actrice depuis le tournage romain de *La Maja desnuda* et il a pensé, en regagnant sa chambre, qu'il était dans l'ordre mystérieux des choses d'apprendre sa mort à Rome, justement. Il a retiré l'image de son logement derrière le miroir et l'a regardée longuement, allongé sur son lit. Il se souvenait dans les détails du tournage de *La Maja desnuda* durant un été de canicule. À cette époque, Knox était en Europe depuis quelques années, ayant dû fuir Hollywood et une carrière discrète d'acteur au moment du maccarthysme. Profitant de la délocalisation sur le Vieux Continent de nombreux tournages, il avait travaillé dans plusieurs productions comme interprète, traducteur et répétiteur, emploi qu'il avait occupé sur le plateau de *La Maja desnuda*. Rares Américains au sein d'une équipe essentiellement italienne, Ava Gardner et lui avaient vite sympathisé. Un jour, une séance de massage des pieds de l'actrice s'était terminée dans sa loge et cette joyeuse amitié avait pris l'espace d'une nuit un tour plus intime. Mais dès le lendemain, l'acteur principal du film, Tony Franciosa, interprétant Goya, s'était soudainement rapproché d'Ava qu'il avait jusqu'alors ignorée et s'était mis à lui faire la cour en vertu d'une application tacite des règles seigneuriales le contraignant, en quelque sorte, à exercer ses droits hiérarchiques sur un membre subalterne de l'équipe du film. La liaison entre Franciosa et Ava Gardner allait durer sous la canicule romaine jusqu'à la dernière semaine du tournage et l'arrivée de l'épouse de l'acteur, Shelley Winters, qui avait repris les choses en main. Avec élégance, philosophie et un brin de fatalisme, Knox n'avait pas pris ombrage de l'idylle entre les deux vedettes, ce dont Ava lui avait été reconnaissante. Et c'était sans doute pour le remercier, et en souvenir de leur unique mais précieuse nuit passée ensemble, que l'actrice lui avait fait cadeau de la photographie de *La Vénus au miroir*. Elle avait écrit au dos de l'image : *J'imagine que je ne regardais pas au bon endroit… Avec la tendresse de ton Avala.*

L'image, en 1990, était légèrement moisie, piquée par une lèpre d'humidité (on ne souligne jamais assez combien les salles de bains des hôtels sont en général mal ventilées), cornée aux coins, ses couleurs aussi délavées qu'irréguliers ses contours. Le corps d'Ava Gardner avait maintenant une consistance vaporeuse et terne, retrouvant finalement l'apparence brouillée du reflet de la Vénus dans le miroir du tableau de Vélasquez. Seul Mickey Knox pouvait encore y voir, par la force des souvenirs et de la rêverie, le corps souverain de l'actrice offrant ses fesses, son dos, ses cuisses à l'objectif de Rotunno et à l'agencement raté de la photographie. Ce soir-là, il s'est servi un double whisky et il a calmement déchiré l'image en une quinzaine de petits morceaux carrés qu'il a jetés dans les toilettes. Au moment de tirer la chasse d'eau, il s'est finalement ravisé au vu de la nature misérable et suppliante de ces confettis qui flottaient au fond de la cuvette. Il est retourné dans sa chambre où il a bu son verre d'un trait. Il s'est ensuite déshabillé face au miroir de l'armoire en mesurant la générosité croissante de son embonpoint et la confusion de ses pensées, l'allure effondrée de son pénis. Il s'est couché nu dans le lit avant de se relever, une heure plus tard, et se précipiter vers les toilettes pour sauver les fragments du naufrage auxquels il les avait destinés dans un moment de deuil et d'égarement. Il les a disposés délicatement sur le radiateur électrique pour qu'ils sèchent durant la nuit. Le lendemain matin, il a tenté de reconstituer l'image en scotchant comme il pouvait les petits morceaux bombés et mal joignables. Les mots d'Ava au verso étaient devenus presque aussi illisibles que l'image du recto ressemblant à une fenêtre aux carreaux de givre derrière laquelle on distinguait une forme flasque et galbée comme un ectoplasme. Knox a regardé une dernière fois ce fantôme morcelé qu'il a glissé dans une enveloppe à l'adresse du musée Ava-Gardner de Smithfield en Caroline du Nord.

Le petit musée avait réceptionné cet étrange puzzle effacé sans bien saisir de quoi il s'agissait, ni comprendre les quelques phrases énigmatiques qui l'accompagnaient. L'image avait été rangée puis oubliée dans un tiroir dont elle n'était sortie que six ans plus tard, lors de ma rencontre avec la responsable des collections du musée. J'avais atterri le 8 février 1996 à l'aéroport de Charlotte, très heureux d'avoir pour la première fois traversé l'Atlantique et que mon avion, par miracle, ne s'y soit pas abîmé. J'avais rejoint Raleigh dans un bus Greyhound et j'avais dormi dans un motel sans regretter un instant qu'Odile et son jeune ami ne partagent pas ma chambre. Le lendemain, à bord d'une voiture japonaise de location, j'avais arpenté les routes plates du comté de Johnston et en particulier la vieille Grabtown Road sur les bords de laquelle Ava Gardner était née, avait grandi et joué, à quelques miles de Smithfield. À travers le pare-brise, je découvrais des collines rouges, des maisons en briques ou en bois, des hangars tristes, des terres agricoles noyées par la pluie. Je m'arrêtais de temps à autre pour faire quelques clichés en me persuadant que la petite Ava s'était cachée dans cette grange en ruine ou avait grimpé à ce vieil arbre. Cela faisait des années que je ne faisais plus de photographies mais j'avais emporté pour mon périple – ou pèlerinage – américain trois pellicules de 36 poses et mon vieux Nikon F2 des années 70 qui avait figé les anniversaires et la croissance de Rose, quelques Noëls, des vacances en Espagne, des pique-niques sur des plages de Loire avec Ariane, des sourires éclatants et des dents de lait manquantes. Mon parcours de photographe n'avait rien de glorieux. À l'adolescence, encouragé par mon père, j'avais cru pendant quelques années à la dimension artistique et forestière des images avant de théoriser – et fort peu pratiquer – la photographie comme arme politique et documentation révolutionnaire des luttes et du travail. Puis, oubliant la dialectique marxiste (autant que l'esthétique bourgeoise mais bucolique de la forêt d'Orient), mon objectif avait saisi les moments simples de la vie familiale, les rituels idiots, les clichés adorables. Au fil des années, ces images étaient devenues moins nombreuses et le plus souvent conservées dans leurs pochettes au lieu d'être soigneusement sélectionnées, légendées et collées dans des albums comme je le faisais les premiers temps. Un jour, le retard accumulé pour garnir les pages devient insurmontable. On remise alors l'appareil photo, les albums et les pochettes cartonnées dans une armoire d'où ils ne ressortent qu'exceptionnellement. Les photographies de Rose à l'âge de quatorze ou quinze ans doivent se compter sur les doigts d'une main alors qu'elle gazouille, rampe ou empile des cubes sur des albums entiers, confirmant cette loi étrange et rarement transgressée : les images des humains se raréfient à mesure qu'ils grandissent (à moins d'être, évidemment mais le cas est très rare, une célébrité du cinéma dont le visage colonise les magazines et les vitrines).

Le musée Ava-Gardner, situé dans un quartier quelconque de la petite ville de Smithfield, ressemblait de l'extérieur à un salon de coiffure avec son enseigne lumineuse d'un goût discutable, le prénom de la star se détachant avec trois petites étoiles sur une pellicule noire stylisée. À droite de la double porte d'entrée vitrée, quatre grandes photographies noir et blanc d'Ava Gardner se détachaient sur une faïence verte de piscine. Le musée présentait un ensemble d'objets, d'archives et de vêtements ayant appartenu à l'actrice. Des vitrines – une pour chacun de ses films majeurs – retraçaient la carrière de l'actrice à travers des costumes, des photographies en nombre, des accessoires agencés dans une mise en scène kitsch mais soignée. Sans rien découvrir de nouveau pour mon enquête, je fus ému d'approcher ces reliques et de déambuler dans ces espaces où l'image d'Ava se multipliait et proliférait sur les murs jusqu'à provoquer une sensation d'indigestion, chez tous ceux du moins qui ne partageraient pas mes aveuglements ni mes frissons de midinette. Il y avait quelque chose d'enfantin dans la mise en scène de ces bibelots et bijoux, ces cadres dorés, ces robes de princesse et j'avais l'impression de me trouver dans une maison de poupée à la féerie charmante quoique désuète et artificielle. Je retrouvais un sentiment proche de celui que j'avais éprouvé

– ou tel qu'il me revient en mémoire – lorsque j'avais visité le musée Grévin avec mes parents au début des années 60.

C'était lors d'un bref séjour parisien au cours duquel nous avions déjeuné dans un bateau-mouche, étions allés au Moulin Rouge et montés au dernier étage de la tour Eiffel. Je me souviens de l'entrée pourpre et dorée du musée, de l'inscription incurvée au-dessus de la porte : *Cabinet Fantastique – Palais des Mirages*. À l'intérieur, j'avais été très impressionné de voir pour la première fois des personnages célèbres, dont je n'ignorais évidemment pas la matérialité de cire, mais cette connaissance ne rendait pas moins troublante l'expérience du simulacre. Avec son sens intuitif et déroutant de la formule, mon père avait d'ailleurs bien résumé ce que je ressentais : "Les grands de ce monde, il vaut mieux les voir en vrai même s'ils sont faux, plutôt que voir en faux les vrais, dans les magazines ou à la télévision par exemple." J'avais donc découvert *en vrai* les faux John Fitzgerald Kennedy et Fidel Castro réunis dans une salle où se trouvaient également Mao, le pape et de Gaulle auprès duquel mon père avait pris la pose avec un plaisir évident, m'obligeant à prendre plusieurs vues et sous de nombreux angles, y compris en contre-plongée pour montrer la grandeur du Général et celle, moins évidente, de son admirateur arborant pour l'occasion un visage inédit de premier communiant. Dans une autre salle, j'avais été saisi par une mise en scène en carton-pâte du tribunal révolutionnaire et du grand rasoir national. Son tranchant maculé avait raccourci le corps de Danton en détachant sa tête incomparable qui m'avait fasciné autant que terrifié.

“Ne t’intéresse pas trop à ces horreurs”, avait dit maman en me tirant par la manche et en prouvant, sans le savoir, que les mères ne devraient pas faire de recommandations à leurs fils car ils ne les suivent jamais. Au contraire de ses époux et fils, elle avait semblé se lasser rapidement de cette succession de tableaux figés où l’histoire et l’actualité rivalisaient dans une inféodation naïve et assumée aux délices de l’imagerie. À mi-parcours, elle nous avait dit qu’elle ne se sentait pas très bien, qu’elle était *indisposée*. Ce mot, entendu depuis l’enfance avec une belle régularité on peut le comprendre, m’avait toujours mis dans la situation qu’il décrivait, déclenchant des représentations obscures et floues, inquiétantes et désagréables. En se dirigeant vers les toilettes, elle nous avait signifié qu’elle nous attendrait à la sortie. Mon père et moi avions ainsi continué la visite dans une camaraderie masculine fort à propos au moment d’aborder la salle des arts et lettres où la silhouette de Marilyn Monroe irradiait comme un masque du Fayoum. Sa peau cireuse, que mille mains avaient caressée, embaumée, lui donnait un air d’idole antique dévorée par le maquillage de sa propre apparence. Avec prudence, nous nous étions tenus à distance respectable de ce monstre sublime et mon père s’était rapproché de Gina Lollobrigida dont il avait pu, discrètement pensait-il, éprouver la formidable poitrine. J’avais détourné le regard en regrettant et louant l’absence d’Ava Gardner sur ce plateau. Dans un coin, caché par Picasso et Dalí en plein entretien, Ernest Hemingway semblait désemparé comme s’il avait conscience de sa nature de statue. Ses yeux immobiles brillaient de l’éclat sombre des billes oubliées dans la poussière d'une cour d'école où les enfants alternativement font semblant d'être forts et d'être morts.

XXXIX

La responsable du musée Ava-Gardner de Smithfield avait le visage sévère et pincé d'une institutrice à la bienveillance toute dissimulée. Malgré ma compréhension flottante de l'anglais, j'ai cru d'emblée saisir qu'elle jugeait mon entreprise désolante et qu'il était improbable qu'elle se montre coopérative. J'ai essayé de la faire sourire avec des plaisanteries spirituelles – la trivialité polissonne ne me semblant pas le bon registre au vu de sa physionomie – mais cet effort fut un échec cuisant. Il faut dire que mon sens de l'humour n'avait jamais été remarquable ni remarqué dans ma langue maternelle et qu'il ne gagnait rien à être transposé dans l'approximation d'un idiome étranger. Mon interlocutrice ne paraissait d'ailleurs guère sensible aux délicieux malentendus produits par mon usage des faux amis et des constructions grammaticales chaotiques émaillant mes phrases – ou plutôt les morceaux de phrases juxtaposées dans l'exotisme d'une syntaxe aussi éloignée de Shakespeare que des tournures râpeuses de la Caroline du Nord. La conversation était malaisée donc, et je m'étais résigné à sa clôture prochaine quand la gardienne du temple a prouvé que son allure austère masquait un professionnalisme sans faille. Elle a fouillé dans plusieurs tiroirs de nombreuses armoires avant de sortir l'enveloppe envoyée par Knox à la fin du mois de janvier 1990. Pour la première fois, elle a souri. "Il est possible que cela puisse intéresser vos recherches sur lesquelles je ne me permettrai pas d'émettre un avis *(je traduis de mémoire et potentiellement très mal).* Je vous confie ce document parce que vous m'êtes *a priori* sympathique mais pour un temps limité qu'une convention avec ma secrétaire précisera *(mes soucis de traduction étaient vite devenus problématiques : qu'est-ce qu'une convention devait préciser dans un temps limité, mon apparente sympathie ou le prêt de la photo de Knox ?).* Je vous souhaite, monsieur Peter, le meilleur pour votre enquête *(avait-elle dit* inquiry *ou* survey *?)* dont je me réjouis qu'elle permette potentiellement une compréhension renouvelée de la personnalité, disons particulière, d'Ava Gardner, même si je crains fort que l'intérêt de cette séance photographique d'août 1958 ne dépasse guère celui de l'anecdote, amusante et romanesque (fabulous ?). Mais c'est là votre affaire. L'essentiel est que nous ayons en partage le même objet d'investigations, quelle que soit par ailleurs la divergence de nos motivations et de nos curiosités. *Good luck, Jack ! (je ne traduis plus).*" Les Américains sont formidables.

Le soir même, j'en ai eu la confirmation en éprouvant une autre facette de cet alliage national fait d'efficacité, de puritanisme et de liberté, aussi redoutable et savoureux que l'association du bœuf, de la salade et du cheddar dans un burger. Attablé dans un restaurant mexicain, j'avais fini de dîner mais je n'étais pas pressé de regagner mon hôtel, malgré le nom de l'établissement, El Barzón, invitant à la promenade. Je me trouvais bien ici, savourant le fait d'être en Amérique et me remémorant la rencontre avec la maîtresse d'école du musée Ava-Gardner. En vérité, je m'attardais aussi pour profiter des allées et venues de la jolie serveuse, peu bavarde, au contraire du balancement de ses hanches dont l'éloquence était une merveille. Afin de justifier mon occupation prolongée des lieux et d'établir par petites touches les conditions d'un échange, il m'a paru sage d'accompagner ma digestion de plusieurs verres de Jim Beam. Si le chenin ou le cabernet m'étaient familiers, j'étais peu habitué aux raideurs maltées de l'alcool de maïs. Très vite je fus ivre. Je me suis alors entendu raconter à la serveuse que l'origine du nom bourbon était faite pour nous rapprocher puisqu'il avait été choisi en hommage au roi de France Louis XVI, cinquième souverain de la lignée des Bourbons et allié décisif des colons américains dans leur lutte pour l'indépendance. La perte d'inhibition rendait mon anglais plus intempérant sans qu'il ne gagne aucunement en fluidité ni en correction. D'une voix de mélasse et en préférant passer sous silence mes sympathies pour les révolutionnaires qui avaient coupé en deux le corps du roi, j'ai proposé que nous trinquions à la belle amitié franco-américaine et au brave Louis XVI. La serveuse, qui s'appelait Penelope, a levé son verre en m'accordant un sourire. Je tenais une grande forme. Je me sentais fort comme Ulysse au pont d'Arcole ou César à Valmy ; j'étais prêt à terrasser les Cyclopes et les Maures, à châtier les Anglais, à raccourcir les Huns et sabrer les Aztèques, à décapiter Gorgones, Tatars et autres Cosaques sans céder au chant des sirènes. Je crois que Penelope fut impressionnée. Elle s'est approchée de moi pour effleurer de sa main suave, fugace, ma joue héroïque. Ce geste aussi espéré qu'inattendu m'a laissé interdit un instant mais j'ai gardé le menton haut, le regard d'aigle dominant les vastes plaines où l'on s'égorge, s'arrache la tête et les entrailles. Je découvrais combien les femmes pouvaient être sensibles à l'allure martiale des grands hommes, ce qu'on ne se figure jamais assez. J'ai répondu à sa caresse par un baiser déposé dans le creux de son cou où j'ai senti un parfum de terre humide et sous la chair de soie battre son sang. El Barzón fermait. J'ai posé les dollars sur le bois brillant de la table et je me suis levé comme un roi. Avec un naturel déconcertant, Penelope m'a suivi dans le grand froid du dehors. La nuit semblait baignée d'une brume verte, épaisse, trouée ici ou là par les phares des automobiles et le clignotement de quelques enseignes. Penelope s'est accrochée à mon bras, l'hiver mordait. J'ai glissé mes doigts sous son manteau puis sous deux ou trois épaisseurs de chiffon pour toucher ce que j'avais vu et rêvé, la peau nue des hanches, l'onde effarouchée des fesses. À chaque pas, dans un mouvement de rein infime, la chair tiède frémissait sous ma paume. Je ne l'ai pas lâchée jusqu'à ma chambre d'hôtel. Où très vite et par malheur se sont évanouis la gloire des généraux et le songe des victoires éclatantes.

J'étais entré dans la chambre en portant le glaive d'argent, le bouclier doré d'Alexandre, et Penelope l'avait quittée trois heures plus tard en me laissant dans la peau dévastée du comte Torlato-Favrini dans *La Comtesse aux pieds nus* ou de Jake Barnes dans *Le soleil se lève aussi*. L'ironie était cruelle. Il n'y avait pas de plus mauvais rôles à endosser pour que la réalité malheureuse d'une nuit à Smithfield se cogne aux fictions d'Ava Gardner. Après s'être rhabillée, Penelope s'est assise sur le bord du lit où je ruminais sous les draps l'incompréhensible défaite en rase campagne. La jeune fille, sentant mon désarroi et pleine de tact, laçait et délaçait ses petits souliers vernis en se taisant. Évidemment, elle n'allait pas commencer à disserter sur l'incertitude des batailles et des assauts conduisant parfois les armées les mieux décidées aux replis les plus honteux, à l'impensable bérézina. Ni les expliquer par un malencontreux concours de circonstances ou des ordres contradictoires, par l'hiver de gueux en Russie, par l'épuisement des troupes, le décalage horaire ou par la faute de la psychologie délicate des généraux craignant de gagner sans gloire et multipliant en conséquence les stratégies audacieuses et finalement foireuses. Comme je gardais le silence, Penelope a commencé à parler de sa vie d'une voix basse et faible. Son léger accent espagnol et sa bouche de fleur rouge me mettaient au supplice. Elle avait vingt-trois ans (deux ans de moins que Rose ! mais pourquoi diable n'avais-je pas vu tout de suite que ce rapprochement ne présageait rien de bon ?) et elle travaillait le week-end dans le restaurant de son oncle pour payer en partie ses études de biologie moléculaire à l'université de Chapel Hill. Elle finançait le reste avec un emprunt en espérant comprendre un jour l'électrophorèse et la réaction en chaîne par polymérase. Je lui ai dit que je partageais le même espoir. Elle a repris son manteau de reine et a quitté la chambre après m'avoir embrassé tendrement, enfonçant sa langue humide et tendre dans ma bouche de statue.

La nuit fut désagréable. Je dormis peu et mal, d'autant qu'aucune chaîne de télévision, parmi la centaine généreusement proposée par l'hôtel, ne me fut secourable en ayant la bonne idée de parler français. Des parties de baseball m'ont accompagné jusqu'à l'aube sans que les règles de ce jeu m'apparaissent moins abstruses quand je me suis levé. Vers dix heures, après avoir avalé un demi-muffin et une grande tasse d'un liquide sombre supposément caféiné, je me suis rendu dans la périphérie ouest de Smithfield, au cimetière de Sunset Memorial Park. Ava Gardner y avait été enterrée quatre jours après son décès à Londres, aux côtés de son père et de sa mère. Une pluie discontinue trempait le gazon très vert du cimetière et le repos familial des Gardner signalé par une stèle étonnamment banale et grise. J'ai repensé aux premières images de *La Comtesse aux pieds nus*, à l'enterrement de Maria Vargas sous la pluie, à la voix rauque de Bogart disant que "la vie se comporte parfois comme si elle avait vu trop de mauvais films, quand tout s'enchaîne si bien : le début, le milieu et la fin". J'aurais voulu m'attarder un peu mais dans la réalité l'averse mouille jusqu'à l'os et je n'avais pas de parapluie. J'ai réintégré l'habitacle sec de la Toyota de location sans mettre le contact. À travers la vitre brouillée du pare-brise, j'ai regardé longuement les arbrisseaux et les pierres levées qui piquaient la pelouse comme dans une maquette pour enfants. Il y avait un problème d'échelle dans cette scène où les bégonias géants et les pins des marais miniatures ployaient sous la pluie avec un air implorant. J'ai démarré doucement la Toyota en modèle réduit que j'ai fait glisser sur l'asphalte en me souvenant que mon cousin ne jurait que par les Majorette alors que je préférais les Matchbox. Avant de quitter Smithfield en direction de l'ouest, du Mississippi et de Rowan Oak, la maison de Faulkner, j'ai écrit à Rose quelques lignes au dos d'une carte postale achetée la veille au musée. J'ai brièvement raconté la première partie de mon séjour américain sur les terres d'Ava Gardner, passant évidemment sous silence El Barzón, la glorieuse puis déplorable bataille de Smithfield, les fesses de Penelope et la biologie moléculaire. Parmi la multitude de cartes postales proposées à la vente dans la boutique du musée, j'avais choisi pour ma fille la photographie en médaillon que Man Ray avait réalisée pour le film *Pandora* : Ava Gardner, la tête légèrement inclinée, les cheveux sagement tenus par une sorte de bandeau, était vêtue de la robe pourpre et dorée d'une comtesse Renaissance. Elle ressemblait à une figure muette et fascinante de la grande peinture hollandaise – et personne d'autre que moi ne pouvait déceler dans la douceur de ses traits un air lointain de Méduse mexicaine.

Rose a épinglé la petite image au-dessus de son lit provisoire dans l'appartement de son amie qui avait accepté de l'héberger pour quelques mois via Principe Amedeo. Le ronronnement ostensible du réfrigérateur et la mauvaise habitude de Giulia de céder à toutes les lubies de son chat obèse – élégamment nommé José Bonifácio de Andrade – commençaient à lui peser mais elle souhaitait finir son année universitaire à Rome avant de retourner en France. Les caprices du chat et du frigo lui semblaient de toute manière préférables à ceux d'Antonio même s'il lui arrivait parfois de regretter le bonheur vif, bref et précis, que lui procuraient son sexe et son intelligence. À vingt-cinq ans, on ne doute pas que ces joies ont vocation à être retrouvées sans effort. De manière heureuse, Rose me ressemblait peu, n'ayant pas mon physique sans grâce ni mon caractère anxieux, indécis et mélancolique. La filiation avec Ariane paraissait plus manifeste : outre la beauté qu'elles avaient toutes les deux en partage, Rose avait hérité de la désinvolte folie de sa mère qu'elle tempérait cependant par son discernement, sa compréhension immédiate des situations. Comme Ariane, elle ne supportait pas l'injustice ni la bêtise ni les plaintes, ce qu'Antonio n'avait pas bien mesuré. Depuis leur rupture quelques semaines auparavant, il ne cessait de harceler la jeune fille : il lui téléphonait quotidiennement et lui adressait des mots doux, des bouquets, des cadeaux mais aussi des menaces, des larmes, des fureurs pleines de sous-entendus auxquels Rose tentait de répondre avec humour et détachement, attisant la colère et le désespoir de l'historien d'art délaissé.

Le 29 février, encouragé peut-être par la rareté de ce jour surnuméraire, il a décidé de changer de stratégie et de jouer ses dernières cartes en appelant la jeune fille. Il lui a dit d'emblée qu'il détenait des informations de première main qui intéresseraient certainement mes recherches sur les photographies d'Ava Gardner. Puis, sans que Rose ne perçoive bien le lien, il a évoqué la glorieuse lignée des Filippi : "Dans la famille, on vend depuis des décennies des pizzas ou de l'essence mais sans jamais mélanger les deux. Je suis le premier à avoir préféré l'étude des glacis à l'huile de lin au pétrole et aux anchois. Mais cela ne m'empêche pas d'être un vrai Filippi." Rose a répondu qu'elle n'en doutait pas une seconde, un peu agacée cependant par le ton de matamore de son ancien amant qui, se voulant mystérieux et inquiétant, multipliait les méandres et les effets très appuyés. Il a fini par lâcher le morceau, en faisant bien comprendre à Rose qu'il attendait en retour un examen plus favorable de leur relation afin qu'elle redevienne cette belle histoire d'amour dont il ne pouvait absolument pas concevoir la ruine définitive. La jeune fille a griffonné sur un papier les informations elliptiques qu'il lui avait livrées avant de répondre sèchement qu'elle n'avait rien demandé, qu'elle se fichait du sexe d'Ava Gardner comme des cousins d'Antonio pompistes en Sicile, que les recherches plutôt pathétiques de son pauvre père ne la concernaient aucunement. Et elle a raccroché, laissant Antonio vociférer dans le vide comme un animal furieux et blessé ; il tempêtait, hurlant que la vengeance des Filippi allait s'abattre sur elle et sa descendance jusqu'à la fin des temps. Qu'elle n'épargnerait pas non plus son ascendance en traquant dans les obscures cavernes le sang vicié de ses ancêtres, ceux-là mêmes qui avaient sur les parois badigeonné des bêtes cornues, des monstres au galop, des gibiers transpercés par des lances à pointe de silex, toutes ces divinités païennes rugissant et pourrissant sur les murs du tombeau maudit des Pierre.

XL

Aux premiers jours du mois de mai, Laurent avait accepté de venir me rendre visite dans l'île qui, considérée depuis Nantes, devait ressembler à un trou quelconque, à une grotte où l'on ne pouvait vivre qu'en sauvage. Par bonheur, le soleil baignait les bras de la Loire d'une lumière légère ; les boues de l'hiver avaient séché au pied des saules et des roseaux, des joncs remués par le vent tiède. Les eaux grises du fleuve brillaient des reflets d'or et de ciel que traversaient les vols soudains des hérons. C'était un temps à boire du vin frais sous la tonnelle, à marcher sur les berges couleur chair, à cueillir des fleurs sauvages ; c'était un temps pour l'amour et les rêveries sans conséquence ou bien fatales. La Loire est insondable et les gens d'ici la redoutent davantage à la belle saison quand sa surface prend l'apparence étale et calme d'un miroir. J'avais maintenant l'âge où l'on s'épargne courageusement les stations devant la glace, où l'on ne s'inquiète plus des catastrophes sur son visage et dans son corps, à Smithfield comme ailleurs. Je regardais les jeunes femmes passer à bicyclette sur les chemins de l'île et je rêvassais aux billets de printemps que Flaubert écrivait à Jeanne de Tourbey ou qu'Hemingway adressait à la jeune Vénitienne Adriana Ivancich, de trente ans sa cadette.

J'ignore s'ils étaient amoureux, s'ils ne préféraient pas aux complications de l'amour le transport fulgurant mais différé des mots doux. L'écrivain américain signait toujours *Papa* ou *Mister Papa* ses lettres à l'intention d'Adriana : *Tu m'as rendu la possibilité d'écrire et ce n'est pas rien. Tu es mon dernier et seul et véritable amour. Tu es venue vers moi comme les fleurs ont traversé les âges et sont arrivées jusqu'à nous, fraîches et riantes comme au jour des batailles.* Flaubert, à Jeanne, continuait les bouquets de mots, passant du tutoiement au voussoiement, d'un siècle à l'autre et de Venise à Carthage : *Je souhaite que les fleurs de votre boudoir soient toujours épanouies, que vous ayez du soleil quand vous voudrez sortir – et qu'il souffle un petit vent frais à l'heure de vos migraines et mieux que tout cela : le contentement du cœur – le rire aux lèvres, un rayon intérieur sans brume. – Au reste, je suis à Carthage, et j'ai tant de rideaux fermés entre le monde & moi que je ne vois guère les choses présentes mais je rêve aux Absentes, c'est-à-dire à vous, adorable créature que vous êtes. Je vous les baise vos belles mains ! – & les pieds aussi & tout ce que vous voudrez avec.* Des années après la mort d'Hemingway, Adriana Ivancich a déclaré avoir brûlé, un jour de fatigue et de colère, les mille ou deux mille lettres qu'il lui avait adressées. Puis, fin mars 1983, elle s'est pendue à un arbre de sa propriété d'Orbetello après s'être aperçue que l'arrivée du printemps la lassait, que le parfum des fleurs l'écœurait.

Le deuxième soir du séjour de Laurent dans l'île, j'ai invité Ariane à passer la soirée avec nous. Il faisait doux, les insectes venaient. Nous avons dîné sous le noyer, entre la claire-voie de la treille et les senteurs de la glycine qui avait commencé à s'infiltrer dans les fentes des volets que j'avais laissés à l'air libre, poncés mais non peints, adossés au mur de la maison depuis l'été dernier. Réunissant avec une gourmandise légèrement malsaine ce qui *a priori* ne devait jamais l'être, j'étais à la fois curieux et inquiet de voir comment allait tourner cette rencontre entre mon ami cinéphile et mon ex-épouse, entre le hussard et la bolchevik dont je savais bien qu'ils exagéraient l'un et l'autre et à dessein leurs postures opposées. Mais rien ne s'est passé comme je l'avais imaginé ou même redouté. Et c'est un grand désarroi pour le pessimiste de constater que ses craintes étaient en deçà du pire qui advient. Durant le repas, Laurent a déployé toutes les astuces éculées de la séduction sans qu'Ariane, à ma grande surprise, ne lui en tienne rigueur. "En découvrant votre beauté, je commence à mieux saisir les obsessions de Jacques, a-t-il dit. Car vous ressemblez, chère Ariane, à Ava Gardner en moins abîmée. Mais également – ce qui me trouble davantage – à Gene Tierney qui n'aurait pas croisé ce fumier de Kennedy." Ariane a paru apprécier ce compliment débile et ils se sont mis tous les deux à fustiger la politique des démocrates américains de Roosevelt à Clinton. Ne voyant pas clairement ce qui se jouait, ou refusant de le voir, j'ai continué à remplir les verres avec un brave sourire d'idiot. Vers minuit, je suis allé chercher dans la maison une bouteille de rhum cubain qui devait enfin me fournir l'occasion de raconter ma nuit avec Castro et de participer moins furtivement à la conversation. Quand je suis revenu dans le jardin, Ariane et Laurent avaient disparu.

J'ai bu une lampée de rhum et j'ai débarrassé la table comme Jules Borreau avait dû souvent le faire durant la seconde partie du long séjour de Courbet en Saintonge entre juin 1862 et mai 1863. Le peintre avait d'abord été hébergé au château de Rochemont chez Étienne Baudry, à la fois notable richissime, dandy excentrique et fervent militant républicain. Courbet y resta pendant six mois, goûtant les folles bombances organisées par son hôte et peignant en plein air les paysages charentais en compagnie d'autres peintres comme Pradelles, Auguin et même Corot. Il profita aussi des serres que possédait Baudry, botaniste amateur, pour produire une série de tableaux de fleurs, *fraîches et riantes*, serrées, dilatées, presque turgescentes, explosant en petits bouquets sur toute la surface de la toile et sans souci de la vraisemblance à quoi Courbet préférait la vérité imaginaire des alliances entre espèces de toutes saisons, tout comme il mêlait à l'observation sa rêverie et ses souvenirs. Il s'attarda également sur d'autres beautés de Saintonge, réalisant des portraits et des nus féminins. *Je fais des fleurs, des femmes nues et des paysages dans le plus beau pays qu'on puisse voir*, écrivit le peintre. Il est probable qu'il rencontra Laure Borreau à l'une des fêtes données par Baudry, qu'il la trouva fort à son goût, qu'elle devint sa maîtresse. Il fit trois portraits de la belle dame : qu'elle porte ou non bouquet de fleurs et chapeau, Laure offre au peintre de grands yeux sombres dans un visage ovale que penche un air songeur. Elle fut peut-être aussi l'étourdissant modèle de la *Femme nue couchée* : Courbet, s'inspirant clairement de *La Vénus d'Urbino* de Titien et de *La Maja desnuda* de Goya, cisaille la toile en diagonale avec l'éclat nacré d'une chair envoûtante, assoupie, ornée d'une boucle d'oreille, d'une paire de bas blancs et d'une mule. À la vision de ce tableau, on comprend mieux l'attrait que durent exercer sur le peintre ces hanches puissantes, le tremblement du ventre, cette poitrine délicate – jusqu'à les suivre à l'intérieur même du logis familial. Car, chose étonnante, Courbet quitta le joyeux château de Rochemont pour s'installer en janvier 1863 chez les Borreau qui tenaient un magasin "de nouveautés" dans le centre-ville de Saintes. Leur commerce fonctionnait aussi mal que leur ménage et il semblerait que Courbet aida l'infortuné mari à relever momentanément sa situation obérée en renflouant ses comptes. J'imagine qu'il s'agissait d'un échange de bons procédés ; qu'en contrepartie de cette aide financière, Jules Borreau ferma les yeux sur la liaison, sous son propre toit, de Courbet avec son épouse. Sans doute les relations entre le commerçant et le peintre furent-elles plus complexes, et non dénuées d'une amitié sincère comme le prouvera l'indéfectible soutien de Borreau à Courbet, quelques années plus tard, au moment de ses tragiques démêlés avec la justice après son engagement dans la Commune.

Je n'étais pas Jules Borreau et Ariane n'était plus mon épouse, ce qui ne rendait pas moins désagréable cette nouvelle passade. J'avais certes de l'amitié pour Laurent partageant avec Courbet, à défaut du talent, un ventre replet, une joie drôle et communicative qui leur semblait parfois un fardeau, mais je m'endormis ce soir-là enfariné comme le Pierrot de Watteau. Il valait mieux en rire : Pierre Méhaignerie au Lenin Café, c'était grotesque. Les deux amants se sont pointés le lendemain en fin de matinée pour prendre le petit-déjeuner. Ils avaient le visage heureux et mâché de l'amour, Ariane ressemblant effectivement à Maxine dans *La Nuit de l'iguane* et plus encore à l'Yvonne de *La Grande Beune* qui venait de paraître et que j'avais reconnue et dévorée avec autant de ravissement que d'effroi. Ariane est vite repartie pour ouvrir son troquet, en nous abandonnant Laurent et moi à l'inédit des amitiés silencieuses. Nous avons marché dans l'île en parlant sans entrain de Bergman et de Fårö, puis Laurent a ramassé de petites fleurs violettes dans les fossés avant de m'embrasser et de filer chez Ariane, les mains pleines de caresses et de bouquets. Je n'ai pas quitté la maison pendant plusieurs semaines, soignant ma mélancolie avec du thé vert et la préparation minutieuse de "l'opération Caccamo" que nous avions programmée, Rose et moi, pour la troisième semaine de juin, réglant à distance les menus détails qui nous permettraient de réussir quelque chose et d'être fiers de nous.

XLI

Arrivés par deux vols différents, Rose et moi nous sommes retrouvés le lundi 17 juin à l'aéroport de Punta Raisi, récemment rebaptisé Falcone-Borsellino en hommage aux deux juges anti-Mafia assassinés en 1992. Nous avons loué une Alfa Romeo grise – "il n'y a pas de couleur plus appropriée pour passer inaperçu", ai-je dit avec un air sérieux qui a fait sourire ma fille – et nous avons gagné Palerme en roulant à faible allure sur les belles routes sinueuses surplombant le golfe de Carini. Les collines arides étaient plantées d'arbousiers, d'euphorbes, de figuiers mais également d'étranges constructions inachevées qui semblaient être passées de l'état de chantier à celui de ruine sans jamais avoir servi ni été habitées. Dans l'air, l'odeur du jasmin et des fleurs d'orangers luttait avec celle du pin brûlé, qu'une parcelle noircie et encore fumante expliquait un peu plus loin. Rose était séduite par ces juxtapositions violentes, enchantée qu'un morceau de béton émerge d'une nuée blanche d'amandiers ou qu'un abri de tôle rouillée soit coiffé d'une cascade royale et pourpre de bougainvillées. Pour des raisons plus pratiques, j'appréciais également ce trajet qui me faisait prendre conscience que ma

Renault 11 chalonnaise appartenait maintenant à la préhistoire de l'automobile. À mon retour de Sicile (à condition bien sûr d'en sortir vivants), j'étais décidé à vendre ma maison mais aussi ma voiture, ce qui a paru amuser Rose quand je lui ai fait part de cette intention ferme et définitive.

La découverte des particularités de la circulation palermitaine fut moins agréable. Nous avons tourné pendant près de deux heures dans le centre-ville au gré des sens uniques et des refus de priorité avant de tomber, par hasard ou par magie (selon Rose), sur l'hôtel Ambasciatori dont un ami m'avait recommandé l'extraordinaire terrasse avec vue sur la ville. Nous y sommes restés trois jours pour affiner le plan que nous avions élaboré par téléphone depuis plusieurs semaines. L'intelligence vive et pratique de Rose conjuguée à mon inquiétude maladive des détails me semblait de bon augure, même si je mesurais les risques de cette "opération Caccamo" qui avait au moins la vertu de nous avoir tous deux rapprochés comme jamais. Durant ces trois jours, nous avons arpenté la ville en dissimulant nos véritables desseins derrière des airs de touristes et nous avons ainsi pu nous procurer un petit arsenal sans attirer l'attention : deux larges paires de lunettes de soleil, un foulard pour Rose et un Stetson pour moi, des gants, un masque en latex de Silvio Berlusconi et un autre de Giulio Andreotti (achetés prudemment dans deux boutiques différentes), un grand sac en toile de jute, un rouleau adhésif, une cordelette solide, et un fusil marchandé à un type louche de la Kalsa. Nous avions âprement débattu avant de nous résoudre à cette acquisition que Rose jugeait inutile et dangereuse, contrairement à moi qui trouvais plus rassurant d'être armé même si, en homme pacifique et craintif, je n'avais jamais touché à un revolver ou un fusil de mon existence. Ces préparatifs nous plongeaient dans un drôle d'état, nous passions d'une tension extrême à de longs fous rires. Nous avions l'impression d'être des gosses embarqués dans un jeu de rôle dont le sens caché nous échappait, ou bien de mauvais acteurs de série Z, de braves et naïfs pieds nickelés malencontreusement égarés sur les terres de Cosa Nostra.

Le vendredi matin, nous avons quitté Palerme en direction de l'est. Nous avons bifurqué à Termini Imerese vers l'intérieur des terres et la petite ville de Caccamo, accrochée sur les pentes du mont San Calogero. Nous avons traversé la ville tranquillement et continué sur la strada statale 285 pendant deux kilomètres environ. Après une large courbe, nous avons découvert sur la gauche une station-service qui constituait le but de notre expédition et – je l'espérais sans trop y croire – l'épilogue de mes recherches. Nous l'avons dépassée à vitesse réduite, repérant attentivement la configuration des lieux. Nous étions soulagés de voir la pancarte *Aperto* mais presque déçus de constater qu'il s'agissait d'un établissement banal et poussiéreux : enseigne fatiguée contrastant avec les pompes flambant neuves, magasin en parpaings nus coiffé d'un toit de tôle ondulée, garage aux grilles métalliques baissées, auvent en bâche plastique, palmiers jaunis en bordure. L'Alfa Romeo grise a quitté la route principale quelques centaines de mètres plus loin pour s'engager dans une voie plus étroite qui s'enfonçait en serpentant dans les collines pâles et sèches. Il était treize heures. J'ai stationné la voiture sur le bas-côté, à l'ombre d'un bosquet d'eucalyptus dégarnis et de lauriers-roses. Il faisait une chaleur épouvantable. Nous sommes demeurés quelques instants dans l'habitacle, écoutant le moteur refroidir et le vol des insectes. Rose m'a regardé en disant qu'avec mon Stetson je ressemblais à un vieux cow-boy suant et désolé. En m'entendant grogner, elle a ajouté que c'était un compliment dans sa bouche car elle était une des rares femmes à trouver John Wayne follement érotique. Elle a tenté de m'embrasser sur la joue avec tendresse et je me suis dégagé comme je pouvais en attrapant sur la banquette arrière les sandwichs achetés à Palerme. Nous avons avalé quelques bouchées mais ni elle ni moi n'avions faim. Mes mains étaient moites, comme le reste de mon corps d'ailleurs, et pas seulement sous l'effet de la chaleur. Il ne servait à rien d'attendre et de nous liquéfier lamentablement dans une Alfa Romeo de location. J'ai ouvert la portière, faisant entrer dans l'habitacle un air brûlant qui m'a semblé exagéré.

J'ai été chercher dans le coffre le sac avec le fusil, la corde, les gants, les masques. J'ai enfilé celui de Berlusconi et Rose celui d'Andreotti. "Nous sommes absolument ridicules", ai-je dit, ce que ma fille admit sans peine en souriant certainement derrière son masque à l'odeur de latex caractéristique : "Oui mais ce n'est pas grave car, justement, personne ne peut nous reconnaître. *Avanti, Silvio !*" J'ai mis le contact en comprenant soudain que ce qui allait suivre ne nous concernait pas, que nous étions Giulio et Silvio, que nos personnes réelles n'avaient rien à voir avec ce que nous allions faire. La voiture a fait demi-tour et pris la direction de la station-service où elle s'est garée près d'une pompe comme si elle voulait faire le plein. Ils ont attendu quelques instants et vérifié qu'aucun véhicule ne s'annonçait dans l'immédiat puis foncé en courant vers le petit magasin. Un vieil homme sommeillait derrière la caisse, à proximité d'un ventilateur ; la pièce sentait l'essence, l'huile d'olive et le tabac brun. Tout a été très vite. Rose-Andreotti a repéré immédiatement au mur une grande reproduction encadrée de *L'Annonciation* de Fra Angelico (celle du couvent San Marco de Florence), entourée d'un vieux poster délavé de la baie de Palerme, d'un crucifix, de nombreuses cartes postales de la Vierge, de photographies de camions et du calendrier Pirelli de l'année 1989. Dans une imitation plutôt réussie des films noirs américains, Jacques-Berlusconi a collé le canon de son fusil sur le front du vieil homme en lui faisant le geste de se taire pendant que sa comparse a décroché prestement le Fra Angelico qu'elle a fourré dans le grand sac en toile de jute. Ils ont ensuite ligoté comme ils pouvaient le pauvre bougre vociférant et rejoint à toutes jambes la voiture qui a démarré en trombe. À l'intérieur, ils se sont débarrassés de leurs masques trempés en hurlant et riant comme des fous. Peu après Trabia, en haut d'une falaise, nous avons jeté dans la mer le fusil, les gants et les masques lestés avec des pierres dans un ballot de scotch. À quinze heures trente, nous étions à l'aéroport et deux heures plus tard dans l'avion qui nous ramenait à Paris.

XLII

Après une nuit dans un petit hôtel de Montparnasse et un trajet matinal en train, nous avons rejoint Chalonnes le samedi 22 juin en milieu de journée. Nous étions impatients d'ouvrir le cadre de *L'Annonciation*, ce que nous nous étions interdit de faire avant d'être en terrain connu et en parfaite sécurité dans la maison de l'île. Les vingt-quatre heures qui s'étaient écoulées depuis l'action tonitruante de Silvio et Giulio à la station-service de Caccamo avaient été plutôt étranges, comme si l'adrénaline ne parvenait pas à retomber et que nous ne pouvions pas renoncer d'un coup à l'excitation du jeu ni décréter la fin de partie avant que *L'Annonciation* n'ait livré son éventuel secret. Toute la nuit, nous avions tendu l'oreille à l'affût du moindre bruit suspect venant des couloirs de l'hôtel. Le lendemain, à bord du TGV, nous avions voyagé dans le même wagon mais à une distance raisonnable : sans jamais perdre de vue Rose installée quelques sièges plus loin, j'ai serré le cadre contre ma poitrine durant tout le trajet, inquiet cependant que ce plastron sous mon imperméable, assez incongru en cette saison, n'attire l'attention des autres voyageurs. Enfin, dans un dernier souci de précaution qui m'est apparu après coup bien excessif et ridicule, nous avons emprunté de petites routes pour rejoindre Chalonnes depuis la gare d'Angers en multipliant les détours afin de nous assurer que nous n'étions pas suivis. Sans doute mes craintes et mes naïvetés s'apparentaient-elles à celles des levées prétentieuses bordant le fleuve, comme Ariane me l'avait souvent dit : "Tu t'es enterré dans cette île parce que tu désires follement ce qui t'angoisse ; tu aimes les crues, les femmes trop belles, les guillotineurs guillotinés, les histoires aussi vaines qu'alambiquées, l'intelligence supposée des bêtes sauvages."

Rose a posé le sac de grosse toile sur la table basse du salon et nous nous sommes assis un instant dans le canapé, anxieux et impatients de vérifier la fiabilité des informations d'Antonio (qui s'était peut-être payé la tête de son ex-amoureuse) mais désireux aussi de savourer ce moment qui m'a semblé réclamer l'ouverture d'une belle bouteille de savennières dont la dégustation, festive ou bien consolatrice, s'avérerait appropriée dans tous les cas. J'ai débouché un cru de la grande année 1990 et rempli nos deux verres pendant que Rose a ouvert avec difficulté le sac que nous avions exagérément momifié avec du scotch havane. Nous avons trinqué en découvrant la peinture de Fra Angelico et sommes convenus que c'était une image merveilleuse, malgré la mauvaise qualité ou les altérations de la reproduction, le rose de la robe de l'ange virant au bistre et la verdure du jardin à une grisaille vaguement turquoise. Le vin avait un goût de tilleul, de poire et de pêche blanche, laissant en bouche un bouquet doré de fruits secs et de cire d'abeille. J'ai entrepris de démonter le cadre bon marché qui s'est livré sans mal : j'ai fait glisser *L'Annonciation* et la photographie en noir et blanc du *Dernier Rivage* est apparue. Ava Gardner, les mains dans les poches d'un manteau clair, nous tournait le dos et regardait la mer. Je me suis éloigné de la table basse pour cacher mon émotion et remplir mon verre, laissant à Rose le soin d'opérer le dernier dévoilement, ce qu'elle fit sans tarder ni hésiter. L'image était là, au milieu du salon.

Ma fille a retourné délicatement la photographie et découvert, scotchée au dos, une enveloppe contenant le négatif de la trente-septième image. Elle était heureuse en pensant à la surprise de Rotunno à qui elle allait s'empresser d'envoyer par la poste ce petit rectangle de pellicule. Le chef opérateur fut effectivement bouleversé quand il reçut, dans la torpeur des premiers jours de juillet, le petit courrier de Rose avec le négatif. Il l'a mis dans son agrandisseur pour projeter l'image mais s'est refusé à effectuer un tirage. Dans la nuit du 22 au 23 août 1996, trente-huit ans exactement après la nuit des images avec Ava Gardner, il a décidé de refaire le trajet nocturne et piétonnier de la piazza di Spagna à la via della Luce. La veille, il avait acheté une bouteille de gin en prévision de ce pèlerinage. Au pied des escaliers de la piazza di Spagna, il a bu au goulot trois ou quatre gorgées, les premières depuis la nuit de 1958 passée avec l'actrice américaine. Il n'avait jamais aimé le gin, les alcools forts, et il a senti que la tête lui tournait légèrement. Il a vidé le contenu de la bouteille dans la fontaine de Trevi et glissé le négatif de la trente-septième image à l'intérieur du flacon. Arrivé sur le pont Garibaldi, il a regardé longuement les moires du Tibre sous la nuit étoilée. Il a jeté dans le fleuve la bouteille avec le négatif qui a rejoint des morceaux de médailles, des étoiles de chair oubliées, des bouts d'amphores, tous les vestiges des gloires sublimes et des empires disparus, envasés dans les eaux noires.

Je me suis enfoncé dans le canapé où Rose m'a rejoint après avoir épinglé la photographie sur le mur d'en face. Nous sommes restés silencieux un long moment sans trop savoir ce qu'il fallait voir, troublés par la violence de l'image et sa banalité aussi, embarrassés surtout de regarder tous deux ce qu'une fille et son père ne dévisagent jamais ensemble. Rose a senti mon désarroi, l'épuisement et la joie mêlées à l'hébétude. Il n'y avait rien à dire. Des nuages ont bousculé l'étagement des lumières qui striaient le salon de rayons où dansait une poussière avoine. Nous avons doucement englouti la bouteille et Rose a fini par murmurer : "Comment savoir, papa, s'il s'agit bien d'Ava Gardner ?"

CHUTIER

XI

Les jardins d'une villa romaine – L'enveloppe – La femme sans tête – Les grosses pluies d'été dans le comté de Johnston – Se protéger de la comparaison – L'odeur des feuilles mouillées – La bobine du ministre et la femme sans tête – Une enquête s'imposait – Dilapider l'héritage maternel

XII

Décaper est une activité ingrate – Un mausolée incongru – La trente-septième image – Les reliques – L'ellipse est l'autre nom du désir – Un défilé de clowns – Des vestiges arrachés à la cendre – Épiphanie – Un négatif oublié – Chauffer Rome pendant un an – Se vacciner contre la grippe – La Vraie Croix du Christ – Entendre le bougre en confession

XIII

Le cadeau d'adieu – Une miniature de la Renaissance – La vente aux enchères – Un rapport contrarié à l'argent – La vocation – Gravir les montagnes – Les myrtilles qu'on cueillait – Le dos violet de son rival – L'odeur des pauvres – Lécher la chair émue des montagnes

XIV

Le dernier rivage – L'orage – La vie impossible – Essorer ses amants – Disparaître – On n'a pas toujours cette chance – Sortir du frigidaire une bouteille de chenin – Faire l'amour avec Robert Redford (jeune) – S'embrasser sous le regard de Vladimir Ilitch

XV

Comme dans un paradis – L'essentiel et l'ordinaire – Faire l'autruche – Avec des chiffons et de la magie – Un pull couleur de blé mûr – À échelle humaine sur le séchoir – La photographie volée – Château sous la neige – Ne fais pas ce que je fais

XVI

Fais ce que tu veux – Un maillot couleur chair – La piscine d'Hemingway – Une amulette – L'exercice du pouvoir – Un bar cubain de Bastille – L'ombre barbouillant le jardin – Des alcools fins mais forts – Tu crois aux légendes – Un ours mécanique et une girafe en perles de bois

XVII

Le vin est miraculeux – La santé fragile des parents – Nos espérances – La dégradation de notre état général – Déménager – Tout commençait à peine – Des talents d'imitateurs pathétiques

XVIII

Des ombres, des faons et des fraises sauvages – Les dépravés d'Hollywood – Le trésor – La disparition programmée – Le boucher de la rue Joffre – La continuité des songes – La bague en saphir rose – Une tête de gargouille – Engraisser les gazettes – Eisenheimer et Clark Grable – Sinatra est une mouche à merde

XIX

Les voyages en Italie – Être vivant et romain – La fournaise bleue – Un pendentif de *L'Annonciation* au rétroviseur de la Dauphine – Les étoiles – Les marchands du Temple – Distinguer les anges – La vue splendide – Peindre les plafonds sur le sol – Vaut le voyage

XX

Une femme qui aurait pu lui ressembler – Le *professore* était désolé – Deux grains pisseux de chasselas trop mûrs – Il me faudrait Bianchon – Voir mourir son fils et les révolutions échouer – Une lanterne sourde – Un vieux bouc triste et l'alambic – Le bouleversement local des positions

XXVII

Des morpions et des espions dans la toison – Congelés au départ, moisis à l'arrivée – Ne touche jamais à Gene Tierney – Un tapir des montagnes – Le château du dragon – Agacer la gloire – Un fantôme peroxydé – Marilyn Monroe commençait à embarrasser tout le monde – Imaginer certains couples de professeurs dans l'intimité – Un séjour festif au bord du lac Tahoe – Le Maquereau du Président rend service à Sammy la Sardine

XXVIII

Les sensibilités comparées de la pellicule et de la peau – Alors ? – Un petit morceau de sucre en forme de cœur – De petits films hollywoodiens à grosses ficelles, efficaces mais folkloriques – Le désir est un songe – Finir lesté de parpaings dans l'Hudson – Les grillons préhistoriques – Une langue de jungle qui trempait dans la mer

XXIX

Des informations hachées comme des bouts de cervelle – Le plastron rouge du maillot du Stade de Reims – Ce qui survit est une vapeur – Un bref échange de salive alcoolisée – L'âme des têtes réduites – Il s'est passé quelque chose à Dallas (*variante* : Il s'est passé quelque chose à Troyes) – Les Doussin avaient une fille sublime et un garçon jivaro mais pas de télévision (*variante* : La fille sublime et le garçon jivaro)

XXX

Gardons le contact – Espérons qu'on n'assassine personne aujourd'hui – Des flageolets orphelins et tièdes – Un chaman breton sur la loggia d'un psychanalyste – Marguerite Duras n'en parlera jamais – Ouvert ou fermé – Un dimanche midi à la campagne

XXXI

Pourquoi les Soviétiques et les Apaches n'ont-ils jamais construit de cathédrales ? – Un peuple élu – L'arche de Noé – Une ménagerie à la dérive – Un vieux hippie sous acide – Une triple couche de fond de teint – Une liaison calme et douce – Le froid de gueux et les drapeaux rouges – *Bella ciao ciao ciao*…

XXXII

La grève – Un fantôme sur la grève – Les beaux lendemains – Les ressources humaines – Une journée prodigue en fantômes – On ne risque pas d'oublier – Cent fleurs s'épanouissant – Le nectar des Vignes du Seigneur – La une du journal – Les amours et les luttes – Retour(s) de flamme

XXXIII

Le brouillard et les fumées – Trouver sa terre – Un nuage blanc devant la bouche – On n'y voyait rien – Un gros moteur sous une carrosserie dorée – La possibilité d'un âne – À tombeau ouvert – Perdre sa tête – Une visibilité déplorable – Elle avait quelque chose – Finir en fumée

XXXIV

Les Espagnols aimaient les femmes qui se comportaient en femmes – *A m'arcord* – À défaut de le rendre irrésistible – *Handsome Johnny* – Opposer l'amitié tranquille des apéritifs aux difficultés du jour – Les mafieux ressemblent à de grands enfants

XXXV

Les morts – Tirer une pelote par les cheveux – La gueule d'une belette dans une meule de foin – La vie est pleine de surprises – Les Pirates et les Red Sox – Un vieux Christ halluciné dans sa chambre noire – Je veux qu'on me laisse tranquille – Les

Avec tendresse, tous mes remerciements à Julie et Fanie.

OUVRAGE RÉALISÉ
PAR L'ATELIER GRAPHIQUE ACTES SUD
REPRODUIT ET ACHEVÉ D'IMPRIMER
EN JUIN 2018
PAR NORMANDIE ROTO IMPRESSION S.A.S.
À LONRAI
POUR LE COMPTE DES ÉDITIONS
ACTES SUD
LE MÉJAN
PLACE NINA-BERBEROVA
13200 ARLES

DÉPÔT LÉGAL
1re ÉDITION : AOÛT 2018
N° d'impression : 1801961
(Imprimé en France)